クリスティー文庫
61

愛の探偵たち

アガサ・クリスティー

宇佐川晶子訳

THREE BLIND MICE AND OTHER STORIES
by
Agatha Christie

Translated by
Akiko Usagawa
Published 2022 in Japan by
HAYAKAWA PUBLISHING, INC.
This book is published in Japan by
arrangement with
AGATHA CHRISTIE LIMITED
through TIMO ASSOCIATES, INC.

目次

愛の探偵たち

三匹の盲目のねずみ
Three Blind Mice

三匹の盲目のねずみ
三匹の盲目のねずみ
ごらんよ、あの走りっぷり
ごらんよ、あの走りっぷり
三匹そろって農夫のおかみさんのあとを走っていったら
おかみさんに肉切り包丁で尻尾を切り落とされた
見たことあるかい、そんなもの

《三匹の盲目のねずみ》より

たいそう寒い日だった。空は暗くどんよりとして、今にも雪がふりだしそうだった。黒っぽいオーバーを着てマフラーを口元までひきあげ、帽子を目深《まぶか》にかぶった男がカルヴァー通りをやってきて、七四番地の階段をあがった。呼び鈴を押し、地下室でひびいた甲高い音に耳をすませた。

流しでいそがしく両手を動かしていたケイシー夫人は苦々しげにいった。「まったくいまいましい呼び鈴だよ。いっときだって静かにしてないんだから」

少々息をきらしながら夫人は大儀そうに地下室の階段をのぼって、ドアをあけた。

低くたれこめた空を背に、黒い影のようにたたずんでいた男が、ささやき声でたずねた。「ライアン夫人？」

「あの人なら三階ですよ」ケイシー夫人は答えた。「あがってってください。あなたがくるのを知ってるんですか？」

男はゆっくり首をふった。「ああ、いや、上へ行ってノックしてみます」

ケイシー夫人は、絨毯《じゅうたん》のすりきれたみすぼらしい階段を男がのぼっていくのを見送った。あとになって夫人は、〝なんとも知れない気味の悪さ〟をおぼえたといったが、本当は、あんなしわがれ声しか出ないのはよほどたちの悪い風邪をひいているにちがいないと思っただけだった――そしてこんな天気じゃ無理もないとも。

男は階段の角を曲がりきると、そっと口笛を吹きはじめた。《三匹の盲目のねずみ》のメロディだった。

モリー・デイヴィスは道路まで出て、門のわきに出した真新しい看板を見あげた。

モンクスウェル・マナー
ゲストハウス

悪くないというように彼女はうなずいた。まるでくろうとはだしだ。本職が描いた看板といってもじゅうぶん通用する。ゲストハウスのトの字がちょっと右あがりになって、マナーという三文字の間隔があとになるにつれて狭くなっているが、全体としてはすばらしいできばえだ。ジャイルズはとても器用だった。できないことなどほとんどない。モリーは自分のこの夫について、いつも新鮮な発見をしていた。ジャイルズは自分のことになると、めったにしゃべらないから、その多種多様な才能ぶりは、薄皮がはがれるようにすこしずつあきらかになってくる。元海軍出身者は昔から〝よろず屋〟といわれるけれど、ほんとうだ。

いずれにしろ、彼ら夫婦が乗りだしたこの新しい冒険にかんして、ジャイルズはありったけの才能を発揮する必要にせまられることだろう。モリーとジャイルズほどゲストハウスの経営に不慣れな人間はいないだろうが、おもしろそうだし、住宅問題にもおかげで片がついたのだ。

そもそもはモリーの思いつきだった。キャサリンおばが死んで、弁護士からの手紙でおばがモンクスウェル・マナーを遺してくれたと知ったとき、若夫婦は当然それを売り払おうとした。そのときジャイルズは、「どんな家なんだい？」とたずね、モリーはこう答えた。「ほら、よくあるじゃない、古臭くて流行おくれのヴィクトリア朝の家具がやたらにたくさんある、大きくてまとまりのない古い家よ。庭はまずまずだけど、年寄りの庭師ひとりだけになっちゃったから、戦争からこっち草ぼうぼうになってるわ」

こうしてふたりは家を売りに出すことに決め、必要な家具だけはとっておいて、自分たちがいずれ住むはずのこぢんまりしたコテッジかフラットにいれることにした。ところが同時にふたつの難問がもちあがった。ひとつめは、こぢんまりしたコテッジもフラットも見つからなかったことで、ふたつめは、家具という家具がそろいもそろってばかでかいことだった。

「うーん、全部売るしかないわね」モリーはいった。「売れるかしら？」

近頃はなんだって売れる、と弁護士は請けあった。

「十中八、九、ホテルかゲストハウスにしようと買う人があらわれるでしょうし、その場合は家具つきのまま買いたがるでしょうな。さいわい、家の修復状態は文句なしです。亡くなられたキャサリン・エモリーさんは戦争がはじまる直前に大々的に手をいれて、現代的な設備をそなえましたからね、まったくといっていいほど老朽化していないんです。そうですとも、状態はすこぶるいいですよ」

モリーの頭に名案がひらめいたのは、そのときだった。

「ジャイルズ、わたしたちでゲストハウスを経営してみない？」

はじめ夫はそのアイデアを鼻で笑ったが、モリーはあきらめなかった。

「あんまり大勢の人をうけいれる必要はないわ——最初はね。きりまわすには楽な家よ——どの寝室にも熱湯が出るし、セントラルヒーティングも、ガスレンジもそろってるんですもの。それに、ふたりでめんどりやアヒルを飼えば卵はただだし、野菜だって育てられるわ」

「その全部を誰がやるんだい——使用人を雇うのは大変すぎやしないか？」

「わたしたちがやらなくちゃならないでしょうね。でも、どこに住むにしたって、どうせやらなくちゃならないことなんだから、数人余分にいたって、どうってことないわ。順調だったら、通いの家政婦をひとり雇いましょうよ。五人の泊まり客から週にそれぞれ七ギニーはらってもらえば——」モリーは楽観的に頭の中でそろばんをはじきはじめた。

「それに考えてもみて、ジャイルズ。そこがわたしたちの家なのよ。わたしたちの家具がそろった家よ。今の状況だと、住める場所が見つかるまで数年はかかっちゃうわ」

それが事実であることは、ジャイルズも認めざるをえなかった。あわただしい結婚以来、彼らはほとんど一緒にいる時間がなく、ふたりとも落ち着いた家庭生活を待ち望んでいた。

こういうわけで、壮大なる試みの幕が切って落とされた。地元紙と《タイムズ》に広告をのせると、さまざまな反応があった。

そして今日、最初の泊まり客が到着することになっていた。ジャイルズはセールの広告を見て、軍の放出品である金網を買いに、車で早朝から村の反対側まで出かけていた。モリーは最後の買い物にどうしても村まで歩いていかなくちゃ、と声にだしてひとりごちた。

唯一の気がかりは空模様だった。この二日間はこごえそうな寒さがつづき、今では雪までふりだしていた。ぶあつい羽のような雪片を防水コートの肩とあかるい色の巻き毛に受けながら、モリーは足早に車道を歩いていた。天気予報はまったく気の滅入るようなことをいっていた。これからさらに雪が激しくなるという。

水道管が全部凍ってしまいませんように、とモリーは祈った。すべりだしからつまずくなんて、あんまりだ。時計に目を走らせると、お茶の時間はすでに過ぎていた。ジャイルズはもう戻っているかしら？　どこへ行ったのかと不審がっていないだろうか。もしもなにか聞かれたら、「買い忘れたものがあってもういっぺん村へ行かなくちゃならなかったの」ということにしよう。ジャイルズは笑いながら、「また缶詰かい？」とからかうだろう。

缶詰はふたりだけの冗談だった。彼らはいつもチャンスさえあれば缶詰を買いこんでいた。食料貯蔵庫には緊急の場合にそなえて、いまやじゅうぶんすぎるほどの缶詰が並んでいた。

モリーは空を見上げて顔をしかめながら考えた。今にも緊急事態が発生しそうな空だ。帰ってみると、家はからっぽで、ジャイルズはまだ帰宅していなかった。モリーはまっさきに台所に向かったあと、階段をあがって新しく準備された寝室を順番に見てまわった。ボイル夫人はマホガニーの家具と四柱式寝台のある南の間。メトカフ少佐はオークの家具のある青の間。レン氏は張り出し窓のある東の間。どの部屋も文句なしに美しく見えた——しかもなんともありがたいことに、キャサリンおばのリネンのたくわえはじつに豊富だった。モリーはベッドカバーを軽くたたいて皺をのばすと、ふたたび下におりた。暗くなりかけていた。にわかに家が妙に静まりかえってがらんとしているような気がしてきた。家は村から二マイルも離れて、ぽつんと建っている。というより、モリーにいわせれば、どこへ行くにも二マイルの距離があるのだ。

これまでもひとりで家にいたことは何度もあったが、これほどひとりを意識したのははじめてだった。

窓ガラスに雪がサラサラとやわらかな音をたててぶつかっていた。ひそやかで、不安をかきたてる音。ジャイルズが帰ってこられなかったら——雪が深すぎて車が通れなくなったら、どうしよう？　ここにひとりきりでいるはめになったら――ことによると、何日もひとりぼっちだったら、どうしよう？

モリーは台所を見まわした――台所テーブルにどっかり腰をすえ、リズミカルに顎を動かしながらロックケーキを食べてのんびり紅茶を飲んでいる大柄な料理女、その右には背の高い年配の小間使い、左には丸顔でばら色の頬をしたメイドがひかえ、テーブルの向こうでは下働きの女がおびえた目で年上の使用人たちを見つめている――そんな情景がぴったりの、広々とした快適な台所だ。ところが、この広い台所にいるのはわたし、あまり似つかわしいとはいえない役割を演じているモリー・デイヴィスだけ。その瞬間、人生のなにもかもが非現実的に思えた――ジャイルズまでが現実に存在しないように思えた。わたしは妻の役を演じているんだわ――演じているだけ。

窓の外を影がよぎるのが見えて、モリーは飛びあがった――見知らぬ男が雪の中をやってくる。勝手口のドアががたがたいうのが聞こえた。男が開いた戸口に立ち、雪をふるいおとして、からっぽの家にはいってきた。

と、突然幻が消えた。

「ああ、ジャイルズ」モリーは叫んだ。「よかったわ、帰ってきてくれて！」

「ただいま！　なんていやな天気なんだ！　うーさむ、こごえちまったよ」

ジャイルズは足を踏みならして両手に息を吹きかけた。

モリーは、夫がオークのチェストの上にいつものようにほうりなげたコートを、機械的に取りあげた。コートをハンガーにかけ、ふくらんだポケットから手当たり次第につっこまれたマフラー、新聞、糸くず、朝の郵便物を取りだした。台所の食器棚の上にそれらのこまごましたものを置いて、ガスにやかんをかけた。

「金網は買えた？　ずいぶん時間がかかったじゃない」

「目当てのものとはちがっていたんだよ。あんなのじゃ役にたたない。別の店に行ったんだが、そっちもだめだった。ひとりでどうしていたんだい？　まだ誰もあらわれていないようだけど？」

「ボイル夫人はどっちみち明日までこないわ」

「メトカフ少佐とレン氏は今日中にくるはずだよ」

「メトカフ少佐から明日にならないと着かないという手紙がきたの」

「じゃ、夕食はぼくたちとレン氏だけか。どんな人物だと思う？　引退した役人というところじゃないかな」

「ううん、芸術家だと思うわ」

「そうだったら、一週間分の部屋代は前払いにしてもらったほうがいいぞ」

「いやあね、ジャイルズ、お客さんたちには荷物があるから、はらってくれないなら、荷物を没収しちゃえばいいのよ」

「その荷物が新聞紙でくるんだ石ころだったらどうする？　問題はこの商売でどんなことが起きるか、ぼくたちには見当もつかないってことだよ、モリー。素人同然だってことを気づかれないといいけどな」

「ボイル夫人はきっと見抜くわ。そういうタイプよ」

「どうしてわかるんだ？　知らない人だろう？」

モリーは顔をそむけた。テーブルに新聞紙を広げ、チーズをもってくると、それをすりおろしはじめた。

「なにができるんだい？」

「簡単チーズトーストよ。マッシュドポテトとチーズですぐにできるから、そういう名前がついてるの」

「きみは腕のいいコックなんだな」夫は感嘆したようだった。

「どうかしら。一度にひとつのことならできるのよ。でもいろんなことをいっぺんにやろうとしたら、相当練習しないとだめ。最悪なのは朝食よ」

「どうして？」

「すべてを同時進行させなくちゃならないでしょ——卵にベーコン、ホットミルクにコーヒーにトースト。ミルクがふきこぼれるか、トーストが焦げるか、ベーコンがちりちりになるか、卵がゆですぎになるかだわ。一度に全部ちゃんとやってのけるには、猛烈ないきおいで動きまわらなくちゃだめなの」

「それじゃぼくはこっそり明日の朝、下におりてきて、その猛烈ないきおいってやつをおがませてもらうよ」

「お湯がわいたわ。トレイを図書室へもっていって、ラジオを聞かない？　そろそろニュースの時間よ」

「起きているあいだはほとんど台所で過ごすことになりそうだから、ラジオは台所にもあったほうがいいな」

「そうね。台所ってほんとにすてき。この台所もすごく気に入ってるの。この家の中で一番すてきな場所だと思うわ。食器棚も食器もいいし、特大のガスレンジの贅沢な感じも大好き——もちろん、そのレンジで料理しないですめばもっとありがたいけれど」

「一年分の配給燃料が一日でなくなりそうだものな」

「まずまちがいないわね。でも大きな骨付き肉を焙《あぶ》るところを想像してみて——牛のサーロインや羊肉の鞍下肉。お砂糖をどっさりいれた手作りの苺ジャムでいっぱいの、すごく大きな銅製の保存鍋。ヴィクトリア朝ってほんとにすばらしく心地よい時代だったのね。二階のあの家具、大きくて、どっしりとして、どちらかというとごてごてしてるけど、でもああ！――あの使い勝手のいいことったら、服をしまう場所はたっぷりあるし、どの抽斗《ひきだし》の開閉もすごくなめらかだし。わたしたちが借りていたあの気のきいたモダンなフラット、おぼえてる？　なにもかも作りつけでスライド式だったわ――もっとも全然スライドしないで、つっかえてばかりだったけど。ドアだって押してやらないとしまらなかったでしょう――きちんとしまらなかったり、しまったら最後、いくらひっぱってもあかなかったり」

「まったくだ、最悪だったよ。ドアがちゃんと開閉しないと、きみはいらだつしね」

「いやだわ、またそんな。ニュースを聞きましょうよ」

ニュースの内容はおおまかにいうと、天候に関する気の滅入るような警報と、外交問題のおきまりの行き詰まり、議会における威勢のいい野次、そしてパディントンのカルヴァー通りで起きた殺人事件だった。

「ああ、いやだ」モリーはスイッチをひねってラジオを消した。「いやなニュースばっかり。燃料節約の訴えをまた一から聞くのはまっぴらだわ。どうしろっていうのかしら、じっとすわってこごえ死ねとでもいうの？　冬にゲストハウスをはじめたのはまちがいだったかもしれないわね。春まで待ったほうがよかったんだわ」モリーは口調を変えてつけくわえた。「殺された女の人ってどんな人だったのかしら」

「ライアン夫人のこと？」

「それが殺された人の名前？　誰がどんな理由でその人を殺したのかしら」

「床板の下に大金でも隠していたんだろう」

「警察が〝付近で姿を見られた〟男に話を聞きたがっているといってたけど、その男が殺人犯ということ？」

「たいていはそうだよ。遠回しにそういってるだけさ」

甲高い呼び鈴の音がして、ふたりはとびあがった。

「玄関だ」ジャイルズがいった。「おでましだぞ――人殺しの」彼はふざけてつけくわえた。

「お芝居なら、もちろんそういう場面ね。いそいで。きっとレン氏よ。さあこれであなたとわたしのどっちの推測があたっているのかわかるわ」

レン氏は疾風まじりの雪を連れてあわただしくはいってきた。図書室の入口に立っていたモリーに見えたのは、表の銀世界を背景にした新来者のシルエットだけだった。

都会の男性の服装というのはみななんてよく似ているのだろう、とモリーは思った。

黒っぽいオーバー、灰色の帽子、首に巻いたマフラー。

すぐにジャイルズが玄関のドアを閉じて雪や突風をしめだすと、レン氏はマフラーをはずしてスーツケースをおろし、いきおいよく帽子をぬいだ——このすべてを同時に、そして口を開くことまでいっぺんにやってのけたように思えた。ホールの明かりに照らしだされたのは、日焼けして白茶けた髪と、色の薄い落ち着きのない目をした甲高くて愚痴っぽい声の若者だった。

「いやあ、すさまじいもんですね」彼はそういっていた。「イギリスの冬のひどさ、ここにきわまれり——ディケンズのスクルージやちびっこティム（いずれも『クリスマス・キャロル』の登場人物）やらの世界だ。この天気に耐えるには相当身体が丈夫でなくちゃつとまりませんよ。そう思いませんか？　ぼくはウェールズからはるばるやってきたんです。あなたがデイヴィス夫人？　しかしうれしいなあ！」モリーの手はあっという間に骨ばった手ににぎりしめられた。「想像とまったくちがいますよ。インド駐在の将軍の未亡人みたいな女性じゃないかと思っていたんでね。ベナレスとかあのあたりにいそうな、ものすごくいかめしくて全然融通のきかない白人女性を思い描いていたんです。いやあ、すばらしい、すばらしいの一言に尽きる——ジャスミンの花はありますか？　小鳥の楽園はどうです？ああ、ここが大いに気に入りそうですよ。ベナレスの高級将校はいないが、恐ろしく旧弊な、いかにも領主の邸宅《マナー・ハウス》ってところじゃないかと不安に思っていたんです。ところが、ところが、じつにすばらしい――正真正銘のヴィクトリア朝風のりっぱなお屋敷じゃないですか。どうなんです、かの時代の美しいマホガニーのサイドボード――見事な果物を彫った深紫のマホガニーのサイドボードなんかもあるんですか？」

言葉の奔流を浴びて、モリーはあえぐようにいった。「ええ、ありますけど」

「まさか！　見てもいいですか？　今すぐ。ここかな？」

レン氏の素早い行動は、不安をかきたてるほどだった。彼はすでに食堂のドアのノブをまわし、明かりをつけていた。モリーは左側にジャイルズの不快げな横顔を意識しながら、食堂にはいった。

レン氏は小さく称賛の叫びをあげて、長い骨ばった指でどっしりと大きなサイドボードにふんだんにほどこされた彫刻をなでまわし、ややあって女主人をとがめるように一瞥した。

「大型のマホガニーの食堂テーブルはないんですか？　なんでこんな小さなテーブルばかりいくつも置いてあるんです？」

「そのほうがみなさんの好みにあうんじゃないかと思って」モリーは答えた。

「ああ、もちろんおっしゃるとおりです。すっかり自分の考えに夢中になってしまいました。大テーブルをおもちだとしても、むろんそれを囲むのはちゃんとした家族でなくちゃなりませんよね。ひげを生やした厳格で端正な顔をした父親――子だくさんでやつれた母親、十一人の子供、陰気な女家庭教師、それに〝かわいそうなハリエット〟と呼ばれる人物、つまり、家事一般をひきうけるお手伝いで、ちゃんとした家を与えられているのを心底感謝しているあわれな遠縁の娘。どうです、あの火格子、炎が煙突を駆けあがってかわいそうなハリエットの背中に水ぶくれをつくっているところが目に浮かぶじゃありませんか」

「スーツケースを二階へ運びましょう」ジャイルズが口をはさんだ。「東の間だね？」

「ええ」モリーが答える。

レン氏が跳ねるような足取りでふたたびホールに出ると、ジャイルズは二階へあがりはじめた。

「その部屋ですが、ばら色のチンツのカヴァーをかけた四柱式寝台がありますかね？」

レン氏は声をかけた。

「いや、ありませんね」ジャイルズは踊り場をまわって見えなくなった。

「ご主人はぼくがお気に召さないようだ」レン氏は言った。「なにをしていた人です？海軍？」

「そうですわ」

「やっぱり。陸軍や空軍の人にくらべると、海軍出身者はどうもかたくるしくてね。結婚してからどのくらいですか？　ご主人をすごく愛してるんですか？」

「二階にあがって、お部屋をごらんになったほうがいいと思いますけど」

「そうですね、まったくでしゃばりもいいところでした。しかし気まぐれからおたずねしたわけじゃないんです。つまりね、他人を知るというのはおもしろいものなんですよ。人となりや行動だけにとどまらず、なにを感じ、なにを考えているか、ってことを知るのはね」

「あのう」モリーは控えめな声でいった。「あなたはレン氏でいらっしゃいますわよね？」

　若者は唐突に立ちどまって両手で頭髪をつかみ、ひっぱった。

「まったくなんてうかつだったんだ――まっさきにいうべきことだったのに。おっしゃるとおり、ぼくがクリスファー・レンです――いやいや、笑わないでください（クリストファー・レンはセントポール寺院等を設計した十八世紀の英国の建築家）。両親がロマンティックだったんです。ぼくに建築家になってもらいたかったから、洗礼名をクリストファーにするのがいいと思ったんです――いわば折衷案ですよ」

「それで、あなたは建築家でいらっしゃるの？」モリーは微笑せずにはいられなかった。

「ええ、そのとおりです」レン氏は誇らしげにいった。「すくなくとも、ヒナではありません。まだ完全に資格を獲得したわけじゃありませんがね。しかし、願望も一度ぐらいは現実になるというおどろくべき実例ですよ。でもね、じつのところ、この名前はハンディになりそうなんです。あのクリストファー・レンみたいな偉大な建築家にはなれっこないですから。もっとも、〈クリス・レンのプレハブ住宅〉はそのうち有名になるかもしれませんがね」

ジャイルズがふたたび階段をおりてきたので、モリーはいった。「それじゃお部屋にご案内しますわ」

数分後階段をおりていくと、ジャイルズがいった。「で、彼は美しいオークの家具を気に入ったかい？」

「四柱式寝台にすごく執着してたから、予定を変えて南の間に通したわ」

ジャイルズは不満そうに何事かつぶやき、「……虫の好かない若造だ」という言葉でしめくくった。

「ちょっと、気をつけてちょうだい、ジャイルズ」モリーは断固たる態度をとった。

「自宅でパーティーを催しているわけじゃないのよ。これはビジネスなのよ。あなたがクリストファー・レンを好きだろうとなかろうと――」

「きらいだね」ジャイルズはくちばしをはさんだ。

「――ビジネスとは無関係よ。週に七ギニーはらってくれる。肝心なのはそれだけだわ」

「はらってくれるならね」

「はらうことに同意したわ。そう書いた手紙があるもの」

「あいつのスーツケースをきみが南の間に移したのか?」

「もちろん当人が運んだわよ」

「現金なもんだ。しかし、きみが運んだところで、たいして力はいらなかっただろう。ありゃ絶対新聞紙でくるんだ石ころってところだよ。からっぽかと思うほど軽いんだ」

「シッ、きたわよ」モリーが警告するようにいった。

暖炉が燃え、大きな椅子の置かれたとても感じのいい――とモリーは思った――図書室にクリストファー・レンを通してから、あと三十分で夕食の用意ができる、と告げた。問いかけに答えて、今のところほかのお客はいないとモリーが説明すると、だったら、台所へ行って手伝いましょうかとクリストファーは申しでた。

「なんならオムレツを作ってあげますよ」クリストファーは愛想よくいった。

そこから先のやりとりは台所でおこなわれ、結局クリストファーは皿洗いを手伝った。宿泊客が台所に立つなど、モリーには、きちんとしたゲストハウスのすべりだしとしてはふさわしくない気がしたし、ジャイルズにいたっては、露骨に不快感をしめした。まあいいわ、モリーは眠りに落ちながら思った。明日になってほかの客がやってきたら、状況も変わるだろう。

朝になっても、陰鬱な空からは雪がふりしきっていた。ジャイルズの顔は不安にくもり、モリーの心は沈んだ。この天気ではなにもかもスムーズにすみそうになかった。

ボイル夫人を乗せて到着した、タイヤにチェーンを巻いた地元タクシーの運転手は、道路状況について悲観的なことをいった。

「日が暮れる頃には雪だまりがほうぼうにできて、とても車は通れないでしょうな」

ボイル夫人は深まる陰鬱なムードをあかるくしてくれるような女性ではなかった。大柄で人を寄せ付けない顔つき、朗々たる声と横柄な態度の持ち主だった。生来の攻撃的物腰は、好戦的でありつづけることが役立った戦時中の経歴によってさらに強まっていた。

「大繁盛しているゲストハウスだと思っていたからこそ、きたというのに」ボイル夫人は到着そうそうに文句をつけた。「厳正な方針にのっとって経営されている、しっかりしたところだとばかり思っていましたよ」

「ご満足でないなら、おひきとめはしませんよ、ボイルさん」ジャイルズがいった。

「もちろんですとも、泊まろうなんて思っちゃいません」

「タクシーをお呼びになったらいかがです、ボイルさん。今ならまだ道路は通行止めになっていません。想像とちがうとおっしゃるなら、よそへおいでになったほうがいいでしょう」ジャイルズはつけくわえた。「宿泊の申し込みはいっぱいあったんです。あなたの代わりならいくらでも見つかりますよ――じっさい、今後うちの部屋にはもっと高い料金をつけるつもりなんです」

ボイル夫人はジャイルズを鋭く一瞥した。「どんな部屋なのか確かめもしないで出て行くつもりはありませんよ。奥さん、大判のバスタオルを用意してちょうだい。ハンカチみたいなもので身体を拭くのは慣れていないのでね」

ボイル夫人の遠ざかっていく背中を尻目に、ジャイルズはモリーににやりと笑いかけた。

「すばらしかったわ、あなた」モリーはいった。「ボイルさんに立ちむかった勇敢な態度」

「自分がやったのと同じ手でやりかえされると、いばりんぼうはすぐにおとなしくなるもんなのさ」

「ああ、心配だわ。ボイルさんはクリストファー・レンとうまく行くかしら」

「無理だな」

果たして午後になると、ボイル夫人は嫌悪もあらわにモリーにこういった。「あの若い男、どうかしているんじゃないの」

北極探検家のような恰好でやってきたパン屋は注文のパンを届けたあと、次の配達は二日以内になるはずだが、こられないかもしれないと警告した。

「そこらじゅう道路が封鎖されているんですよ。たくわえはたっぷりあるんでしょうね？」

「ええ、あるわ」モリーはいった。「缶詰がたくさんあるの。でも、余分に小麦粉をもらっておいたほうがよさそうね」

アイルランド人の作るソーダブレッドとかいうものが、ぼんやり頭に浮かんだ。万一の場合にはそれを作ればいい。

パン屋は新聞ももってきてくれた。モリーはホールのテーブルに新聞を広げた。外交問題はわきへ押しやられ、悪天候とライアン夫人殺人事件が第一面を占めていた。

死んだ女性のピンぼけ写真を見つめていたとき、背後からクリストファー・レンの声がした。「なんだかさえない殺人事件だなあ、そう思いませんか？　ぱっとしない女、ぱっとしない通り。いわくのある事件とは思えませんね」

「きまってるじゃありませんか」ボイル夫人がさも軽蔑したように口出ししてきた。

「その女は当然のむくいを受けたまでですよ」

「へえ」クリストファーは愛嬌のある熱意をこめてふりかえった。「じゃ、痴情がらみの犯罪ってことですか？」

「そんなことはいってません」

「しかしこの女は絞め殺されたんですよ。どんな感じなのかなあ――」クリストファーは細長い白い両手をつきだした――「首を絞めるのって」

「いいかげんになさい！」

クリストファーはさらにボイル夫人に近づいて、声を落とした。「考えてみましたか、ボイルさん、絞め殺されるのがどんな気分のものか？」

ボイル夫人はいっそう憤然としてくりかえした。「いいかげんにしろといってるのよ！」

モリーはいそいで記事を読みあげた。「警察が事情を聞きたがっている男は、黒っぽいオーバーを着て、色の薄いホンブルク帽をかぶり、中背で、ウールのマフラーをしていた」

「つまり、どこにでもいそうな男ってことですね」クリストファー・レンはそういって笑い声をあげた。

「そうね」モリーはいった。「どこにでもいそう」

スコットランドヤードの執務室でパーミンター警部はケイン部長刑事にいった。「そのふたりの職人に今から会おう」

「わかりました」

「どんな連中なんだ？」

「まずまずまともな職人たちです。反応はいささか鈍いですが、信用できます」

「よし」パーミンター警部はうなずいた。

まもなく一張羅を着た狼狽《ろうばい》ぎみの男がふたり、警部の部屋に通されてきた。パーミンターはすばやくふたりを値踏みした。彼は相手をくつろがせる名人だった。

「するとあんたがたはライアン事件のことで役立ちそうな情報を知っていると思っているんだね。よくきてくれた。すわってください。煙草は？」

ふたりが煙草を受けとって火をつけるあいだ、パーミンターは待った。

「じつにひどい天気だね」

「まったくで、旦那」

「さてと、それじゃ――はじめようか」

事情を説明するというなれない仕事にうろたえて、ふたりは顔を見あわせた。

「いえよ、ジョー」ふたりのうち大柄なほうがいった。

ジョーが口をひらいた。「こんなふうなことでした。あっしら、マッチをもってなかったんです」

「場所はどこだったんだね？」

「ジャーマン通りでさ――そこの道路で働いていたんです――ガス管の工事で」

パーミンター警部はうなずいた。時間と場所の正確な詳細はあとで書き留めることになるだろう。ジャーマン通りが悲劇の起きたカルヴァー通りのすぐそばにあるのはたしかだった。

「あんたがたはマッチをもっていなかった」パーミンター警部ははげますようにくりかえした。

「そうなんで。あっしはもってたのを使いきっちまったし、ビルのライターは火がつかなかったんで、それで、通りがかった男に声をかけたんですわ。〝火をかしてくれないかい、旦那さん？〟って。そんときはなんにも特別なことだとは思いませんでしたよ。相手はただ通りすぎようとしてただけで——ほかの大勢の通行人とおんなじように——声をかけたのだって、たまたまで」

パーミンターはふたたびうなずいた。

「そしたら、男はマッチ箱をよこしたんですわ。なんにもいわなかったな。〝えらく冷えるね〟ってビルがいったら、〝ああ、まったく〟と答えたのがささやき声だったもんで、こりゃ風邪で喉をやられたな、と思ったんでさ。なにしろ、たっぷり着こんで目と鼻しか見えなかったしね。〝助かったよ、旦那さん〟とマッチ箱を返したら、足早に行っちまった。あんまり早かったんで、なにか落っこちてるのに気づいたときは、もう呼びもどそうにもまにあわなかったんでさ。小さなノートでしたよ。ポケットからマッチ箱をとりだした拍子に落っこちたにちがいねえ。〝おおい、旦那さん、なんか落としたよ〟と呼びかけたんだが、聞こえなかったみてえだった。足をはやめて、逃げるみてえに角を曲がっちまったんですよ、なあビル？」

「そうなんだ」ビルが同意した。「あわてて駆けてくウサギそっくりだった」

「角を曲がった先はハロウ・ロードだったし、あの急ぎかたじゃ、追いつきそうになかったし、どっちみちその頃には暗くなりかけていたしで——落とし物も小さなノートってだけで、財布とかそういうもんじゃなかったから、大事なものじゃなかったんだろうと思ったんでさ。〝おかしな野郎だな〟とあっしはいったんですよ。〝帽子を目のとこまでさげてよ、首までボタンをぴっちりはめるなんざ映画に出てくる泥棒みたいじゃないか〟って、なあ、ビル？」

「ああそうだ」ビルは同意した。

「そんときはなんにも考えていなかったんだから、われながら妙なことをいったもんでさ。早く家に帰りたいんだろうと、そんときは思ったし、むりもないやと思ったんですわ。えれえ寒さでしたからね！」

「えれえ寒さだった」とビル。

「で、あっしはビルにいったんでさ。〝この小さいノートが大事なものじゃないかどうか、見てみようぜ〟って。で、警部さん、ノートをあけてみたんですわ。〝住所がふたつあるきりだ〟あっしはビルにいいました。カルヴァー通り七四番地と、どっかのたいそうなマナーハウスでした」

「豪勢なもんだ」ビルが非難がましく鼻をならした。

調子が出てきたジョーは興に乗って話をつづけた。

「〝カルヴァー通り七四番地ってていやあ、ここから角を曲がってすぐじゃねえか。さっさと仕事をかたづけて、行ってみようぜ〟――そんとき、ページの上になんか書いてあるのが見えたんです。〝こりゃなんだ？〟とビルにいったら、ビルがノートをつかんで読みあげました。〝〈三匹の盲目のねずみ〉――きっとあの男のセールス先だぜ〟ちょうどビルがそういったとき、まさにそんときでしたよ、警部さん、ふたつ先の通りから女の悲鳴を聞いたのは。〝人殺し！〟って」

ジョーはこの芸術的クライマックスでいったん口をつぐんだ。

「えらい悲鳴だったもんで」彼はまたしゃべりだした。「あっしはビルにいったんです、〝なあ、ひとっ走り見てこいよ〟ってね。まもなくもどったビルがいうには、すごい数の野次馬で、警察もきてた、どっかの女が喉をかっきられるか、絞められるかして、死体をめっけた女家主が警察を呼ぼうと悲鳴をあげたんだってね。〝場所はどこだった？〟と聞くと、〝カルヴァー通りだ〟。〝番地は？〟と聞いたら、よく見なかったというんですよ」

ビルは咳払いし、真価をじゅうぶんに発揮しなかった者にありがちなおずおずした態度で足をもぞもぞさせた。

「だもんで、あっしは〝ふたりでちょっくら行ってたしかめようぜ〟っていいました。

で、そこが七四番地だとわかると、ふたりで話しあったんですわ。ビルは〝ノートの住所と事件はまるきり関係ないのかもしれねえぞ〟といい、あっしはあるかもしれんといい、とにかくさんざん話しあったあとで、事件があった時間にその家を立ちさった男に警察が事情を聞きたがっていると聞いたもんで、ここへきて、事件を担当してる紳士に会えないかとたずねたんです。警部さんの時間をむだにしたんじゃなけりゃいいんですがね」

「あんたがたの行動はきわめてりっぱなものだったよ」パーミンターは満足げにいった。「ノートをもってきてくれたかね？　ありがとう。それでは――」

警部の質問は一転して、きびきびした専門家らしいものになった。場所、時間、日付はあきらかになった――不明なのはノートを落とした男の人相だった。その代わりといってはなんだが、ふたりの職人はヒステリー状態の女家主からすでに警部が聞きこんでいたのと同じ説明をした。すなわち、目の上までひきおろした帽子、ボタンを上まではめたオーバー、顔の下半分を隠すマフラー、ささやくような声、両手にはめた手袋。

職人たちが帰っていったあとも、パーミンター警部はテーブルに開いた小さなノートをにらんでいた。ノートはしばらくすれば、指紋などの証拠――そんなものがあればだが――を検出するためにしかるべき課にもちこまれることになる。だが警部の目は、ふたつの住所とページの上の小さな手書きの文字に釘付けになっていた。

ケイン部長刑事がはいってきたので、パーミンターはそちらへ顔をむけた。

「こっちへこい、ケイン。これを見てくれ」

ケインは警部の背後に立ち、声に出して読んだあと低く口笛を吹いた。「《三匹の盲目のねずみ》か！　こいつはおどろいたな！」

「まったくだ」パーミンターは抽斗をあけて、半分に切ったメモ用紙をとりだし、デスクのノートの横に置いた。メモ用紙は殺された女に注意深くピンで留められていたものだった。

そこにはこう書かれていた。〝これはひとりめだ〟その下に、三匹のねずみと楽譜の一小節が子供じみたタッチで描かれていた。

ケインがそのメロディーをそっと吹いた。三匹の盲目のねずみ、ごらんよ、あの走りっぷり――

「そう、それだ。それだよ」

「正気の沙汰じゃありませんね、警部」

「たしかに」パーミンターは眉をひそめた。「女の素性にまちがいはないんだな？」

「はい。指紋保管課からの報告書があります。自称ライアン夫人、本名はモーリーン・

グレッグ。二カ月前に刑期を終えてホロウェイ刑務所から出てきたばかりでした」

パーミンターは思案げにいった。「彼女はモーリーン・ライアンと称して、カルヴァー通り七四番地に住みついた。ときおり少々酒を飲み、一、二度男を家に連れてきたことがわかっている。なにかを、誰かを恐れていた節はなかった。身の危険を感じていたと思われる理由はない。犯人は呼び鈴をならしてライアン夫人に面会を求め、女家主によって上へあがるよう告げられている。男の人相について女家主が断言できたのは、中背で、ひどい風邪をひいていたらしく声がかすれていたということだけだ。男と応対したあと、女家主はふたたび地下室に引き返したが、疑わしげな物音は聞かなかった。男が出て行く音も聞いていない。十分ほどたってから、下宿人のところへお茶を運んでいき、絞め殺されているのを発見した。

これは行きずりの殺人じゃないぞ、ケイン。周到に計画された犯罪だ」パーミンター警部は口をつぐんでから、唐突につけくわえた。「イギリスにモンクスウェル・マナーという家はいったい何軒ぐらいあるんだろうな？」

「一軒だけかもしれませんよ」

「そりゃよほどツイていればの話だ。すぐ調べてくれ。一刻を争う状況だ」

部長刑事の目がノートのふたつの書き込みを見て、理解の色を浮かべた——カルヴァー通り七四番地、モンクスウェル・マナー。

ケイン部長刑事はいった。「それじゃ――」

パーミンターはすかさずいった。「そうだ。そう思わんかね？」

「ありうることですね。モンクスウェル・マナーか――さて――いやじつはごく最近、その名前を見た気がするんですが」

「どこで？」

「それを思い出そうとしているところです。まてよ、新聞だ――《タイムズ》です。裏ページですよ。まってくださいよ――ホテルとゲストハウスの広告が出ていて――もうちょっとのご辛抱を――なにぶんにも前のことなので。ぼくはクロスワードパズルをしてたんです」

ケイン部長刑事はいそいで部屋を出て行ったが、やがて意気揚々ともどってきた。

「ありましたよ、警部、見てください」

パーミンターはケインの指先を追った。

「モンクスウェル・マナー、バークシャー・ハープレデン」パーミンターは電話機を手元にひきよせた。「バークシャー警察につないでくれ」

メトカフ少佐の到着とともに、モンクスウェル・マナーは経営順調なゲストハウスらしい日常業務にはいった。メトカフ少佐はボイル夫人のように厄介でも、クリストファー・レンのように突飛でもなかった。軍人らしいきりっとした風貌の中年男性で、もっぱらインドで軍務についていたという少佐は、割り当てられた部屋と家具に満足したようだった。ボイル夫人と共通の友人がいるわけではなかったが、インド中西部のプーナに駐屯していた〝ヨークシャー分隊〟での知りあいが、夫人の友人の親戚だったことがわかった。少佐の大きな豚皮の重いスーツケース二個には、疑り深いジャイルズも満足した。

もっとも、宿泊客たちについてあれこれ推測をめぐらす暇など、モリーにもジャイルズにもほとんどなかった。夕食をつくり、給仕し、皿をさげ、きれいに洗いあげるのもふたりでやらねばならなかったからだ。メトカフ少佐がコーヒーをほめてくれたあと、ジャイルズとモリーはくたびれながらも、しごく充実した気分でベッドにひきあげ、眠りに落ちた――夜中の二時に執拗な呼び鈴の音で起こされるまでは。

「くそ」ジャイルズが毒づいた。「玄関だ。いったいぜんたい――」

「いいからはやく見てきて」モリーがせきたてた。

ジャイルズは不満そうにモリーを一瞥してから、ナイトガウンをはおって階段をおりていった。かんぬきが抜かれる音と、ホールでぼそぼそ話す声がモリーのところまで聞こえてきた。じっとしていられなくなって、モリーはベッドをでて階段のてっぺんから下をのぞきこんだ。ホールでジャイルズがひげづらの見知らぬ男に手をかして雪まみれのオーバーをぬがせていた。会話がとぎれとぎれに聞こえてきた。

「ぶるぶるっ」破裂音のまじる外国人のような声だった。「指先がすっかりこごえて麻痺しています。それにわたしの足ときたら――」床を踏みならす音がした。

「こちらへ」ジャイルズが図書室のドアをあけた。「暖かですよ。部屋の用意をしてきますから、ここでおまちになってください」

「わたしはまったくついていました」夜の訪問者は礼儀正しくいった。

モリーは興味しんしんで手すりのあいだからのぞきこんだ。小さな黒いひげと悪魔のような眉をした年配の男が見えた。こめかみのあたりには白いものがまじっているのに、威勢のいい若者のような足取りで動きまわっている。

ジャイルズが図書室のドアをしめ、いそいで階段をあがってきたので、しゃがんでいたモリーは立ちあがった。

「どういう人なの？」

ジャイルズはにやにやした。「ゲストハウスにまたひとりゲストがやってきた。雪だまりで車が横転したんだってさ。自力ではいだして、必死の思いで歩いてきたんだ——なにしろ、まだ吹雪が荒れ狂っているからね、ほら、耳をすましてごらんよ——そうしたらうちの看板が見えたってわけだ。祈りが聞き届けられたような気がしたといっていたよ」

「あやしい人じゃないでしょうね？」

「今夜は強盗がひと仕事するような夜じゃないよ」

「外国人なんじゃない？」

「ああ。名前はパラヴィチーニ。財布を見たんだ——わざと見せたような気もするが、お札がぎっしりさ。どの部屋がいいだろう？」

「緑の間よ。どこもかしこもきちんとかたづいているわ。ベッドをととのえるだけですむわ」

「パジャマを貸さなくちゃならないだろうね。持ち物はみんな車の中なんだから。窓からはいださなくちゃならなかったそうだ」

モリーはシーツ、枕カバー、タオルをもってきた。

ふたりであわただしくベッドをととのえながら、ジャイルズがいった。「雪がひどくなってきた。この調子じゃ、とじこめられて、完全に外とのつながりを絶たれてしまいそうだよ。考えようによっては、なんだかおもしろそうじゃないか」

「そうかしら」モリーは疑わしげだった。「ねえジャイルズ、わたしソーダブレッドを作れるかしら？」

「作れるとも。なんだって作れるよ」忠実な夫はいった。

「パン作りには一度も挑戦したことがないのよ。パンて、あるのが当然の食べ物なのよね。焼きたてか、カビくさいかは別として、いつもパン屋さんがもってきてくれるんだもの。でも、ここにとじこめられちゃったら、パン屋さんだってこないのよ」

「肉屋も郵便屋もね。新聞もこない。おそらく電話も通じなくなる」

「たよりになるのはラジオだけってこと？」

「とにかく電気はつくからな」

「明日もう一度発電機を動かさなくちゃね。セントラルヒーティングがちゃんと働くようにしておかないと」

「こうなると、次の石炭の配給は期待できないぞ。残りわずかだってのに」

「もういやになっちゃう。ジャイルズ、すごく困ったことになるんじゃない？　いそいでパラ――なんとかさんを案内して。わたしはもうベッドにもどるわ」

朝になると、ジャイルズの予感が的中していた。積雪は五フィートに達し、ドアや窓をふさいでいた。雪はあいかわらずふりつづいていた。外の世界は白一色に静まりかえり、なんとも知れぬ脅威をはらんでいた。

ボイル夫人は朝食のテーブルについていたが、食堂には誰もいなかった。隣のメトカフ少佐の食事はすでにかたづけられていた。クリストファー・レンの席にはまだ朝食が出たままになっている。片方は早起きで、片方は朝寝坊なのだろう。ボイル夫人自身は、朝食にふさわしい時間はひとつしかないときめこんでいた。九時である。

すばらしいオムレツを食べおえたボイル夫人は、頑丈な白い歯でトーストをいらだたしげに噛んでいた。彼女は不本意な煮えきらない気分でいた。モンクスウェル・マナーは想像とは裏腹の場所だった。夫人が期待していたのは、ブリッジと、自分の社会的立場や人脈、戦時中の奉仕活動の重要性と秘匿性に感じ入ってくれる、容色の衰えたオールドミスだったのだ。

戦争の終結はボイル夫人をいわば無人島に島流しにしたようなものだった。これまではつねに効率のよさだとか、組織だとかについてとうとうとまくしたてる多忙な日々を送っていた。そのやる気満々の迫力ゆえに、まわりの人々は疑問をおぼえても、ボイル夫人の実力に異議をとなえる勇気がふるいおこせなかった。戦時下の奉仕活動はボイル夫人におあつらえむきの仕事だった。他人をとりしきり、いばりちらし、上層部を悩ませ、たとえ相手が不承不承だろうと、自分を認めさせるためなら骨身を惜しまずたちまわった。従属的立場の女たちは、ボイル夫人がすこしでも眉をしかめようものなら、すくみあがって右往左往したものだった。だが、そうした血湧き肉躍る生活はもう終わった。普通の生活にもどってみると、戦争以前の私生活は跡形もなく消えさっていた。軍に接収されていた自宅は、徹底的な修繕と改装をしなければ住める状態ではなかったし、家政婦が不足しているため、どのみち元の家で暮らすのは不可能だった。友人たちはちりぢりになってしまった。いずれ適切なすまいを見つけるつもりとはいえ、当面はホテルかゲストハウスに厄介になるしかなかった。そこでボイル夫人はモンクスウェル・マナーを選んだのである。

夫人は軽蔑するように周囲を眺めた。

〝ゲストハウス経営ははじめてだというのに、口をつぐんでいたなんて、まったくゆるせないわ〟とひとりごちた。

彼女は皿を遠くへ押しやった。香り高いコーヒーと手作りマーマレード付きの、味も給仕も申し分のない朝食であったことが、奇妙なことに、なおさらいらだちをつのらせた。文句をつけたくても、つけようがなかったからだ。刺繍入りのシーツと柔らかな枕のあるベッドも快適だった。快適なのはけっこうだが、ボイル夫人はあらさがしも好きだった。ふたつのうちどちらへの情熱が強いかといえば、後者だった。

夫人が威厳たっぷりに立ちあがり、食堂を出ようとしたところへ、あの赤毛の一風変わった若者がはいってきた。今朝の若者は、毒々しい緑のチェックのネクタイ——ウールの——をしめていた。

〝いけすかないこと〟ボイル夫人は内心つぶやいた。〝いけすかないったらありゃしない〟

若者の色の薄い目が横目づかいに自分にむけられたのも、勘にさわった。かすかな嘲笑のまじったその目つきには、どこか不安をかきたてる——普通でない——ものがあった。

〝精神のバランスでも欠いているんでしょうよ。そうだとしてもちっとも不思議じゃないわ〟ボイル夫人は胸につぶやいた。

相手のはでなお辞儀にわずかにうなずいてこたえると、夫人は大股に広い応接間にはいっていった。ここには座り心地のいい椅子があった。特に大きなばら色の椅子は悪くない。これは自分だけの椅子だということを主張したほうがよさそうだった。ボイル夫人は念のためにそこに編み物を置いてから、ラジエーターのそばへ行き片手をのせた。

思ったとおり、ラジエーターはなまぬるいだけだった。ボイル夫人の目に好戦的な輝きが宿った。これなら文句がいえそうだった。

彼女は窓の外をちらりと見た。ひどい天気だった――まったくぞっとする。どうせここには長くはいないだろう――もっと人が増えて、ここをおもしろくしてくれないかぎりは。

低いシャーッという音とともに雪が屋根からすべりおちた。ボイル夫人は飛びあがった。「ごめんこうむるわ」と声に出していった。「ここに長逗留するなんて、冗談じゃない」

誰かが笑った――甲高いくすくすというかすかな笑い声だった。さっとふりむくと、クリストファー・レンが戸口から、おもしろがっているような顔つきで見ていた。

「そうでしょうね。あなたならそうだろうと思いますよ」若者はいった。

メトカフ少佐はジャイルズを手伝って、勝手口のドアの前で雪かきをしていた。少佐はたのもしい働き手であり、ジャイルズの顔には感謝の念があらわれていた。

「いい運動になる」メトカフ少佐はいった。「運動は毎日しないといかんのだよ。健康体であるためにはな」

したがって少佐は運動の鬼だった。そうではないかと、ジャイルズは内心思っていた。運動好きであることは、朝食は七時半、という要求と一致していた。

ジャイルズの考えを読みとったかのように、少佐はいった。「奥さんが早い時間に朝食を作ってくれてよかったよ。産みたて卵を食べられたのもありがたい」

ジャイルズ自身はゲストハウス経営という過酷な立場上、七時前に起きてモリーとふたりで卵をゆで、お茶をいれ、食堂に朝食の用意をしておいた。準備は万端だった。もっとも、ジャイルズは自分が宿泊客だったら、こんな朝は許されるぎりぎりの時間までベッドから出ないだろうと思わずにいられなかった。

しかし少佐は早々と起きて朝食をすませ、ありあまるエネルギーのはけぐちを求めるように家中を歩きまわっていたのだ。

〝雪かき仕事なら、いくらでもありますよ〟とジャイルズは思った。

となりで汗を流している少佐をジャイルズは横目でちらりと見た。つかみどころのない人物だった。かなりの年配で、手強そうで、妙に油断のない目つきをしている。まるで正体不明だった。どうしてモンクスウェル・マナーへきたのだろうと不思議な気がした。除隊になって、仕事のあてがないのかもしれなかった。

パラヴィチーニ氏はおそくなっておりてきて、コーヒーを飲み、トーストを一枚食べた——質素なコンチネンタル・ブレックファーストである。

彼は食事を運んでいったモリーに立ち上がって深々と一礼し、「かわいらしい方だ、あなたがここの奥さんですね？　わたしの推測、合ってますか、ちがいますか？」と叫んで、彼女をめんくらわせた。

モリーはいささかそっけなく〝合っている〟ことを認めた。朝っぱらから、にこやかにお世辞に応対する気分になれなかったのだ。

なげやりに食器を流しに積み重ねながら、彼女はぼやいた。「まったくなんだって、全員がばらばらの時間に朝ごはんを食べるのかしら。めんどうだこと」

洗い終えた食器をラックにかけ、ベッドをととのえるために急いで二階にあがった。今朝はジャイルズには手伝ってもらえそうもなかった。彼はボイラー室と鳥小屋までの道を雪かきしなければならないからだ。

皺をのばしてからシーツを乱暴にひっぱりあげるという、かなりいいかげんな方法で、猛スピードでベッドをととのえた。

浴室を掃除しているとき、電話がなった。

はじめは邪魔がはいったのがいまいましくて舌打ちしたが、次の瞬間、すくなくともまだ電話は通じているのだとほっとして、階段をかけおりた。

軽く息をきらしながら図書室に飛び込み、受話器をとった。

「もしもし？」

かすかだが快活な田舎なまりのある威勢のいい声がたずねた。「モンクスウェル・マナーですかな？」

「ゲストハウス、モンクスウェル・マナーです」

「デイヴィッド中佐をお願いします」

「あいにくただいま電話にでられません。わたしは家内ですが、どちらさまでしょうか？」

「バークシャー警察のホグベン署長です」

モリーはちいさくあえいだ。「まあ、はい――あの――なにか？」

「奥さん、緊急の問題がもちあがったんですよ。電話ではあまりあれこれいいたくないんだが、トロッター部長刑事をそちらへやりましたので、おっつけ到着するはずです」

「でも、いらっしゃるのは無理だと思いますわ。雪がひどくて――ここは完全に孤立してしまっているんです。道路も通れません」

電話のむこうの声は、あいかわらず自信たっぷりだった。

「だいじょうぶ、トロッターなら行きますよ。ご主人にトロッターのいうことを注意深く聞いて、かならず指示には従うようにとお伝えください、奥さん。それだけです」

「でも、ホグベン署長さん、なにが――」

だがカチャリと音がし、ホグベンはいうべきことだけいって、さっさと電話をきってしまった。モリーは架台を一、二度ゆすってから、あきらめた。ふりかえったちょうどそのとき、ドアがあいた。

「ああ、ジャイルズ、あなた、ちょうどよかったわ」

ジャイルズの髪には雪がつき、顔は石炭のすすで真っ黒だった。汗をかいているようだった。

「なんだい？　石炭バケツは満杯にしたし、薪ももってきた。次はめんどりの世話をしてからボイラーの様子を点検するよ。それでいいね？　どうした、モリー？　おびえたような顔をして」

「ジャイルズ、警察から電話があったの」

「警察？」ジャイルズは信じられないようだった。

「そうよ、警部だか部長刑事だかをこっちへよこすって」

「でもどうして？　ぼくたちがなにをしたんだ？」

「わからないわ。わたしたちがアイルランドに注文したあの二ポンドのバターのことだと思う？」

ジャイルズは眉をひそめていた。「ラジオ聴取許可証はたしかに取得したよな？」

「ええ、机の抽斗にはいっているわ。ジャイルズ、わたしのあの古いツィードの上着とひきかえに、ビッドロックの奥さんが配給切符を五枚くれたのよ。あれがいけなかったんだわ——でも、完全に公正なとりひきのはずよ。上着をあげたんだもの、配給切符をもらっていけないなんてことないわ。ああ、大変、ほかにわたしたちどんなことをしたかしら？」

「この前ぼくはもうちょっとで車とぶつかるところだったんだ。でもあれは相手が悪かったんだ。疑問の余地はないよ」

「きっとなにか法にふれるようなことをやっちゃったんだわ」モリーが嘆いた。

「なにしろ最近じゃなにをやっても違法になっちまうんだからな」ジャイルズが憂鬱そうにいった。「だから、みんなうしろめたい気持ちからぬけだせない。なんだかこのゲストハウスの経営に関係がありそうな気がしてきたよ。ゲストハウスの経営ってやつは、ぼくたちのあずかり知らぬ、厄介なことがたくさんあるのかもしれないな」

「問題になるのはお酒だけだと思っていたわ。お酒なんて一滴も出していないわよ。ゲストハウスを好きなように経営してどうしていけないの？」

「まったくだよ。どこにも落ち度はないはずだが、いったように、ちかごろはなんでもかんでも禁止されているからな」

「ああ、どうしましょう」モリーはためいきをついた。「こんな商売、はじめなければよかった。これから数日間は雪で外出もままならないでしょうし、お客さんたちは機嫌が悪くなるわ。缶詰のたくわえだって全部お客さんに食べられちゃう——」

「そう落胆するなよ」ジャイルズはいった。「いまはツイていないが、そのうちすべてうまくいくさ」

ジャイルズはなんだかうわの空でモリーの頭のてっぺんにキスすると、がらりと口調をかえていった。「ねえモリー、考えてもみろよ、この大雪のなか、部長刑事をここまでよこすとは、よほどの重大事にちがいないぞ」彼は片手をふっておもての雪を示した。「きっとすごい緊急事態なんだ——」

ふたりがじっと顔を見あわせたとき、ドアがあいてボイル夫人がはいってきた。

「ああ、ここにいたのね、デイヴィスさん。応接間のセントラルヒーティングがまるで温かくないのをごぞんじ？」

「すみません、ボイル夫人。石炭が不足ぎみでして——」

ボイル夫人は容赦なく言葉をはさんだ。「一週間に七ギニーもはらっているんですよ――七ギニーも。おとなしくこごえているつもりはありませんからね」

ジャイルズは顔を紅潮させ、ぶっきらぼうにいった。「今から石炭をくべにいきますよ」

彼が部屋から出ていくと、ボイル夫人はモリーのほうをむいた。

「こんなことをいっちゃなんだけれど、奥さん、ここに泊まっているあの若い男、まともじゃないわね。態度といい、ネクタイといい尋常じゃないし、しかもあの頭ときたら、いっぺんも髪をとかしていないんじゃない？」

「あの方は才能あふれる建築家です」モリーはいった。

「なんですって？」

「クリストファー・レンは建築家で――」

ボイル夫人はぞんざいに言葉をさえぎった。「なにをいいだすやら。サー・クリストファー・レンのことならむろん知っていますとも。もちろん、彼は建築家でしたよ。セントポール寺院を建てた人物でしょ。あなたがた若い人は教育は教育法が成立してはじめておこなわれたと思っているようね」

「わたしがいったのは、ここに宿泊しているレンさんのことです。彼はクリストファーという名前なんです。ご両親がそう名づけたのは、建築家になってもらいたかったからですし、レンさんは期待にこたえて建築家になりました——というか、その卵なんです——だから、なんの問題もありませんわ」

「ふん」ボイル夫人は鼻をならした。「うさんくさい話だこと。わたしなら、あの若い男の素性を調べますね。あなた、あの男についてどんなことを知っているの？」

「あなたについての知識とまったく同じですわ、ボイル夫人——あなたも彼も週に七ギニーはらってくれるということです。知る必要のあるのはそれだけですから。関心があるのは宿泊代だけです。うちに泊まる方にわたしが好意をもっているか、それとも——」モリーはひたとボイル夫人を見すえた——「もっていないかなんて、関係ありませんもの」

ボイル夫人は怒ったように顔を紅潮させた。「あなたは若いし未熟なんだから、見識ある人の忠告はありがたく聞くものよ。それになんなの、あのへんてこりんな外国人は？　いったいあの人はいつ到着したんです？」

「真夜中に」

「なるほどねえ。あきれたこと。非常識だわ」

「誠実な旅行者を追い返すのは法律に反する行為ですわ、ボイルさん」モリーは愛想よくつけくわえた。「気づいていらっしゃらないかもしれませんけど」

「いいですか、あのパラヴィチーニとやら名のる人物は、わたしには――」

「ご用心、ご用心、そこの方。噂をすればなんとやら《トーク・オブ・ザ・デビル》ですぞ――」

ボイル夫人は本当に悪魔《デビル》に話しかけられたかのように飛びあがった。音もなくはいってきたパラヴィチーニ氏は、年老いた悪魔のような笑いを浮かべて両手をこすりあわせた。

「びっくりするじゃありませんか」ボイル夫人はいった。「はいっていらしたのが聞こえませんでしたよ」

「爪先立ってはいってきましたからね、そのせいですよ。わたしが出たりはいったりしても誰も気づきません。非常に愉快です。ときには盗み聞きもします。それもまた愉快ですね」彼は声を低めてつけくわえた。「しかし、聞いたことは忘れません」

ボイル夫人はつぶやいた。「おや？　編み物をとってこなくちゃ――応接間においてきたようだわ」

夫人はあわてて出て行った。モリーは当惑した表情をうかべて立ったまま、パラヴィチーニ氏を見た。彼は跳ねるような足取りでモリーに近づいた。

「かわいらしい奥さんは動転しておいでのようですな」モリーが抗議する間もなく、パラヴィチーニ氏は彼女の手をとってキスした。「どうしたんです、奥さん？」

モリーは一歩あとずさった。パラヴィチーニ氏にはあまり好感をもてないような気がした。彼は好色な老人のように横目使いにモリーを見ていた。

「今朝はなにもかもが滞りぎみなんです、雪のせいで」モリーはさりげなくいった。

「たしかに」パラヴィチーニ氏はふりかえって窓の外を眺めた。「雪のせいですべてが非常に困難になっているわけですね。でなければ、非常に簡単になっている」

「おっしゃる意味がわかりませんけど」

「そうでしょう」パラヴィチーニ氏は考えこむようにいった。「あなたにはわからないことがたくさんあるのです。たとえば、あなたはゲストハウスの経営についてあまりごぞんじないようだ」

モリーの顎が挑むようにあがった。「そうかもしれません。でも、うまくやっていくつもりですわ、わたしたち」

「ブラボー、ブラボー」

「なんといっても、わたしはそう料理下手ではありませんし――」モリーの声にかすかな不安がにじんだ。

「あなたの料理は、疑いの余地なく、見事です」パラヴィチーニ氏はいった。

外国人というのはなんて扱いにくいんだろう、とモリーは思った。

パラヴィチーニ氏は彼女の思いを読みとったのかもしれない。いずれにせよ、態度が変わり、いやに真面目な口調で静かにこういった。

「ひとつ警告してもよろしいですか、デイヴィス夫人？　あなたもご主人も、あまり人を信用しすぎてはなりません。ここの泊まり客の身元を保証する書類はおもちですか？」

「それが普通なんですの？」モリーの顔が不安そうになった。「泊まり客というのはただ——ただくるものだと思っていました」

「同じ屋根の下で眠る人々については、つねにすこし知っておくのが望ましいことです」彼は前かがみになって、脅すようにモリーの肩をたたいた。「たとえばこのわたしです。真夜中にいきなりやってきて、車が雪だまりで横転した、と主張していますが、わたしについて、あなたはなにを知っていますか？　なにひとつ知らない。おそらく、ほかの人たちのこともなにも知らないでしょう」

「ボイル夫人は——」モリーはいいかけたが、当の夫人が編み物を手にふたたび部屋にはいってきたので口をつぐんだ。

「応接間は寒すぎるわ。わたしはここにすわらせてもらいますよ」ボイル夫人は大股に暖炉のほうへ歩いていった。パラヴィチーニ氏はすばやく向きをかえて、夫人より先に暖炉に近づいた。「火をかきたててさしあげます」

昨夜と同様、モリーはパラヴィチーニ氏の老人らしからぬ軽やかな動作におどろいた。そしてパラヴィチーニ氏がつねに注意深く光に背をむけているらしいことに気づいた。今、膝をついて火をかきたてている彼を見て、その理由がわかった気がした。パラヴィチーニ氏の顔は巧妙に、しかしあきらかに〝メーキャップ〟されていたのである。

それじゃこの老人は愚かしくも実際より若く見せかけようとしているのだわ。でも、結果は失敗ね。年齢相応に、いえ、むしろもっと年老いて見える。若々しい歩きかたが、いっそうちぐはぐだ。あの歩きかたも、人目をあざむく周到な演技なのかもしれない。

あれこれ思いめぐらしていたモリーは、メトカフ少佐がきびきびとはいってきたせいで、われに返った。

「デイヴィスの奥さん。どうやら一階の――ええと――」少佐はつつしみぶかく声を落とした。「手洗いの給水管が凍っているようですぞ」

「まあ、どうしましょう」モリーはうめいた。「まったくさんざんな日ですわ。最初は警察で今度は給水管だなんて」

パラヴィチーニ氏がガチャンと火かき棒を火格子の中へ落とした。ボイル夫人は編み棒をもった手をとめた。モリーは、メトカフ少佐が名状しがたい表情を浮かべて不意に動かなくなったことに困惑して、少佐を見つめた。モリーには読みとれない表情だった。まるで一切の感情が干上がり、血の通った顔ではなく、木彫りかなにかになってしまったかのようだった。

少佐がぶつぶつと切ったような声でいった。「警察、といいましたか？」

モリーは少佐のぴくりともしない表情の奥で激しい感情がうごめいているのに気づいた。恐怖か警戒心か興奮か——とにかく、なにかの感情がまきおこっているのはたしかだった。この人は危険かもしれない、とモリーは胸にいいきかせた。

ふたたび少佐が口を開いたとき、その声に感じられたのは単なるおだやかな好奇心だった。「警察がなんの用です？」

「電話をかけてきましたの。ほんのいましがた。部長刑事をここへよこすそうです」モリーは窓のほうへ目をやった。「でも、とてもたどりつけないと思いますわ」期待をこめていった。

「どういう理由でここへ警官をよこすんですか？」少佐はモリーに一歩つめよったが、返事をしないうちにドアがあいてジャイルズがはいってきた。

「あのいまいましい石炭ときたら、はんぱな重さじゃないよ」いらだたしげにそういったあと、鋭くつけくわえた。「どうしたんだ？」

メトカフ少佐がジャイルズのほうをむいた。「ここへ警察がくるそうだが、どういうことかね？」

「ああ、そのことならご心配にはおよびません。この吹雪の中をやってこられる人なんかいやしませんよ。なにしろ五フィートの積雪ですからね。道路は雪に埋まっています。今日は誰もきやしません」

まさにその瞬間、窓をはっきり三度たたく大きな音がした。

全員がぎくりとした。どこからその音がしたのか、とっさには誰もわからなかった。警告めいた、威嚇するような強い音だった。やがてモリーがあっと叫んでフランス窓を指さした。男が窓ガラスをたたいていた。どうやってここまでたどりつけたのか、疑問は男の足元を見ればとけた。スキーをはいていたのである。

ジャイルズが声をあげて部屋をよこぎり、掛けがねをまさぐってフランス窓を大きくあけた。

「ありがとう」新参者はいった。これといって特徴のない快活な声と、真っ黒に日焼けした顔の持ち主だった。

「トロッター部長刑事です」と、みずから名のった。

ボイル夫人は編み物をもったまま、うさんくさそうにじろりと見た。「部長刑事だなんていって、若すぎますすよ」

若い男――まったくずいぶんと若かった――はこの侮辱にむっとしたように、かすかないらだちをこめていった。「わたしは見かけほど若くはないんですよ、マダム」

彼の目が居合わせた一団のあいだをさまよって、ジャイルズをえらびだした。

「デイヴィスさんですか？　このスキーをどこかへしまっておけますか？」

「もちろんです、どうぞこちらへ」

ふたりがホールへ出て行きドアがしまると、ボイル夫人が辛辣《しんらつ》にいった。「最近の警察はわたしたちの税金でウィンタースポーツを楽しんでいるらしいわ」

パラヴィチーニがいつのまにかモリーのそばにきていた。彼は切迫した低い声でとがめるようにいった。「どういう理由であなたは警察を呼んだんです、奥さん？」

モリーはパラヴィチーニにうらみがましい目でじっと見つめられて、ひるんだ。パラヴィチーニ氏の新しい一面を見た気がした。一瞬彼女は恐怖をおぼえ、力なくいった。

「ちがうんです。わたしが呼んだんじゃありません」

そのときクリストファー・レンが興奮ぎみにドアからはいってきて、甲高いよく通る声をひそめていった。「ホールにいるあの男は何者ですか？　どこからきたんです？やけに元気だけど雪まみれじゃないですか」

編み棒をかちかちいう音にかぶさって、ボイル夫人の声がひびいた。「信じるかどうかはともかく、あの男は警察官ですよ。警察官が——スキーをするだなんて！」

下層階級の分際で、とその態度はいっているようだった。

メトカフ少佐がモリーにつぶやいた。「ちょっと奥さん、電話を拝借できますか？」

「もちろんです、メトカフ少佐」

少佐が電話器に歩みよったとき、クリストファー・レンが甲高い声でいった。「あの警官、ずいぶんと恰好がいいなあ、そう思いませんか？　ぼくはつねづね警官というのは魅力的だと思ってるんですよ」

「もしもし、もしもし——」メトカフ少佐はいらだたしげに電話器をゆすっていたが、ややあってモリーのほうをむいた。「奥さん、この電話は通じませんよ、うんともすんともいわない」

「ついさっきはなんともなかったんですよ。だってわたしが——」

モリーは最後までいえなかった。クリストファー・レンがきんきん声でヒステリックに笑いだしたからだ。「じゃあぼくたちはいまやすっかり外界との連絡を絶たれたってわけだ。陸の孤島ですよ。愉快じゃありませんか」

「すこしもおかしいことではない」メトカフ少佐がきっぱりといった。

「そうですとも」ボイル夫人が口をそろえた。

クリストファーはまだ笑いの発作にとらわれていた。「ぼくだけの個人的冗談なんです。おっと」と、口の前に指を一本立てた。「探偵の登場だ」

ジャイルズがトロッター部長刑事とともにはいってきた。部長刑事はスキーをぬいで雪をはたき、片手に大きなノートと鉛筆をもち、悠然たる裁判官のような雰囲気をただよわせていた。

「モリー」ジャイルズがいった。「トロッター部長刑事がぼくたちだけで話がしたいそうだ」

モリーはふたりのあとについて部屋を出た。

「書斎へ行きましょう」ジャイルズがいった。

彼らはホールの奥にある、書斎という呼び名でもったいをつけた小部屋にはいった。トロッター部長刑事は用心深くドアをしめた。

「わたしたち、なにをしたんでしょう、部長刑事？」モリーはあわれっぽくたずねた。

「なにをした、というと？」トロッター部長刑事はまじまじとモリーを見た。それから大きく微笑した。「ああ、そういうことではないんですよ、マダム。なんらかの誤解があったのならあやまります。奥さん、まったくの別件です。むしろ、身辺警護のためなんです」

さっぱり意味がわからぬまま、ジャイルズとモリーは不審げに部長刑事を見つめた。

トロッター部長刑事はよどみなくつづけた。「二日前にロンドンで殺されたライアン夫人、モーリーン・ライアン夫人の死と関係がありましてね。事件については新聞でお読みになったかもしれませんが」

「はい」モリーはいった。

「まずわたしが知りたいのは、おふたりがこのライアン夫人と面識があったかどうかということです」

「いや全然」ジャイルズがいい、モリーは同意の言葉をつぶやいた。

「なるほど、警察の予想どおりです。しかし実際のところ、ライアンは殺された女の本名ではありません。あの女には前科がありましてね、指紋がファイルにのっていたので、すぐに身元をつきとめることができたんです。本名はグレッグ、モーリーン・グレッグ。死んだ亭主のジョン・グレッグは、ここからあまり遠くないロングリッジ農場に住む農夫でした。ロングリッジ事件のことはご存じでしょう」

部屋の中が静まりかえった。静寂をやぶるのは、雪が屋根から地面にふいにすべりおちるさいの、やわらかなドサッという音だけだった。それはひそやかな、一種不吉な音だった。

トロッターはつづけた。「一九四〇年、ロングリッジ農場のグレッグ夫婦のもとに、三人の子供が学童疎開でひきとられました。そのうちのひとりが許しがたい養育上の怠慢と虐待の結果、死亡したのです。事件は一大センセーションをまきおこし、グレッグ夫婦はともに禁固刑の判決を受けました。グレッグは護送途中に脱走し、車をぬすんで、警察の追跡をのがれようとしたあげくに事故を起こし、その場で死亡。グレッグ夫人は刑期をつとめて、二カ月前に釈放されたのです」

「そして殺された」ジャイルズがいった。「警察は何者のしわざだと思っているんですか？」

しかしトロッター部長刑事はあわてなかった。「事件をおぼえていますか？」

ジャイルズはかぶりをふった。「一九四〇年には地中海で見習い将校をつとめていたんです」

トロッターはモリーにちらりと視線を移した。

「わたし――わたしは事件のことを聞いたおぼえがあるような気がします」モリーは息

を殺していった。「でも、どうしてここへ？　わたしたちとその事件がどういう関係があるんです？」

「問題は、あなたがたの命が危ないということなんですよ、奥さん！」

「危ない？」ジャイルズは耳を疑った。

「こういうことなんです。犯罪現場の近くで一冊のノートが見つかりましてね。そこにふたつの住所が書かれていた。ひとつめはカルヴァー通り七四番地」

「その女が殺された場所ですね？」モリーが口をはさんだ。

「そうです、奥さん。そしてもうひとつがモンクスウェル・マナーだったんです」

「なんですって？」モリーは信じられないというようにいった。「でも、そんな途方もないことって」

「そうなんです。だからホグベン署長はロングリッジ農場事件とおふたり、あるいはこの宿泊客のあいだにつながりがないかどうか、つきとめる必要があると考えたんです」

「つながりなどありませんよ――これっぽっちもありません」ジャイルズがいった。

「きっと偶然の一致なんだ」

トロッター部長刑事はおだやかにいった。「ホグベン署長はそうは思っていません。

できることなら署長みずから出向いてきたでしょうが、なにしろ、この天候ですからね。スキーが得意なわたしに、こちらにいる全員の素性をつきとめて電話報告し、みなさんの安全のために適切と思うすべての手段を講じるようにと指示したわけなのです」

　ジャイルズが鋭くいった。「安全？　おどろいたな、まさかここで誰かが殺されると思っているんじゃないでしょうね？」

　トロッターはすまなそうにいった。「ご婦人を脅かしたくはなかったんですが、そう思っていますよ、ホグベン署長もそう考えています」

「しかしいったい全体どんな理由があると――」

　ジャイルズが口をつぐみ、トロッターがいった。「それをここでつきとめようというんですよ」

「それにしても、なにからなにまで異常すぎる」

「そのとおり、異常だから危険なんです」

　モリーが口をひらいた。「まだわたしたちに話していないことがありますわね、部長刑事さん？」

「ええ、マダム。ノートのページの一番上に〝三匹の盲目のねずみ〟と書いてあったんです。女の死体には〝これはひとりめだ〟と書かれた紙がピンで留めてありました。そして、紙の下のほうに三匹のねずみと楽譜が一小節だけ書いてあった。童謡《三匹の盲目のねずみ》のメロディでした」

モリーがそっとうたった。

三匹の盲目のねずみ
　ごらんよ、あの走りっぷり
三匹そろって農夫のおかみさんのあとを走っていったら
　おかみさんに――

彼女はうたうのをやめた。「ああ、おそろしいわ――ぞっとする。子供は三人いたんですね？」

「そうです、奥さん。十五歳の男の子、十四歳の女の子、死亡した十二歳の男の子」

「ふたりはどうなったんです？」

「少女は養女としてひきとられたようです。つきとめることはできませんでした。少年は元気なら二十三歳になっていますね。途中まではわかっていますが、現在どこでどうしているかは不明です。噂では、昔から少々――変わり者だったようです。十八歳で入隊していますが、のちに脱走。そこから足取りはふっつり途絶えています。軍の精神科医は、彼のことを正常ではないと明言していますよ」

「ライアン夫人を殺したのは、その男だと？」ジャイルズがたずねた。「そして、彼は殺人狂で、ある未知の理由からここへあらわれるかもしれないというんですか？」

「ここにいる誰かがロングリッジ農場事件とかかわりがあったにちがいないとわれわれは見ています。そのかかわりを具体的につきとめることができれば、予防策を講じることができます。さて、あなたはなんの関係もないとおっしゃった。あなたも同じですか、奥さん？」

「え、ええ、もちろん」

「ほかにこの家には誰がいるのか正確に教えてください」

ふたりは名前をあげた。ボイル夫人。メトカフ少佐。クリストファー・レン。パラヴィチーニ。トロッター部長刑事はそれらをノートに書きとめた。

「使用人は？」

「ひとりもいません」モリーがいった。「それで思い出しました、失礼してじゃがいもの皮むきにとりかからないと」

モリーは唐突に書斎を出て行った。

トロッターはジャイルズのほうをむいた。「宿泊客について、どんなことをごぞんじですか?」

「ぼくは――ぼくたちは――」ジャイルズは言葉につまってから、静かにいった。「実のところ、まったく知らないんですよ、トロッター部長刑事。ボイル夫人はボーンマスのホテルから手紙をよこしました。メトカフ少佐はレミントンからです。レン氏はサウスケンジントンの素人下宿からだし、パラヴィチーニ氏はいきなり《アウト・オブ・ブルー》やってきたんです――というより白い雪の中から《アウト・オブ・ホワイト》、といったほうがいいかな。この近くの雪だまりで車がひっくりかえったんですよ。それでも、全員が身分証明書や配給帳といったものならもっていると思います」

「もちろんそれもすべて調べますよ」

「悪天候もある意味では幸運でしたね。この雪じゃ、殺人犯もそう簡単に姿をあらわすことはできないでしょう」

「その必要はないのかもしれませんよ、デイヴィスさん」

「どういう意味です?」

トロッター部長刑事は一瞬躊躇してからいった。「すでにここにいる可能性を考慮しなければ」

ジャイルズはまじまじと部長刑事をみつめた。

「というと？」

「グレッグ夫人が殺されたのは二日前です。宿泊客は全員そのあとここにやってきた」

「たしかにそうだが、しかしみんな前もって予約した人たちばかりですよ——かなり前に——パラヴィチーニ氏は別ですが」

トロッター部長刑事はためいきをついた。うんざりしたような声だった。「これらの犯罪はあらかじめ計画されていたんです」

「これら？　しかし犯罪はまだひとつしか起きていないじゃないですか。どうしてもうひとつ起きるとわかるんです？」

「殺人は起きるでしょう——いや、そんなことがあってはなりません。だからそれを防ぎたいと思っているんです。しかし事件が起きるのはまちがいない」

「しかしですね——もしあなたが正しいとしたら」ジャイルズは興奮してきた。「それらしき人物はひとりしかいません。年齢的に犯人に該当するのはひとりだけです。クリストファー・レンだ！」

トロッター部長刑事は台所にいたモリーのところへやってきた。

「奥さん、図書室へ一緒にきていただけませんか。みなさんにおおまかな説明をしたいんです。ご主人が親切に準備をしてくれていますから――」

「わかりました――この皮むきだけ最後までさせてくださいな。サー・ウォルター・ローリー（サー・ウォルター・ローリーはじゃがいもを新大陸から英国にもたらした探検家）がこのいまいましいものを発見しなかったらよかったのに、とときどき思いますわ」

トロッター部長刑事は非難がましい沈黙を守った。モリーは弁解がましくいった。

「だって信じられないんです――あまりにも空想じみていて――」

「空想ではありませんよ、奥さん――単純な事実です」

「犯人の特徴はわかっていますの？」モリーは興味をかきたてられてたずねた。

「中背で痩せ形、黒っぽいオーバーにあかるい色の帽子、ささやくような声でしゃべり、顔はマフラーに隠れていた。おわかりのとおり――どこにでもいるタイプです」トロッターはいったん言葉をきり、つけくわえた。「ここのホールには黒っぽいオーバーが三着にあかるい色の帽子が三つかかっていますね、奥さん」

「ロンドンからきた人はいないと思いますけど」

「そうでしょうか？」トロッター部長刑事はすばやい動作で食器棚に近づき、新聞を取りあげた。

「二月十九日の《イヴニング・スタンダード》。二日前の新聞ですよ。誰かがこの新聞をここへもってきたんです」

「でもそんなばかなことって」かすかな記憶がうごめいて、モリーは思い出そうと目を見開いた。「その新聞は、どうしてそこにあるんだったかしら？」

「他人の話を常に額面どおりにうけとってはいけませんよ、奥さん。あなたは宿泊客たちのことを、本当はなにもご存じない。あなたもご主人もゲストハウスの経営ははじめてのようですね？」

「ええ、そのとおりです」モリーは認めた。急に愚かで無知な子供のような気がした。

「おそらく結婚も最近なさったんじゃありませんか？」

「ちょうど一年です」彼女はほんのり頰をそめた。「急に決まったもので」

「ひとめぼれというやつですね」トロッター部長刑事は共感をこめていった。

つっけんどんにするわけにもいかず、モリーは「そうなんです」といったあと、衝動的に打ち明けた。「わたしたち、知りあってたった二週間でしたの」

プロポーズの嵐に翻弄されたその十四日間をモリーは思い返した。相手を疑う気持ちなどかけらもなかった──わたしたちにはわかっていたのだもの。神経にさわる不穏なこの世の中で、わたしたちは奇跡的にお互いを発見したのだ。モリーの口元に小さな笑みが浮かんだ。

ふとわれに返ると、トロッター部長刑事が寛大にほほえんでいた。

「ご主人はこのあたりの出身じゃありませんね？」

「はい」モリーは曖昧に答えた。「リンカンシャーの出身ですわ」

彼女はジャイルズの子供時代や教育についてはほとんど知らなかった。両親はすでに亡く、ジャイルズは幼い頃の話をつねに避けていた。不幸な子供時代を送ったのだろうとモリーは想像していた。

「こんなことをいってはなんですが、おふたりともこの種の施設を経営するにはずいぶんお若い」トロッター部長刑事はいった。

「あら、どうでしょう。わたしは二十二ですし、それに――」

ドアが開いてジャイルズがはいってきたので、モリーは口をつぐんだ。

「準備ができましたよ。みなさんにはおおまかな話をしておきました。それでいいんですね、部長刑事？」

「助かりますよ」トロッターはいった。「用意はいいですか、奥さん？」

トロッター部長刑事が図書室にはいっていくと、四つの声がいっぺんにしゃべりだした。

もっとも甲高くてきんきんしていたのはクリストファー・レンの声で、その声が訴えていたのは、こんなにスリリングなことはない、今夜は一睡だってするつもりはない、どうかむごたらしい詳細もすべて聞かせてほしい、というものだった。

それを緩和するような重低音を発しているのはボイル夫人だった。「言語道断ですよ——無能の一言に尽きます——殺人鬼をのどかな田園に野放しにするとは、警察はいったいなにをやっているんです」

パラヴィチーニ氏はおもに両手で心のうちを表現していた。ジェスチャーのほうがボイル夫人の重低音にのみこまれてしまった言葉より、雄弁だった。メトカフ少佐はときおりぶつぶつと切ったように吠えていた。彼は事実を求めていた。

トロッターはしばらくだまっていたが、やおらもったいぶって片手をあげた。するとおどろいたことに、ぱたりと静かになった。

「どうも。さて、デイヴィスさんからわたしがここにいるわけについて、だいたいのことはお聞きになったでしょう。わたしが知りたいことはひとつ、たったひとつだけです。それもただちに知りたい。あなたがたの誰が、ロングリッジ農場事件とかかわりがあるのか？」

静寂がつづいた。四つのぽかんとした顔がトロッター部長刑事を見つめた。さっきまでの感情の渦――興奮と憤りとヒステリーと好奇心は、スポンジでぬぐいさられた石板の上のチョークのしるしのように、跡形《せ》もなく消えていた。

トロッター部長刑事はさっきより急きこんで、もう一度話しかけた。「いいですか。あなたがたのひとりが危険に――それも深刻な危険です――さらされていると信じるに足る理由があるのです。それがあなたがたのうち誰なのか、つきとめる必要があるんですよ!」

依然として誰もしゃべらず、動きもしなかった。

トロッターの声に怒りに似たものがしのびこんだ。「いいでしょう――ひとりずつ質問します。パラヴィチーニさん?」

パラヴィチーニの顔にあるかなきかの笑みが浮かんで消えた。彼は抗議するように両手をもちあげて異国風のジェスチャーをした。

「ですがわたしはこのあたりのことはなにも知らないんですよ、警部さん。なにも知りませんん、昔このあたりで起きた事件のことなどなんにも知らないんです」

トロッターは時間を無駄にせず、すぐさま相手を変えた。「ボイル夫人?」

「本当にわけがわからないわ――だって――わたしがそんな痛ましい事件とかかわりがあるはずがないじゃありませんか」

「レンさん？」

クリストファーは甲高い声でいった。「その頃ぼくはほんの子供だったんですよ。その事件のことは聞いたおぼえさえありません」

「メトカフ少佐？」

少佐はぶっきらぼうにいった。「新聞で読んだおぼえはある。当時わたしはエジンバラに駐在していた」

「みなさんがいうべきことはそれだけですか――どなたか？」

ふたたび沈黙。

トロッターはいらだたしげにためいきをついた。「これでは、どなたかひとりが殺されても自業自得ですよ」部長刑事はいきなり回れ右をして部屋を出て行った。

「いやあ、なんてわくわくするんだろう！」クリストファーはそういってから、つけくわえた。「部長刑事はすごくハンサムですよね。警察ってあこがれちゃうなあ。妥協を許さないきびしさ、この状況、まったくぞくぞくする。《三匹の盲目のねずみ》か。どんなメロディだっけ？」

クリストファーはその曲をそっと口笛で吹いた。モリーは思わず大声を出した。「やめて！」

クリストファーはモリーのほうをくるっとふりむいて、笑った。「だって、いってみればぼくの歌なんですよ。殺人の容疑をかけられたことなんてはじめてだから、興奮しちゃって！」

「通俗的なくだらない考えだわ」ボイル夫人がいった。「わたしは一言だって信じませんよ」

クリストファーのあかるい色の目にいたずらっぽい光が宿った。「まあそう決めつけないで、ボイルさん」彼は声をひそめた。「ぼくがあなたの背後にしのびよって、両手であなたの喉を締めるかもしれませんよ」

モリーはすくみあがった。

ジャイルズが腹立たしげにいった。「妻が動揺するじゃないか、レン。いずれにしろ、趣味の悪い冗談だ」

「ふざけている場合ではないぞ」メトカフ少佐がいった。

「いや、だってこれは悪ふざけみたいなものですよ」クリストファーはゆずらなかった。「まさに悪ふざけなんです――狂人のね。だからこんなに不気味なんですよ」

クリストファー・レンは周囲の面々を見まわして、ふたたび笑い声をあげた。「みなさんの顔ときたら、ちょっとした見物だな」

そういうと、彼はさっさと部屋から立ちさった。

最初に自分を取りもどしたのはボイル夫人だった。「まったく不躾《ぶしつけ》で気味の悪い若者だわ。たぶん、兵役拒否者よ」

「彼から聞いた話だが、空襲で瓦礫《がれき》の下敷きになり、四十八時間生き埋めになってたそうだ」メトカフ少佐がいった。「そのせいだろうね、無理もない」

「神経過敏症の人はいろんな言い訳をするものよ」ボイル夫人は辛辣だった。「わたしだって戦時中は人に負けないほど悲惨な体験をしましたけどね、神経がおかしくなるようなことはなかったわ」

「それは幸運でしたな、ボイルさん」

「どういう意味ですの？」

メトカフ少佐は静かにいった。「一九四〇年、あなたはこの地方に疎開してきた子供たちの受け入れ先斡旋《あっせん》委員だったはずだ、ボイルさん」少佐がモリーを見ると、モリーは不安げにうなずいた。「そうでしょう？」

ボイル夫人は怒りで顔を真っ赤にした。「それがどうしたんです？」

メトカフ少佐は重々しくいった。「ロングリッジ農場に三人の子供たちを送りこんだ責任はあなたにあった」

「よろしいかしら、メトカフ少佐、あの事件の責任がどうしてわたしにあるのかさっぱりわかりませんね。あの農場の人々は善良そうだったし、子供たちを引き取ることにそれは熱心だったんですよ。いかなる点においても、わたしに非があったとは、責任があったとは、思いませんね――」彼女の声は尻つぼみになった。

ジャイルズが鋭くいった。「どうしてそのことをトロッター部長刑事にいわなかったんですか？」

「警察の知ったことじゃありません」ボイル夫人はぴしゃりといった。「自分の面倒なら自分でみられるわ」

メトカフ少佐が静かにいった。「気をつけたほうがいい」

そのあと少佐も部屋を出て行った。

モリーはつぶやいた。「もちろん、あなたは受け入れ先斡旋委員だったわ。わたし、おぼえているんです」

「モリー、知っていたのか？」ジャイルズは妻を見つめた。

「あなたは共有地に大きな家をもっていた、そうでしょう？」

「接収されたわ。そしてめちゃくちゃにされたのよ」ボイル夫人は苦々しげにつけくわえた。「見る影もなかった。ひどいものだった」

するとパラヴィチーニ氏が妙に低い声で笑いだした。頭をのけぞらせ、無遠慮に笑った。

「お許しを」あえぎながらパラヴィチーニ氏はいった。「しかし、じつに愉快です。楽しい——ええ、楽しくてたまりません」

そのときトロッター部長刑事がふたたび部屋にはいってきた。彼はパラヴィチーニ氏を非難がましく一瞥し、皮肉っぽくいった。「みなさんがこの問題をこれほどおもしろがってくださるとは、うれしいかぎりだ」

「もうしわけない、警部さん、あやまります。あなたの重大な警告の効果をだいなしにしてしまいました」

トロッター部長刑事は肩をすくめた。「わたしは状況を明確にしようと、最善を尽くしただけです。ちなみに、わたしは警部じゃない。部長刑事にすぎませんよ。電話を使いたいのですが、奥さん」

「恐縮のいたりです。静かにいなくなりましょう」

静かどころか、パラヴィチーニ氏はモリーが前に気づいたあの跳ねるような若々しい足取りで部屋から出て行った。

「へんな男だな」ジャイルズがいった。

「犯罪者タイプですよ。わたしならあまり信用しませんね」トロッターはいった。

「まあ、まさかパラヴィチーニさんが――でも、それには年をとりすぎていますわ――それともほんとにあの人、おじいさんなのかしら？ じつは、あの人メーキャップをしているんです――それもかなり濃く。歩きかたは若々しいし、年寄りに見せかけているのかもしれません。トロッター部長刑事、もしやパラヴィチーニさんが――」

トロッター部長刑事はぴしりといった。「無駄な憶測をしたところで、結論はでませんよ、奥さん。ホグベン署長に報告しないと」

彼は部屋を横切って電話に近づいた。

「でも、それはむりですわ。電話が通じないんです」

「なんですって？」トロッターはぱっとふりかえった。

強い懸念をはらんだその声は、彼ら全員に強い印象をあたえた。「通じない？ いつからです？」

「あなたがおいでになるちょっと前に、メトカフ少佐が電話をかけようとして気づいたんです」

「しかしその前はなんともなかった。ホグベン署長からの伝言は聞いたでしょう？」

「はい。たぶん十時以降、電話線が切れてしまったんです、雪の重みで」

だがトロッターの顔は依然けわしいままだった。「ひょっとすると——切断されたのかもしれない」

モリーは目をみはった。「そんな」

「確かめてみましょう」

部長刑事はあわてて出ていき、ジャイルズは一瞬ためらったが、すぐにあとを追った。モリーは叫んだ。「大変！　もうお昼の時間じゃないの、仕度をしなくっちゃ——さもないとなんにも食べるものがないわ」

モリーが部屋から飛びだしていくと、ボイル夫人がぶつぶつつぶやいた。「役立たずな娘だよ！　なんて場所だろう。こんなところに七ギニーもはらうもんか」

トロッター部長刑事はかがんで電話線をたどっていった。彼はジャイルズにたずねた。

「内線はあるんですか？」

「ええ、ぼくたちの二階の寝室に。上へ行って見てきましょうか？」

「そう願えれば」

トロッターは窓をあけて下枠の雪を払いのけ、身を乗り出した。ジャイルズは階段をかけあがった。

パラヴィチーニ氏は広い応接間にいた。グランドピアノに歩みよって、蓋をあけ、スツールに腰かけると人差し指でそっとメロディを弾いた。

三匹の盲目のねずみ
ごらんよ、あの走りっぷり……

クリストファー・レンは自分の寝室にいた。元気よく口笛を吹きながら、動きまわっていた。不意に口笛が乱れ、やんだ。彼はベッドの端に腰をおろし、両手に顔を埋めてすすり泣きはじめた。そして子供のようにつぶやいた。「もうだめだ」
しばらくして態度が一変した。彼は立ちあがり、肩をそびやかして、「つづけなくちゃならない」といった。「やりとおさなくちゃならないんだ」
ジャイルズは自分たち夫婦の部屋の電話の前にいた。腰をかがめて床の幅木に目をこらすと、モリーの手袋の片方が落ちていた。それを拾いあげた拍子に、ピンク色のバスの乗車券が落ちた。ジャイルズは立ったまま、ひらひらと床に落ちていく乗車券を見おろした。見守るうちに、顔色が変わった。態度まで別人のようになり、夢でも見ているかのようにのろのろとドアに歩みよってドアをあけ、廊下づたいに階段の踊り場のほうを束の間のぞきこんだ。

モリーはじゃがいもの皮をむきおわって鍋にほうりこみ、火にかけた。ちらりとオーヴンの中を見た。予定どおり、すべて順調だった。

台所のテーブルの上には二日前の《イヴニング・スタンダード》がのっていた。それを見ながら、彼女は眉をよせた。誰がもってきたのか、思い出すことさえできれば――

突然、彼女は両手で目をおおった。「ああ、まさか。まさかそんな！」

モリーはゆっくりと手をどけた。見知らぬ場所を見るように、台所を見まわした。かすかにこうばしい料理のにおいがただよう暖かく快適な広々とした場所。

「ああ、まさか」もう一度モリーはささやいた。

夢遊病者のようにのろのろとホールに通じるドアへ近づいて、ドアをあけた。家はしんとして、誰かの口笛が聞こえるだけだった。

あのメロディは――

モリーはみぶるいしてあとずさりした。一瞬おいて、あらためて見慣れた台所をすばやく見まわした。だいじょうぶ、なにもかも滞りなく進んでいる。モリーはふたたびドアへ近づいた。

メトカフ少佐は静かに裏階段をおりた。ホールですこし様子をうかがってから、階段下の大きな押し入れをあけて中をのぞきこんだ。すべてきちんとしているようだった。あたりには誰もいなかった。かねて計画していたことをするには絶好のタイミングだった――

ボイル夫人は図書室でいらいらとラジオのつまみをひねった。最初に聞こえてきたのは、童謡の発祥と意義をめぐる談話だった。なによりも聞きたくない内容だった。じれったそうにくるくるつまみをまわす途中で、教養のある声がいった。「恐怖の心理学は徹底的に理解されねばなりません。たとえば、部屋にひとりでいるとしましょう。背後のドアが音もなくあいて――」

本当にドアがあいた。

ボイル夫人はぎょっとして、さっとふりかえった。「あら、あなたなの」夫人はほっとしていった。「くだらない番組ばかり。聞く価値のあるものなんてありゃしないんだから！」

「わたしなら聞く気にもなりませんよ、ボイル夫人」

ボイル夫人は鼻をならし、つっかかるようにいった。「ほかになにかすることがあって？　殺人鬼かもしれない人間といっしょに家にとじこめられているんですよ――といっても、そんな通俗的な話、わたしは一瞬だって信じませんけどね」

「そうなんですか、ボイル夫人?」

「まあ——どういう意味——」

気づくまもなく、レインコートのベルトがするりとボイル夫人の首にまきついた。ラジオのボリュームのつまみがひねられて音が大きくなった。恐怖の心理学の講師の博識な発言が室内に大きくひびき、ボイル夫人がいまわのきわに漏らした声をのみこんだ。

どっちみち大きな音はしなかった。

殺人者はじつに手慣れていた。


全員が台所に集まっていた。ガスレンジではじゃがいもが陽気にぐつぐつ煮えていた。オーヴンから漂うステーキ・アンド・キドニーパイの香ばしいにおいがいっそう強まった。

四人のおびえた人々は互いに見つめあい、五人めのモリーは青い顔をしてふるえながら、六人めのトロッター部長刑事が有無をいわさず押しつけたウイスキーをすすっていた。

部長刑事自身は怒りに顔をこわばらせて、集まった人々を見まわした。モリーの肝がつぶれたような悲鳴が、トロッターと他の人々を図書室へ走らせたのは、ほんの五分前のことだった。

「あなたがそばへ行ったとき、ボイル夫人は殺されたばかりだったんです、奥さん」部長刑事はいった。「ホールから部屋にはいったとき、誰も見なかったし、足音も聞かなかったというのは、たしかなんですか？」

「口笛が聞こえたわ」モリーはささやくようにいった。「でもあれはもっと前のことです。はっきりしませんけど、ちょうど――ちょうどわたしが図書室にはいったとき、ドアがしまる音を――どこかで静かに――聞いたような気がします」

「どこのドアです？」

「わかりません」

「考えるんです、奥さん――考えるよう努力して――二階ですか――一階ですか――右、それとも左？」

「ですから、わからないんです」モリーは叫んだ。「聞いたかどうかもよくわかりません」

「妻を脅すのはやめてくれませんか」ジャイルズが腹にすえかねたようにいった。「おびえきっているのがわからないんですか？」

「わたしは殺人事件の捜査をしているんですよ、デイヴィスさん――これは失礼――デイヴィス中佐」

「戦時中の呼び名はもう使いませんよ、部長刑事」

「そりゃそうだ」トロッターは微妙な点をついたかのように、言葉を切った。「いったように、わたしは殺人事件を捜査しているんです。これまでは誰もこの状況を真剣に考えていなかった。ボイル夫人もしかりです。彼女はわたしに情報を隠していた。あなたがた全員が隠し事をしていたんです。そしてボイル夫人は死亡した。真相を究明しなければ――いいですか、それも早急にです――次の殺人が起きるかもしれないんですよ」

「次の？　ばかげていますよ。どうしてです？」

「なぜならば」トロッター部長刑事は重々しくいった。「盲目のちいさなねずみは三匹いたからです」

ジャイルズは信じられないという顔でいった。「一匹につきひとりが死ぬってことですか？　しかし関連がなくちゃならないでしょう――つまり、例の事件とのもうひとつの関連が」

「いかにも。そうでなくてはならんでしょうな」

「しかし、どうしてよりによってここでまた人が死ぬんです？」

「ノートにあった住所がふたつだけだからですよ。カルヴァー通り七四番地で犠牲になりうる人物はひとりだけでした。そしてモーリン・グレッグは殺された。しかしモンクスウェル・マナーには複数の人間がいる」

「ばかばかしい。そろってロングリッジ農場事件にかかわりのある人間が、ふたりもまたまここに泊まるなんて、万にひとつもない偶然じゃないですか」

「種々の状況を考慮すれば、それほどの偶然ではありません。よく考えてみるんですな、デイヴィスさん」トロッターは他の面々にむきなおった。「ボイル夫人が殺されたとき、みなさんがどこにいたかについてはわかりました。これからそれを検討してみましょう。デイヴィスの奥さんの悲鳴を聞いたとき、あなたは自分の部屋にいたんでしたね、レンさん？」

「そうです、部長刑事」

「デイヴィスさん、あなたは二階の寝室で電話の内線を調べていたんですな？」

「そうです」ジャイルズが答えた。

「パラヴィチーニ氏は応接間のピアノを弾いていた。ときに、あなたのピアノの音を聞いた人はいなかったんですか、パラヴィチーニさん？」

「わたしはごく小さな音で弾いていたんです、部長刑事、人差し指だけで」

「なんの曲でしたか？」

《三匹の盲目のねずみ》ですよ、部長刑事」パラヴィチーニはうっすら笑った。「二階でレンさんが口笛で吹いていたのと同じ曲です。みんなの頭の中をかけめぐっている曲です」

「いやな曲」モリーがつぶやいた。

「電話線はどうなんだね？　わざと切断されていたのか？」メトカフがたずねた。

「そのとおりです、メトカフ少佐。応接間の窓のすぐ外で、一部が切断されていました——わたしがその個所を発見したとたん、デイヴィスの奥さんが悲鳴をあげたんです」

「しかしばかげているよ。人を殺しておいてまんまと逃げようなんて、よくも思えるもんだ」クリストファーがきんきん声でいった。

部長刑事は値踏みするように、じろりとクリストファーを見た。

「おそらくあまり気にしていないんでしょうな。あるいは、わたしたちより自分のほうが、ずっと利口だと自信満々なのかもしれない。殺人者にはえてしてそういうところがあるんですよ」彼はつづけていった。「わたしたち警官は心理学の訓練も受けるんですがね、統合失調症患者の精神構造は余人にはうかがいしれないものです」

「そういうむずかしい言葉を使うのは、やめにしませんか」ジャイルズが口をはさんだ。

「おっしゃるとおりです、デイヴィスさん。今現在重要なのは、ふたつの熟語だけです。

ひとつが〝殺人〟、もうひとつが〝危険〟。注意すべきは、それだけですよ。ではメトカフ少佐、あなたの行動をはっきりさせましょう。地下室にいたといわれるが——どうして地下に？」

「ぶらぶらとこの家を見てまわっていたんだ」少佐はいった。「階段下の押し入れをのぞいたら、ドアがあったのでね、あけてみると階段になっていたからおりたまでだよ。すばらしい地下室をおもちですな」と、ジャイルズにいった。「古い修道院の遺体安置所といっても通りそうだ」

「われわれは古物調査をしているんじゃないんですよ、メトカフ少佐。殺人事件の捜査をしているんです。ちょっと聞いてもらえますか、奥さん？　台所のドアをあけたままにしておきますから」部長刑事が出て行くと、しばらくして、かすかなきしみとともにドアがしまる音がした。部長刑事があけっぱなしの戸口にもどってきて、たずねた。

「あなたが聞いたのはあの音ですか、奥さん？」

「そんな気も——しますわ」

「あれは階段下の押し入れのドアをしめた音です。ボイル夫人を殺したあと、殺人犯が廊下をひきかえす途中で、あなたが台所から出てくる物音を聞き、押し入れにすばやくはいってドアをしめたのかもしれない」

「だったら、押し入れの内側にそいつの指紋がついてるはずだ」クリストファーが叫んだ。

「わたしの指紋がすでについている」メトカフ少佐がいった。

「そうでしょうな。しかし、納得できる説明ではある、ちがいますか？」トロッターはよどみなくいった。

「あの、部長刑事」ジャイルズが口をはさんだ。「あなたはたしかにこの事件を担当しておられる。しかし、ここはぼくの家だし、ここに泊まっている方々の身の安全に関しては、ぼくにも多少責任があります。予防策を講じるべきじゃないでしょうか？」

「たとえば、デイヴィスさん？」

「まあ率直にいえば、容疑が濃厚と思われる人物を拘束するんです」

ジャイルズはまっすぐクリストファー・レンを見た。

クリストファー・レンは前方に飛びだし、ヒステリックなきんきん声をあげた。「ちがう！　そうじゃない！　みんなよってたかってぼくを目の仇にする。いつだってみんなぼくをいじめるんだ。でっちあげだ。迫害だ――迫害だ――」

「落ち着け」メトカフ少佐がいった。

「だいじょうぶよ、クリス」モリーが進み出て、レンの腕に手をおいた。「誰もあなたをいじめやしないわ。だいじょうぶだといってやってください」モリーはトロッター部長刑事に訴えた。

「警察は人を罪におとしいれるような真似はしません」トロッターはいった。

「逮捕するつもりはないといってやって」

「誰も逮捕しませんよ。逮捕するには証拠が必要だ。証拠がない――今のところは」

ジャイルズがわめいた。「どうかしてるよ、モリー。あなたもです、部長刑事。人相書きに一致するのはひとりしかいない、それは――」

「待って、ジャイルズ、待ってちょうだい――」モリーが割ってはいった。「ああ、静かにして。トロッター部長刑事、ちょっとふたりだけで話ができませんか？」

「ぼくもここに残る」ジャイルズは主張した。

「いいえ、ジャイルズ、あなたもはずしてちょうだい」

ジャイルズの顔が雷雲のように暗くなった。「どういうことなんだ、モリー」

彼はみんなと一緒に台所を出て、力まかせにドアをしめた。

「奥さん、なんの話です？」

「トロッター部長刑事、ロングリッジ農場事件の話をしたとき、疑わしいのは一番年上の少年にちがいないと思っておいでのようでしたけど――その少年がこのふたつの事件の犯人だと。でも、それはあくまでも推測ですわね？」

「たしかに推測にすぎません。しかしその可能性は濃厚です——不安定な精神状態、軍からの脱走、精神科医の報告」

「ええ、わかります、だからすべてがクリストファーをさしているように思えるんです。でも、クリストファーが犯人とは思えません。きっとほかの——可能性があるはずですわ。その三人の子供たちに親戚はいなかったんですか——両親などは？」

「いましたよ。母親は死にましたが、父親は海外で軍務についていました」

「じゃ、その父親はどうなったんです？　今、どこにいるんですか？」

「警察でもわかっていません。父親は去年、除隊申請書をとりよせていましたがね」

「息子が精神的に不安定なら、父親だってそうかもしれませんわ」

「そうですな」

「だから殺人犯は中年か、もっと年配ということだってあるでしょう。忘れないでください、メトカフ少佐は警察から電話があったとわたしがいったら、あわてふためいたんです。かなりの動揺ぶりでしたわ」

トロッター部長刑事は静かにいった。「わたしを信用してください、奥さん、当初からわたしはありとあらゆる可能性を想定してきました。ジムというその少年、父親、ジムの妹すらも考慮にいれてきたんです。女性という可能性も捨てきれませんからね。なにひとつ見過ごしてはいません。自分ではかなりの確信がありますが、まだしかとはわからないんです。ものであれ人であれ、事実を知るのはじつにむずかしいことだ――とりわけ今日の社会では。警察でわれわれが直面することを知ったら、きっとびっくりしますよ。結婚に関してはさらにその傾向が強いんです。あわただしい結婚――戦時のどさくさまぎれの結婚。そういう結婚には家庭環境もへったくれもありません。ひきあわせる家族もなければ、親戚もいない。だから相手の言葉をうのみにする。男が戦闘機のパイロットだとか、陸軍少佐だとかいえば、女は頭から信じてしまう。男が妻子ある逐電した銀行員や、脱走兵だとわかるまで、一、二年かかることもあるんです」

部長刑事はいったん口をつぐんで、またつづけた。

「あなたがなにを考えているか手にとるようにわかりますよ、奥さん。あなたにいいたいことはひとつだけです。殺人犯は楽しんでいる。それだけはたしかです」

トロッターはドアへ向かった。

モリーはまっすぐにみじろぎもせず立っていた。頬が焼けるように熱かった。そのまましばらく立ちすくんでいたが、やがてゆっくりとレンジに近づいて膝をつき、オーヴンの扉をあけた。こうばしいなじみのあるにおいが押しよせてきた。気持ちがなごんだ。

懐かしい、いとしい日常へふわふわと帰ってきたようだった。料理、家事、家庭、ありふれた平凡な暮らし。

だから大昔から女たちは男たちのために料理をしてきたのだ。危険な、狂気に満ちた世界が、遠のいていった。台所にいる女は安全だった——永遠に。

台所のドアが開いた。ふりかえると、クリストファー・レンがはいってきた。すこし息をきらしている。

「ねえ奥さん、大変な騒ぎですよ！　誰かが部長刑事のスキーを盗んだんです！」

「部長刑事のスキーを？　でも誰がなんのために？」

「まったく想像もつきませんよ。だって、もしも部長刑事がぼくたちを置いてここを出ていく決心をしたら、殺人犯は万々歳のはずでしょう。てんで意味不明だ」

「あのスキー板はジャイルズが階段下の押し入れにしまったのよ」

「でも、今はそこにない。不思議ですよね」クリストファーはさも愉快そうに笑った。

「部長刑事はかんかんですよ。カメみたいに噛みついてる。かわいそうなメトカフ少佐を攻撃してましたよ。あのおじさんは、ボイル夫人が殺された直前に押し入れをのぞきこんだとき、スキーがあったかどうか気づかなかったといいはってますがね。トロッターは気づいたはずだとゆずらないんです。ぼくの考えじゃ」クリストファーは声をひそめ、身を乗り出した。「この件でトロッターは神経をすりへらしてますね」

「みんなそうよ」モリーはいった。

「ぼくはちがうな。こんな刺激的なこと、そうあるもんじゃありませんからね。楽しくて現実とは思えないくらいですよ」

モリーは語気荒くいった。「もしも――もしも彼女を発見したのがあなただったら、そんなことはいわないはずよ。ボイル夫人のことだけど。わたし、あのときのことを考えてばかりいるわ――忘れられないの。あの顔――すっかりふくれあがって、紫色になって――」

モリーはみぶるいした。クリストファーが近づいてきて、肩に手をのせた。

「そうでした。ばかだった。すみません。そのことを考えてませんでした」

モリーの喉の奥から、乾いた嗚咽《おえつ》がせりあがってきた。「さっきまでは平気だったのよ――料理とか――台所とか」彼女は混乱して意味不明のことをしゃべった。「なのに突然――またすべてがよみがえってきたの――悪夢だわ」

モリーのうつむいた頭を見おろしながら立っているうちに、クリストファー・レンの顔に奇妙な表情が浮かんだ。

「そうですよね」彼はそばを離れた。「ぼくは消えたほうがよさそうだ――邪魔でしょうからね」

彼の手がドアノブにかかったとき、モリーは叫んだ。「行かないで！」

クリストファーはふりかえって物問いたげにモリーを見た。そしてゆっくりともどってきた。

「本気ですか？」

「本気って？」

「行ってほしくないって、本当なんですか？」

「ええ、そうよ。ひとりになりたくないの。ひとりだとこわいのよ」

クリストファー・レンはテーブルの横に腰をおろした。モリーはオーヴンのほうへ身をかがめてパイを上の段に移し、オーヴンの扉をしめると、彼のそばへ行った。

「不思議だな」クリストファーは冷静な声でいった。

「なにが？」

「あなたがこわがらないことが――ぼくとふたりきりでいて。こわくないんですね？」

モリーは首をふった。「ええ、こわくないわ」

「どうしてこわくないんです、モリー？」

「わからないけど――こわくないの」

「でもぼくだけなんですよ――人相書きにぴったりなのは。うってつけだ」

「いいえ。ほかの可能性だってあるわ。そのことについて、トロッター部長刑事と話していたの」

「彼もあなたの意見に同意したんですか？」

「反対はしなかったわ」モリーはのろのろといった。

いくつかの言葉がくりかえし彼女の脳裡にひびいた。特に最後のせりふが。〝あなたがなにを考えているか手に取るようにわかりますよ、奥さん〟でもそうなのだろうか？トロッターにわかるだろうか？　彼はこうもいった、殺人犯は楽しんでいる。本当だろうか？

モリーはクリストファーにいった。「あなたはちっとも楽しんでなどいないでしょう？　さっきはあんなことをいったけれど」

「もちろんですよ」クリストファーはモリーを見つめた。「ずいぶんおかしなことをいうんですね」

「あら、わたしがいったんじゃないわ。トロッター部長刑事がいったのよ。あの人、大嫌い！　本当じゃない、本当のはずがないことを頭に吹き込むんですもの」

モリーは両手で頭をかかえるようにしたあと、顔をおおった。クリストファーはそうっとその手をどかした。

「こっちを見て、モリー。いったいどうしたんです？」

モリーはやさしくされるがままに、台所テーブルの椅子にすわった。クリストファーの態度はもはやヒステリックでも子供じみてもいなかった。

「どうしたんです、モリー？」

モリーは値踏みするように、長々と彼を見たあと、まるで関係のない質問をした。

「わたし、どのくらい長くあなたを知っているのかしら、クリストファー？　二日？」

「そのぐらいかな。知りあったばかりなのに、ぼくたちは互いをよく知っているような気がする、そう思っているんでしょう」

「そうなの――へんだわね」

「そうでもありませんよ。ぼくたちのあいだにはある種の共感がある。ふたりとも苦しい経験をしてきたからじゃないかな」

それは問いかけではなく、断定だった。モリーはそれを聞き流したあと、声をひそめていった。それもまた問いかけというよりは断定だった。「あなたの名前はクリストファー・レンじゃないわね」

「ええ」

「どうして——」

「その名前をえらんだかって？　そりゃそのほうがおもしろそうだったからですよ。学校じゃよくクリストファー・ロビンと呼ばれてからかわれたもんです。ロビン（コマドリ）に、レン（ミソサザイ）——連想ゲームみたいなものでしょう」

「本名はなんというの？」

クリストファーは静かにいった。「そういう話はやめましょう。いったところで、あなたにはなんの意味もないことだし。ぼくは建築家じゃありません。じつは脱走兵なんです」

ほんの束の間、モリーの目に警戒の色が浮かんだ。

クリストファーはそれを見逃さなかった。「そう、正体不明の殺人者のようにね。こまかい点までぴったり合致するのはぼくだけだといったでしょう」

「ばかなことはいわないで。いったでしょう、あなたが殺人犯とは思えないのよ。つづけてちょうだい——あなたのことを話して。どうして脱走したの——精神的に耐えられなかったせい？」

「こわかったのかって？　いや、じつに不思議なことだが、こわくはなかったんですよ——つまり、仲間ほどこわがっていたわけじゃないんです。実際、敵の攻撃中もむしろ冷静だと評判でしたよ。いや、脱走の理由は恐怖とは全然別のものだったんです。それは——母でした」

「お母さん？」

「そう——母は死んだんです——空襲で。瓦礫の下敷きになったんです。だから——だから、みんなで母を掘り出さなくてはならなかった。その知らせを聞いて自分がどうしたのか——たぶんすこしおかしくなっちまったんでしょうね。自分が生き埋めになったような気がしたんですよ。早くうちへ帰って、そして——自分を掘り出さなくちゃならないような気がしたんです——うまく説明できないが、それほど混乱していたってことです」彼はうつむいて両手で頭をかかえると、くぐもった声でしゃべった。「長いあいださまよい歩きました、母をさがして——あるいは自分自身をさがしてだったのかもしれない——どっちだったのかわからない。やがて頭の霧が晴れると、戻るのが——というより報告するのが、こわくなったんです——今まで帰らなかった理由など説明できそうにありませんでしたからね。それ以来、ぼくは存在しない人間になってしまった」

彼はモリーを見つめた。絶望のあまり、若々しい顔はうつろそのものだった。

「そんなふうに思っちゃいけないわ」モリーはやさしくいった。「また一からスタートできるわよ」

「できるかな、そんなことが？」

「もちろんだわ――あなたはとても若いんですもの」

「若いにはちがいないが、でもわかるでしょう――ぼくはもうおしまいなんです」

「いいえ。おしまいじゃないわ、自分でそう思っているだけよ。誰だって生きていればすくなくとも一度はそういう気持ちになるものよ――もうおしまいだ、これ以上は進めないって」

「あなたもそうだったんですね、モリー？　そんなふうにいえるのは、そういう経験をしたからなんだ」

「ええ」

「どんな目にあったんです？」

「わたしのは、たくさんの人の身に起きたことと同じよ。戦闘機の若いパイロットと婚約していたの――彼は生きて帰らなかった」

「もっとつらいことがあったんじゃありませんか？」

「ええ。子供の頃、ひどいショックを受けたことがあったの。残酷でぞっとするほどいやなことに直面したのよ。そのことがきっかけで、人生はつねに――おそろしいものだと思うようになった。ジャックが死んだときも、人生は残酷であてにならないものだという思いが深まっただけだったわ」

「わかりますよ。そしてそのあとで」クリストファーはモリーを観察しながらいった。

「ジャイルズがあらわれた」

「そうなの」クリストファーは彼女の口もとがやさしい、おずおずとした微笑にふるえるのを見た。「ジャイルズがあらわれた——すべてが正しく、安全で、幸せだった——ジャイルズ！」

微笑が消えた。顔がふいにひきつり、モリーは風邪をひいたかのようにぶるっと身体をふるわせた。

「どうしたんです、モリー？　なにをおびえているんです？　おびえているんですね？」

彼女はうなずいた。

「ジャイルズと関係があることですね？　彼がいったか、したかしたことと？」

「ジャイルズじゃないの。あの恐ろしい人のせいよ！」

「恐ろしい人って？」クリストファーはびっくりした。「パラヴィチーニのこと？」

「ちがう、そうじゃないわ。トロッター部長刑事よ」

「トロッター部長刑事？」

「いろんなことをほのめかしたり――ちらつかせたり――ジャイルズに関する恐ろしい考えをわたしに吹き込んだりするの――わたしが気づきもしなかった考えを。ああ、いやだ――なんていやな人なのかしら」

クリストファーの眉がおどろいたようにゆっくりとつりあがった。「ジャイルズだって？　ジャイルズ！　そうか、彼とぼくは年恰好がだいたい同じだ。彼のほうがぼくよりかなり年上のような気がするが――実際はそうでもないんでしょう。たしかにジャイルズも人相書きにはあてはまりますよ。でもね、モリー、それはばかげている。あの女がロンドンで殺された日、ジャイルズはあなたと一緒にここにいたんでしょう？」

モリーは答えなかった。

クリストファーは鋭く彼女を見た。「ちがうんですか？」

モリーは息を殺してしゃべった。言葉が意味不明の寄せ集めになって飛び出してきた。「ジャイルズは一日中出かけていたわ――車で――村の反対側へ、売り出し中の金網かなにかを買いにいったの――すくなくとも、それがジャイルズのいったことよ――わたしもそう思っていたわ――あのとき――あのときまでは――」

「どのとき？」

モリーの片手がのろのろと伸びて、台所テーブルの一部をおおいかくしている《イヴニング・スタンダード》の日付をなぞった。

クリストファーはそれを見ていった。「二日前のロンドン版だ」

「帰ってきたとき、それがジャイルズのポケットにはいっていたの。彼――きっとロンドンにいたんだわ」

クリストファーは目をみはった。まじまじと新聞を見つめ、モリーにその視線を移した。くちびるをすぼめて口笛を吹こうとして、いきなりやめた。例のメロディを吹いていいときではなかった。

慎重に言葉をえらび、モリーと目を合わせないようにしながら、彼はいった。「実際に――どの程度ジャイルズのことを知っているんです？」

「やめて」モリーはさけんだ。「やめてちょうだい！　あのいやなトロッターもそういった――というより、そうほのめかしたのよ。女は結婚相手の男のことをひとつも知らないことがよくある――とりわけ戦時中は、そういったわ。女たちは――男の身の上話をうのみにするって」

「そのとおりだと思うな」

「あなたまでそんなことといわないで！　耐えられない。わたしたちはまさにそういう状態だった、他のことなど眼中になかったわ。あのときのわたしたちなら、きっと夢みたいなことだって信じてしまったと思うわ――トロッターのいうことなんて、でたらめよ！　わたしは――」

モリーはしゃべるのをやめた。台所のドアがいつのまにかあいていた。ジャイルズがはいってきた。顔にはいかめしい表情が浮かんでいる。「おじゃまだったかな？」

クリストファーはすばやくテーブルから立ちあがった。「料理の手ほどきをうけていただけですよ」

「ほう？　なあいいかい、レン、ふたりだけの内緒話は、時期が時期だけにあまりほめられることじゃない。台所には立ち入らないでくれ、いいね？」

「いや、でも――」

「妻に近づくな、レン。モリーを次の犠牲者にはさせないぞ」

「それこそ、ぼくが心配していることですよ」クリストファーはいった。

その言葉に深い意味があったとしても、ジャイルズは気づかなかったようだった。ただ顔色だけが、煉瓦《れんが》色よりどす黒くなった。「心配ならぼくがする。妻の面倒をみるのはぼくだ。ここから出ていけ」

モリーがきっぱりといった。「どうぞ行って、クリストファー。ええ――本気よ」

クリストファーはゆっくりとドアのほうへむかった。「あまり遠くへは行かないようにしますよ」モリーにむけられたその言葉には、きわめて明瞭な意味がこめられていた。「出て行ってくれないか」

クリストファーは子供じみた甲高い声でくすくす笑った。「はいはい、中佐」

ドアがしまると、ジャイルズはモリーにむきなおった。

「たのむよ、モリー、きみには分別ってものがないのか？　危険な殺人狂とここにふたりきりでとじこもるなんて！」

「彼は殺――」モリーはすばやくいい直した――「危険な人なんかじゃないわ。いずれにしても、油断はしてないわよ。わたしだって――自分の面倒ぐらいみられるわ」

ジャイルズは嫌みな笑い声をあげた。「ボイル夫人もそういった」

「まあ、ジャイルズ、やめて」

「ごめんよ。それにしても頭にくるな。あの気色の悪い若造め。きみがあいつのなにを見て肩をもつようなことをいうのか、ぼくには想像もつかない」

モリーはゆっくりといった。「かわいそうな人よ」

「殺人狂がかわいそう？」

モリーはいわくいいがたい目で夫をちらりと見た。「わたしは殺人狂だってかわいそうだと思うことができるの」

「あいつをクリストファーと呼ぶこともね。いつからきみたちは名前で呼びあう仲になったんだ？」

「まあジャイルズ、くだらないいいがかりはよして。最近はみんないつだって名前を使っているわ。わかっているくせに」

「たった二日間の知りあいでもか？　しかし二日以上かもしれないな。きみは前から似《え》非《せ》建築家のクリストファー・レン氏を知っていたんじゃないのか？　ここへくるべきだときみが彼にほのめかしたんじゃないのか？　ふたりですべてお膳立てをととのえたんじゃないのか？」

モリーはまじまじとジャイルズを見た。「ジャイルズ、気でも狂ったの？　いったいなにがいいたいのよ？」

「クリストファー・レンとは古いつきあいで、ぼくに知られたくないほど彼とは深い仲なんじゃないかといいたいんだ」

「ジャイルズ、どうかしてるわよ！」

「きみはあいつがここにはいってくるまで、あいつなど見たこともないといい張るつもりだろう。しかしおかしいじゃないか、こんな人里離れた場所に泊まりにくるなんて」

「メトカフ少佐だって、それに——それにボイル夫人だって同じじゃないの」

「そう——そうなんだ。ぶつぶつとなにかしらつぶやいている頭の変な人間は、女性にとって一風変わった魅力があると読んだことがある。そのとおりらしいな。どうやって知りあった？　いつからつづいていたんだ？」

「あなたのいうことはなにからなにまでばかげているわ、ジャイルズ。ここにくるまで、クリストファー・レンに会ったことはただの一度もないわ」

「二日前、彼に会いにロンドンへ行き、他人面してここで会うことにしたんじゃないのか？」

「よく知っているはずでしょう、ジャイルズ、わたしは何週間もロンドンへは行っていないのよ」

「そうかな？　そいつはおもしろい」ジャイルズはポケットから裏に毛皮のついた手袋をひっぱりだして、突きつけた。「これはきみがおといはめていた手袋の片方だろう？　ぼくが金網を買いにセーラムへ行っていた日だ」

「金網を買いにあなたがセーラムへ行った日ね」モリーはじっとジャイルズを見すえながらいった。「ええ、出かけるときこの手袋をはめたわ」

「村へ行ったときみはいった。村へ行っただけなら、この手袋の中にあったこれはなんなんだ？」

非難をこめてジャイルズはピンク色のバスのチケットを差し出した。

一瞬の沈黙があった。

「きみはロンドンへ行った」

「わかったわよ」モリーはぐっと顎をあげた。「ロンドンへ行ったわ」

「あのクリストファー・レンのやつに会いにだ」

「いいえ、クリストファー・レンに会いに行ったんじゃない」

「じゃ、なぜロンドンへ行った？」

「今、そのわけをいうつもりはないわ、ジャイルズ」

「うまい言い訳を思いつく時間稼ぎってわけか！」

「あなたがきらいになりそうよ！」

「ぼくはきみがきらいじゃない」ジャイルズはのろのろといった。「だが、きらいだったらいいのにと思う。きみがもうわからない、きみのことはなにもわからないような気がしてきた」

「わたしも同じよ。あなたは――ただの見知らぬ人だわ。わたしに嘘をついた他人よ――

――」

「ぼくがいつ嘘をついた？」

モリーは笑った。「金網の話をわたしが信じたと思うの？　あなただってあの日ロンドンにいたじゃない」

「あそこでぼくを見かけたようだな。だがそれを口にするほどはぼくを信用しなかった――」

「あなたを信用する？　これからは誰も信用しないわ――もう二度と」

台所のドアがそっとひらいたのにふたりとも気づかなかった。パラヴィチーニ氏が小さく咳払いした。

「これはまた具合の悪いときにきてしまいましたな」彼はささやくようにいった。「あなたがた若いおふたりが本気でいいあっているのでないことを祈りますよ。恋人同士の喧嘩では、えてして言葉がすぎてしまうものです」

「恋人同士の喧嘩ね」ジャイルズがあざわらった。「そいつはいいや」

「まったく、まったく」パラヴィチーニ氏はいった。「あなたの気持ち、よくわかります。若い頃はわたしも経験したものですよ。しかしわたしがいいにきたのは、警部さんがわたしたち全員に応接間へくるよう主張しているということなんです。名案があるらしいです」パラヴィチーニ氏は薄笑いを浮かべた。「警察は手がかりをつかんだ――はい、よく聞く言葉です。しかし、名案というのは、どうでしょう？　おおいに疑わしいですな。われらがトロッター部長刑事は疑いの余地なく熱心で勤勉な警察官ですが、頭脳は上出来とはいえんのじゃないかと思いますね」

「行ってちょうだい、ジャイルズ。わたしはお料理をしなくちゃ。トロッター部長刑事はわたしがいなくてもかまわないわよ」

「料理といえば」パラヴィチーニ氏は軽やかなスキップで台所をよこぎり、モリーのそばへ近づいた。「フォアグラをこってり塗ってフレンチマスタードをつけたごく薄切りのベーコンをのせたトーストに、チキンレバーを添えて食べたことがおありかな？」

「近頃じゃフォアグラはあまり見かけませんよ」ジャイルズがいった。「行きましょう、パラヴィチーニさん」

「残ってお手伝いをしましょうか、マダム？」

パラヴィチーニは静かに笑った。

「応接間へ行くんです、パラヴィチーニさん」ジャイルズはくりかえした。

「ご主人はあなたのことを気遣っています。しごく当然でしょう。あなたをわたしとふたりきりにしようとは、夢にも思っていない。ご主人が恐れているのは、わたしのサディスティックな性向であって、無節操な性向ではありません。しかしわたしは暴力には弱いんですよ」パラヴィチーニは優雅に一礼すると、モリーの指先にキスをした。

モリーは落ち着かなげにいった。「まあ、パラヴィチーニさん、そんなことは――」

パラヴィチーニ氏は首を横にふり、ジャイルズにいった。「あなたは非常に賢明な若者だ。危険は冒さない。わたしはあなたに自分が殺人狂ではないと――それをいうなら、あの警部に――証明できるか？　いや、できません。否定の言葉を証明するのは至難のわざですよ」

彼は陽気にハミングした。

モリーはすくみあがった。「パラヴィチーニさん、どうかその恐ろしいメロディはやめてください」

「《三匹の盲目のねずみ》――でしたな！　頭にこびりついてしまったんですよ。こうして考えてみれば、気味悪い童謡です。ちっとも楽しくない。しかし子供というのは気味の悪いものが好きです。お気づきでしたか？　この童謡はきわめて英国的です――牧歌的で残酷な英国の田舎そのものだ。〝おかみさんに肉切り包丁で尻尾を切り落とされた〟というんですからな。むろん子供ならおおいに気にいるでしょう――子供についてはわたしにも――」

「やめてください」モリーは消え入るような声でいった。「あなたも残酷だと思いますわ」声がヒステリックに高まった。「あなたは笑ったり、にやにやしたりしている——まるでねずみをいたぶる猫みたいに——」

モリーは笑いだした。

「落ち着くんだ、モリー」ジャイルズがいった。「行こう、みんなで一緒に応接間へ行くんだ。トロッターがしびれをきらしているよ。料理なんてほうっておけばいい。食べ物より殺人のほうが重要だ」

「その点は賛成しかねますな」パラヴィチーニ氏はそういいながら、小さくスキップするような足取りでふたりのあとにつづいた。「死刑囚は腹一杯朝食を食べた——常にいわれることとです」

クリストファー・レンがホールで一緒になり、ジャイルズからしかめっつらを向けられた。彼は気遣うような一瞥をすばやくモリーに投げたが、モリーはきりっと顔をおこし、まっすぐ前を見て歩いていた。彼らは応接間にむかって行進でもしているかのように進んでいった。パラヴィチーニ氏は小さく跳ねるような足取りでしんがりをつとめた。

応接間にはトロッター部長刑事とメトカフ少佐が待っていた。少佐は不機嫌な顔をしており、頬を赤くしたトロッター部長刑事は活気に満ちているように見えた。

「それでいい」一行がはいっていくと、部長刑事はいった。「みなさん全員にきてほしかったんです。ある実験をしたいんですよ――そしてそのためにはみなさんの協力が必要なんです」

「長くかかりますの？」モリーはたずねた。「食事の支度で忙しいんです。なんといっても、わたしたちいつかは食事をしなくちゃならないんですから」

「ごもっともです、奥さん」トロッターはいった。「しかしこういってはなんだが、食事よりも重要なものがあるんです！　たとえばボイル夫人にもう食事は必要ない」

「いやはや、部長刑事、なんともむくつけきいいようですな」メトカフ少佐がいった。

「それは失礼、メトカフ少佐、しかし全員に協力してもらいたいんですよ」

「スキーは見つかりましたの、トロッター部長刑事？」モリーが聞いた。

若者の顔が紅潮した。「いや、まだです、奥さん。しかし誰が盗んだか、おおよその目星はついているといっておきましょう。盗んだ理由もだいたいわかっていますよ。しかし今ここでこれ以上のことはいいません」

「ぜひそうしてほしいですね」パラヴィチーニ氏が嘆願口調でいった。「説明は最後の最後までとっておくべきだと、常々思っているんですよ――わくわくさせられる最終章まで」

「これはゲームではありませんよ」

「ちがう？　それはまちがっていると思いますね。これはゲームですよ——誰かにとっては」

「殺人者は楽しんでいる」モリーはそっとつぶやいた。

みんながぎょっとして彼女を見た。モリーは赤くなった。

「トロッター部長刑事がわたしにいったことをそのままいっただけですわ」

「トロッター部長刑事はあまりうれしくなさそうだった。「パラヴィチーニさん、最終章だとか、ミステリ小説であるかのように発言するのは、いっこうにかまいませんがね、これは現実なんです。実際に起きていることなんですよ」

クリストファー・レンがこわごわ自分の首をさわりながらいった。「ぼくに起きないかぎりは、かまわないや」

「おいおい」メトカフ少佐が口をはさんだ。「そんなことをいうもんじゃない、お若いの。ここにいる部長刑事が今から、われわれにしてもらいたいことを話そうというんだ」

トロッター部長刑事は咳払いし、あらたまった口調でいった。

「すこし前に、わたしはみなさん全員の供述をとりました。ボイル夫人の殺害が起きた時点での、みなさんの居場所にかんする供述です。レンさんとデイヴィスさんは各自の寝室にいた。奥さんは台所にいた。メトカフ少佐は地下室に、パラヴィチーニ氏はここ、この部屋にいた——」

部長刑事は言葉をいったんきってから、ふたたびつづけた。

「それがあなたがたの供述です。この供述の真偽をたしかめる手段はわたしにはありません。真実かもしれないが——そうではないかもしれない。はっきりいえば、供述のうちの四つは真実だが——ひとつは虚偽です。どの供述が虚偽なのか？」

トロッターは順ぐりに顔を見ていった。口をひらくものはいなかった。

「あなたがたのうち四人は真実を話している——ひとりが嘘をついている。その嘘つきをつきとめる助けになりそうな計画があるのです。わたしに嘘をついた人をつきとめられれば——殺人者が誰かもわかる」

ジャイルズがすかさずいった。「そうとはかぎりませんよ。だれかが——別の理由で嘘をついた可能性もある」

「そういうことはないと思いますね、デイヴィスさん」

「しかし、なにが名案なんだ？　たったいま供述の真偽をたしかめる手段はないといったじゃないですか？」

「そのとおり、しかし全員がもう一度同じことをしてみたらどうです？」

「くだらん」メトカフ少佐が軽蔑をこめていった。「犯罪を再現するなど。おかしな思いつきだ」

「犯罪の再現ではありませんよ、メトカフ少佐。潔白と思われる人たちの行動の再現です」

「そんなことをして、なにがわかると思っているんだ?」

「今それはあきらかにできないが、結果が出れば、あなたも納得するでしょう」

「あのときの行動をくりかえしてほしいってことですの?」モリーがたずねた。

「そんなところです、奥さん」

沈黙があった。どことなく不穏な沈黙だった。

これは罠だわ、モリーは思った。罠よ――でもどういう罠なのか――

本当はひとりのやましい人物と四人の潔白な人物ではなく、五人のやましい人物がこの部屋にいると思っているのではないか。全員が疑わしげに、この無害そうな計画を提案した自信たっぷりのにこやかな若者を横目で一瞥した。

クリストファーがいきなり甲高い声でしゃべりだした。「でもわからないなあ――全然わからない――いったいなにがわかるっていうんですか――さっきと同じことをさせるだけで。ぼくには無意味なこととしか思えませんね!」

「そうですか、レンさん？」

ジャイルズがゆっくりといった。「もちろんあなたの提案は、やる価値がありますよ、部長刑事。ぼくたちは協力します。前にやったのとまったく同じことをすればいいんですね？」

「そう、同じ行動がなされるのです」

その曖昧ないいかたにメトカフ少佐が鋭く視線をあげた。トロッター部長刑事は先をつづけた。

「パラヴィチーニ氏はピアノの前にすわって、ある曲を弾いたといいました。パラヴィチーニさん、あなたがやったとおりのことをわれわれに見せてくれますか？」

「いいですとも、部長刑事さん」

パラヴィチーニ氏は軽やかなスキップで部屋のむこうにあるグランドピアノに近づき、スツールに腰かけた。

「ピアノの名人が殺人へのテーマ曲を演奏いたします」彼は麗々しくいった。

そしてにやにやしながら独特の凝ったしぐさで人差し指をつきだし、《三匹の盲目のねずみ》のメロディを弾いた。

楽しんでいるわ、とモリーは思った。あの人は楽しんでいる。

広い室内にひびく抑えた調べは、不気味ともいえる効果をもっていた。

「感謝します、パラヴィチーニさん」トロッター部長刑事はいった。「まったくそれと同じ方法で曲を弾いたということですね——前回も？」

「そうですよ。三回くりかえしました」

トロッターはモリーのほうをむいた。「あなたはピアノを弾きますか、デイヴィスの奥さん？」

「ええ、トロッター部長刑事」

「パラヴィチーニさんがやったのと同じやりかたで、今の曲を弾けるでしょうか？」

「弾けます」

「ではピアノの前にすわって、わたしが合図をだしたら弾く用意をしてください」

モリーは困惑したような顔になったが、すぐにゆっくりとピアノに近づいた。

パラヴィチーニ氏がスツールから立ちあがって、激しく抗議した。「しかし部長刑事、わたしたちはそれぞれ前回と同じことをくりかえすのじゃなかったんですか。このピアノの前にすわっていたのは、わたしなんですよ」

「同一の行動が前回と同じようにおこなわれるのです——ただし、必ずしも同一人物によっておこなわれるのではありません」

「意味がわかりませんね」ジャイルズが口をはさんだ。

「こういうことですよ、デイヴィスさん。これが、はじめの供述の真偽をたしかめる手段なんです――特に供述のひとつを、といっておきましょうか。さあ、いいですか。今からあなたがたにそれぞれの持ち場を割り当てます。デイヴィスの奥さんはここ――ピアノの前。レンさん、あなたは台所へ行ってもらえますか？　作りかけの夕食を見ていてください。パラヴィチーニさん、あなたはレンさんの寝室へ行ってもらいます。レンさんがやったように、口笛で《三匹の盲目のねずみ》を吹いて、あなたの音楽的才能を発揮してください。メトカフ少佐は、デイヴィスさんの寝室へ行き、電話を調べてもらえますか？　そしてデイヴィスさん、あなたはホールの押し入れをのぞいてから、地下室におりてください」

束の間沈黙があり、やがて四人はのろのろとドアのほうへむかった。トロッターは彼らのあとにつづき、肩ごしにふりかえった。

「奥さん、五十まで数えたら、弾きはじめるように」

部長刑事はみんなにつづいて部屋を出て行った。ドアがしまる前に、モリーはパラヴィチーニ氏が強い調子でいっているのを聞いた。「警察がこれほど室内ゲーム好きだとは、知りませんでしたな」

「四十八、四十九、五十」

いわれたとおり数えおわると、モリーは弾きはじめた。ふたたびやわらかい残酷な調べが、人気のない広い室内にしのびこんだ。

三匹の盲目のねずみ
ごらんよ、あの走りっぷりを……

モリーは心臓の鼓動がしだいに速まるのを感じた。パラヴィチーニがいっていたとおり、妙に頭にこびりついて離れない不気味な童謡だった。大人ならばたじろぐような、子供ならではの残酷さが感じられる。

二階からほんのかすかに同じメロディが聞こえてきた――クリストファー・レンの立場を演じているパラヴィチーニが寝室で口笛を吹いているのだ。

ふいに隣の応接間でラジオが鳴りだした。トロッター部長刑事がスイッチをいれたにちがいない。では部長刑事自身がボイル夫人の役割を演じているのだ。

でも、なぜ？　そんなことをしてどんな意味があるのだろう？　罠はどこにしかけられているのかしら？　罠があることをモリーは確信していた。

冷たい隙間風がモリーのうなじに吹きつけた。彼女はすばやく振り返った。きっとドアがあいて、誰かがはいってきたにちがいない――いや、部屋には誰もいなかった。だが急にモリーはどきどきしてきた――恐ろしかった。誰かがはいってきたのだとしたら。パラヴィチーニ氏がスキップでドアをくぐり、長い指をうごめかせながら跳ねるようにピアノに近づいてきたら――

〝ではあなたは自分の葬送曲を弾いているわけですな、奥さん、愉快な考えです〟――ばかばかしい――くだらないったらないわ――おかしな想像はやめるのよ。それに、頭の上でパラヴィチーニさんが口笛を吹いているのが聞こえるじゃないの。わたしのピアノが彼にも聞こえているようにね。

そのときある考えが浮かんで、モリーは鍵盤から指先を浮かせそうになった。誰もパラヴィチーニがピアノを弾いたのを聞いていなかった。それが罠かしら？　もしかすると、パラヴィチーニは全然ピアノなど弾いていなかったのでは？　彼は応接間ではなくて、図書室にいたのかもしれない。図書室でボイルさんの首を絞めていたのだろうか？

トロッターがわたしにピアノを弾くようにといったとき、パラヴィチーニはいらだっていた、ひどくいらだっていたわ。そして小さな音で弾いたことを強調していた。むりもない。音の小ささを強調したのは、部屋の外の人には聞こえなかったかもしれないと思わせたかったのだ。なぜなら、前回ピアノの音を聞かなかった誰かが今回聞いたとしたら——そのときはトロッターが望むものを突き止めることになるのだから——つまり、嘘をついていた人物を。

応接間のドアがひらいた。パラヴィチーニだと思ったモリーは緊張のあまり悲鳴をあげそうになった。しかし、曲を三回弾き終わったとたんにはいってきたのは、トロッター部長刑事ひとりだった。

「ありがとう、奥さん」

トロッターは悦にいった顔つきで、動作はきびきびして自信にあふれていた。

モリーは鍵盤から手をどけて、たずねた。「望んでいたものをつきとめたんですか？」

「そうなんですよ」その声は勝ち誇っていた。「まさしく望みどおりのものを手にいれました」

「どの人？　誰なんです？」

「わかりませんか、奥さん？　おやおや——そうむずかしいことじゃありませんよ。ところで、こんなことをいってよければ、あなたはきわめて愚かでしたな。三人めの犠牲者さがしをするわたしをとめなかった。結果として、あなたは深刻な危機に陥っている」

「わたしが？　なんのことだかわかりませんけど」

「あなたはわたしに正直ではなかったといっているんですよ、奥さん。わたしに隠しごとをしましたね——ボイル夫人のように」

「なんのことだか」

「いいや、わかっているはずだ。最初にわたしがロングリッジ農場事件にふれたとき、あなたはそれをよく知っていた。そうですとも、知っていたんです。あなたは動転していた。それに、ボイル夫人がこのあたり一帯の受け入れ先斡旋委員だったのを認めたのもあなただった。あなたも夫人もこのへんの出だった。だから、三人めの犠牲者が誰になりそうかと推測したとき、ただちにわたしはあなただと思ったんです。あなたはロングリッジ農場の一件について、第一級の知識を見せていましたからね。われわれ警察官は見かけほどばかじゃないんですよ」

　モリーは低い声でいった。「あなたにはわからないのよ。わたし、思い出したくなかったんです」

「わかるとも」トロッターの声がすこし変化した。「あんたの旧姓はウェインライトだ、そうだろう？」

「ええ」

「それに、実際はもうすこし年上だ。この事件が起きた一九四〇年、あんたはアビーベール学校の教師だった」

「ちがうわ！」

「いやそうだ、そうだったんだ、奥さん」

「ちがうといってるじゃありませんか」

「死んだ子供は、やっとの思いであんた宛てに手紙を出した。切手を盗んでね。助けを乞う手紙だった――親切な先生の助けを。生徒が学校へこない理由をつきとめるのは、教師の義務だよ。それなのにあんたはつきとめなかった。かわいそうな子供の手紙を無視したんだ」

「やめて」モリーは頬が燃えるようだった。「あなたがいっているのはわたしの姉のことよ。姉は教師だった。それにあの子の手紙を無視したわけじゃないの。姉は病気だったの――肺炎よ。あの子が死んだあとになって、手紙をはじめて読んだのよ。姉はひどく動揺したわ――心から――とても感じやすい人だったのよ。でも姉が悪かったんじゃないわ。あのことをわたしが思い出したくないのは、あまりにも姉の嘆きが深かったからよ。わたしにとって、あれは悪夢だったわ、ずっと」

モリーは両手で目をおさえた。手をどけると、トロッターがじっと見ていた。

彼は低い声でいった。「それじゃ、あんたの姉さんだったのか。まあ、どっちみち――」彼はふいに奇妙な笑みを浮かべた。「あまり関係ないな、だろう？　あんたの姉さん――わたしの弟――」彼はポケットからなにかを取り出した。今、その顔はしあわせそうにほほえんでいた。

モリーはトロッターが持っているものをまじまじと見た。「リボルバーを警官がもち歩いているとは知らなかったわ」

「警官ならね」若者はそういって、つづけた。「しかし、奥さん、わたしは警官じゃない。ジムさ。ジョージーの兄だ。あんたがわたしを警官だと思ったのは、わたしが村の電話ボックスから電話をかけて、トロッター部長刑事がそっちへむかっているといったからだ。ここへ着いたとき、わたしは家の外の電話線を切断した。警察署に電話をかけられちゃ困るからね」

モリーは相手を見つめた。リボルバーは今、モリーに狙いをさだめていた。

「動くんじゃない、奥さん――悲鳴もあげるな――さもないと、すぐ引き金をひくぞ」

彼はあいかわらずほほえんでいた。それが子供の笑みであることに気づいて、モリーは背筋がぞっとした。声までが子供の声になっていた。

「そうさ、ぼくはジョージーの兄だよ。ジョージーはロングリッジ農場で死んだんだ。あの陰険な女がぼくらをあそこへ送りこみ、農夫の女房がぼくらをいじめ、そしておまえはぼくらを――三匹のちいさな盲目のねずみを、助けてくれなかった。あのときぼくは、大人になったらおまえたちを全員殺してやると誓ったんだ。本気だったよ。あれからずっとそのことを考えてきたんだ」彼は急に眉をひそめた。「軍隊にはうるさく聞いてくるやつらがいっぱいいた――あの軍医はわたしに質問ばかりしたしね――だから、逃げ出さなくちゃならなかったんだ。やりたいことがあいつらに邪魔されてできなくなるんじゃないかと、心配だったんだ。でも、ぼくはもう大人だ。大人はやりたいことができるんだ」

モリーは自分を落ち着かせようとした。話しかけるのよ、といい聞かせた。気持ちをそらすのよ。

「でもね、ジム、きいて。無事に逃げおおせることはできないわ」

若者の顔が曇った。「誰かがぼくのスキーを隠したんだ。見つからない」彼は笑いだした。「でも、たぶんだいじょうぶさ。こいつはあんたの亭主のリボルバーだよ。彼の抽斗からとったんだ。警察は彼があんたを撃ったと思うだろう。どっちにしても、どうでもいいことだよ。すごく愉快だったな――なにもかも。だましてやった！　ロンドンのあの女、ぼくに気づいたときのあの顔。今朝のあのばか女も！」

彼はうなずいた。

不気味な効果をともなって、はっきりと口笛が聞こえた。誰かが《三匹の盲目のねずみ》のメロディを吹いている。

トロッターはぎくりとし、リボルバーがゆれた――とたんに声が叫んだ。「ふせるんだ、奥さん！」

モリーが床にふせた瞬間、メトカフ少佐がドア横のソファの陰から立ちあがってトロッターに飛びかかった。リボルバーが火を噴き――故エモリー嬢が大事にしていた平凡な油絵の一枚に弾丸がめりこんだ。

たちまち大混乱になった――クリストファーとパラヴィチーニ氏をしたがえて、ジャイルズが飛びこんできた。

メトカフ少佐がトロッターをつかまえたまま、短くぶつぶつ切ったような声でいった。

「あなたがピアノを弾いているあいだにここへはいってきて、ソファのうしろにすべりこんだんですよ――はじめからこの男があやしいとにらんでいたんです――こいつが警官でないことはわかっていましたからね。警官はこのわたしです――タナー警部です。

われわれ警察はメトカフと交渉して、わたしが少佐になりすましてここへきたんです。現場に警官を送りこむのが適切だとスコットランドヤードが判断したからです。さあ、おい――」タナー警部はおとなしくなったトロッターにやさしく話しかけた。「一緒にくるんだよ。誰もおまえを傷つけたりしない。だいじょうぶ。おまえの面倒はわれわれがみる」

日焼けした若者は哀れな子供の声でたずねた。「ジョージーは、ぼくのこと怒ったりしない？」

メトカフはいった。「いいや。ジョージーは怒らないよ」

前を通りすぎるとき、彼はジャイルズにささやいた。「完全に狂ってましてね、痛ましいもんです」

彼らは一緒に出て行った。パラヴィチーニ氏がクリストファー・レンの腕にそっとさわった。

「あなたも、友よ、わたしと一緒に行きましょう」

ふたりだけ残ったジャイルズとモリーは顔を見あわせた。次の瞬間、ふたりは抱きあっていた。

「ダーリン、本当に怪我はなかったのかい？」

「ええ、ええ、わたしはぴんぴんしているわ。ジャイルズ、わたし、わけがわからなくなっていたの。もうちょっとであなたが——どうしてあの日、ロンドンへ行ったの？」

「明日の結婚記念日のプレゼントをきみにあげたかったんだ。秘密にしておきたかったんだよ」

「まあおどろいた！　わたしもあなたにプレゼントを買おうとロンドンへ行ったのよ。わたしも内緒にしたかったの」

「ぼくはあの神経症みたいなやつに異常なほど嫉妬していたんだ。どうかしていたんだよ。許してくれ」

　ドアがひらいて、パラヴィチーニ氏が例によって山羊のように跳ねながらはいってきた。彼は晴れやかに笑っていた。

「仲直りのさいちゅう、無粋で申しわけない——なんとチャーミングなシーンでしょう——しかし、ああ残念ながら、お別れをいわねばなりません。警察のジープがようやく通れるようになったんですよ。警察に泣きついて、一緒に乗せていってもらうことにしました」パラヴィチーニ氏はお辞儀をすると、モリーの耳に謎めかしてささやいた。

「近い将来、わたしは金銭上の困難に見舞われるかもしれませんが——しかし、事態は収拾できると自信をもっているんです。ですから、あなたに荷物が届くかもしれませんよ——ガチョウや七面鳥や、フォアグラの缶詰や、ハム、それにナイロンのストッキングなどが詰まった荷物をね、よろしいかな？　いや、チャーミングなご婦人への感謝の気持ちです。デイヴィスさん、支払い小切手はホールのテーブルにおきました」パラヴィチーニ氏はモリーの手にキスすると、跳ねるようにドアのほうへ去っていった。

「ナイロンですって？」モリーはつぶやいた。「フォアグラ？　パラヴィチーニ氏って何者なのかしら？　サンタクロース？」

「闇商人、じゃないかな」ジャイルズがいった。

クリストファー・レンがおずおずと部屋に首をつっこんだ。「おふたりさん。お邪魔じゃなければいいんですが、でも、台所から焦げくさいにおいがしますよ。ぼくがなんとかしましょうか？」

「わたしのパイが！」モリーは悲鳴をあげて部屋から飛び出した。

奇妙な冗談

Strange Jest

「で、こちらが」ジェーン・ヒーリアはこう紹介の言葉を結んだ。「ミス・マープルよ！」

女優のジェーンにとって、ねらいどおりの効果をあげるのはお手のものだった。その瞬間はまぎれもないクライマックスであり、自信満々のフィナーレだった！　ジェーンの口調には、畏怖と勝利が等分にまじっていた。

傑作なのは、そうやって高らかに紹介されたのが、柔和だが、おせっかいそうな平凡な老嬢だったことだ。ジェーンの好意でミス・マープルにひきあわされた若いふたりは、めんくらった顔をした。ふたりは似合いのカップルだった。娘のほうはほっそりした黒髪のチャーミアン・ストラウド。男はエドワード・ロシターといって、金髪で人当たりのいい大柄な若者だった。

チャーミアンがわずかに息をはずませ、「まあ！　お目にかかれてほんとうにうれしいですわ」といったが、目つきはいぶかしげだった。彼女は物問いたげにすばやくジェーン・ヒーリアを見た。

その視線にこたえて、ジェーンはいった。「あのね、ミス・マープルは文句なしにすばらしいのよ。なにもかもおまかせしたらいいわ。ここにお呼びするって、ちゃんといったでしょ。だからこうして来ていただいたのよ」ジェーンはミス・マープルにむかってつけくわえた。「このふたりの悩みを解決してやってくださいな。あなたなら簡単ですわ」

ミス・マープルは陶磁器を思わせる青い落ち着いた目をロシター青年にむけた。「まあまあ、いったいなんのことですの？」

「わたしたち、ジェーンの友人なんです」チャーミアンがせっかちにわりこんだ。「エドワードもわたしもちょっと困っていて、それでジェーンがわたしたちに、パーティーである人を紹介してあげるといったものですから、その人なら――たぶん――きっと――」

エドワードが助け船を出した。「あなたは探偵のなかの探偵だと、ジェーンから聞かされていたんですよ、ミス・マープル！」

　老婦人はうれしそうに目をきらめかせたが、つつしみぶかく否定した。「あらまあ、とんでもない！　そんなだいそれたものじゃありませんよ。ただ、わたしのように村に暮らしていると、人間がどういうものか、よくわかるようになるというだけのことでね。でも、好奇心がうずいてきましたよ。おふたりがかかえている問題をきかせてくださいな」

「いや、ごくありふれたことなんです――埋められた財宝ってやつで」エドワードがいった。

「ほんとうに？　でもわくわくさせられる話だこと！」

「そうなんですよ。『宝島』みたいでしょう。もっとも、ぼくたちの問題は、よくあるロマンチックなものじゃないんです。どくろが示す海図上の地点もないし、〝左へ四歩、北よりの西〟なんて指示もありません。いたって平凡なんですよ――ただ、問題はどこを掘るべきかってことで」

「それで、おふたりで掘ってみたの？」

「おそらく二平方エーカーは掘りおこしましたよ！　いますぐにでも野菜畑にできるほどです。カボチャかジャガイモでも作ろうかと話しあってるところなんです」

チャーミアンがいささかぶっきらぼうに口をはさんだ。「ほんとうに全部お話ししたほうがいいんですか？」

「ええ、もちろん」

「だったら静かな場所をさがしましょう。さて、エドワード」チャーミアンは人混みと煙草の煙でごったがえす部屋を先に立ってぬけると、階段をあがって、二階のこぢんまりした居間にむかった。

みんなが腰をおろすと、チャーミアンはいきなりしゃべりだした。「じゃ、はじめます！　発端はマシューおじさんなんです。おじさんといっても、わたしたちふたりにとっては、大おじのそのまたおじなんですけれど。マシューおじさんは大変な高齢でした。エドワードとわたしが唯一の血縁者だったんですけど、わたしたちのことを気に入ってくれて、自分が死んだらお金を遺してあげるよといつも宣言していました。で、この前の三月におじさんは亡くなり、全財産をエドワードとわたしでなかよく半分にするようにと、遺してくれたんです。わたしのいいかた、ちょっと冷淡にきこえますわね——でも、おじさんが亡くなって当然だといっているわけじゃありません——わたしたち、おじさんが大好きでした。ただ、しばらく前から病にふせってましたし。

問題は、マシューおじさんの〝全財産〟が事実上なにもないとわかったことでした。

正直なところ、わたしたちふたりにとってはちょっとショックだったんです、そうよね、エドワード？」

人当たりのいいエドワードは同意した。「おわかりですよね。遺産をちょっとあてにしていたんです。つまり、大金がころがりこんでくるとわかったら、だれだって仕事に身をいれて出世しようなんて思わなくなります。ぼくは軍人です——給料以外、特に金になるような仕事はしていないし——それにチャーミアンも金には縁がありません。彼女はレパートリー劇場で舞台監督をしています——とてもおもしろそうだし、楽しいようですが、儲かる仕事じゃないんです。ぼくたち、結婚するつもりでいました。いつかはまちがいなく金持ちになれるとわかっていたから、ふたりとも金銭面の心配はしていなかったんですよ」

「それなのに、おわかりですわね、そうじゃなかったんです！」チャーミアンがいった。「それだけじゃありません、このままだと、アンスティーズ——これは一族の土地屋敷がある場所で、エドワードもわたしも大好きなんです——を売るはめになりそうなんです。そんなの、困ります！　でも、マシューおじさんのお金が見つからなかったら、売るしかありません」

エドワードがいった。「ねえ、チャーミアン、ぼくたちはまだ肝心の話をしていないよ」

「じゃ、あなたが話して」

エドワードはミス・マープルのほうをむいた。「じつは、マシューおじさんは年をとるにつれてだんだん疑り深くなりましてね、だれも信用しなかったんですよ」

「とても賢明なことだわ」ミス・マープルは答えた。「人間がどれだけ堕落できるか、その実態は信じがたいものですからね」

「まあ、おっしゃるとおりかもしれません。とにかく、マシューおじさんはだれも信用できないと考えていました。銀行預金を失った友人やら、弁護士に金を持ち逃げされた友人やらがいましたし、おじさん自身も詐欺師に金をまきあげられたことがありましたから。ですから、生前は、全財産をむくの金塊に変えて埋めるのが唯一の安全でまともな行動だ、としつこいくらいにしゃべっていたんです」

「ははあ。事情がのみこめてきたわ」ミス・マープルはいった。

「そうなんです。おじさんの友人たちが文句をつけて、それじゃ利息がもらえないといったんですが、利息なんかどうでもよいといって自説を曲げませんでした。〝大金は箱にいれてベッドの下に保管するか、庭に埋めるかだ〟そういっていたんです」

チャーミアンが先をつづけた。「大金持ちだったのに、亡くなってみると、おじさんの有価証券はほとんど残っていませんでした。だからきっと生前の言葉どおりにしたんじゃないかと思うんです」

　エドワードが説明した。「有価証券を売ったり、ときどき多額の金を預金からひきだしたりしていたことまではわかりましたが、そのあとどうしたのかは、だれも知らないんです。しかしおそらく金塊を買って埋めたんじゃないかと思うんですよ」

「亡くなる前になにもおっしゃらなかったの？　遺書はないのかしら？　手紙は？」

「そこが頭にくるところで、なんにもないんです。亡くなる前数日間は意識がなかったんですが、一時的にもちなおし、ぼくらふたりを見て、おじさんは愉快そうに笑いました――力ない小さな声でね。そしてこういったんです、〝ふたりとも心配するな、かわいい二羽の鳩〟そして片目を――右目でした――軽くたたいて、ぼくたちにウインクしたんです。そのあと――息をひきとりました。かわいそうなマシューおじさん」

「片目を軽くたたいた」ミス・マープルは考えこむようにいった。

　エドワードは熱っぽくたずねた。「そこからなにかわかりませんか？　ぼくは男の義眼になにかが隠されていたという、アルセーヌ・ルパンの小説を連想しましたよ。しかしマシューおじさんは義眼じゃありませんでした」

　ミス・マープルは首をふった。「いいえ――いまはなにも思いつかないわ」

チャーミアンが失望したようにいった。「ジェーンはあなたならただちにどこそこを掘りなさいと教えてくれるといったのに！」

ミス・マープルはほほえんだ。「わたしは魔法使いというわけじゃないのよ。あなたがたのおじさんがどういう人だったのかも知らないし、その土地屋敷も知らないんですからね」

チャーミアンはいった。「もし知っていたら？」

「そうねえ、きっともっと簡単になるはずですよ」

「簡単！」チャーミアンはおどろいたようだった。「簡単かどうか、アンスティーズへきてごらんになったらいいわ！」

チャーミアンは相手が真にうけるとは思わなかったのかもしれないが、ミス・マープルは元気よくいった。「おやまあ、それはご親切に。前々から埋められた財宝をさがすチャンスに恵まれたいと思っていたんですよ。それに」ヴィクトリア朝末期風の、謹厳で晴れやかな笑みをうかべて、ミス・マープルはふたりを見ながらつけくわえた。「恋のお相手にめぐりあうチャンスにも！」

「これでおわかりになったでしょう！」チャーミアンはオーバーな身振りをまじえてい

った。

彼らはアンスティーズの屋敷めぐりを終えたところだった。野菜畑は盛大に掘り返されたあとがあったし、こぢんまりした森のめぼしい木は周囲がことごとく掘りおこされていた。かつてはビロードのようだった芝生の表面は、かわいそうにいまや穴だらけだった。屋根裏にもあがってみたが、古ぼけたトランクや大きな収納箱の中身はすでに調べたあとだった。地下室の敷石はむりやりこじあけられたらしく、ゆがんでいた。壁をみんなでこつこつたたいて隠し扉がないかどうかたしかめたあと、ミス・マープルは秘密の抽斗がありそうな古家具をかたっぱしから見せられた。

居間のテーブルの上には書類が山積みになっていた――故マシュー・ストラウドの書類はそれで全部だった。破りすてられたものはひとつもなかった。うっかり見落とした手がかりはないかと、チャーミアンとエドワードはこれまで何度も熱心にそこにある請求書や招待状、書類のたぐいを読みかえしていた。

「わたしたちの見落としたものがなにかあると思います？」チャーミアンは期待をこめてたずねた。

ミス・マープルは首をふった。「おふたりともほんとうに徹底して調べたようね。こういっちゃなんだけれど、ここまですることはなかったんじゃないかしらねえ。いつも思うんだけれど、必要なのは計画性なの。たとえば、わたしの友だちのエルドリッチさんの家にはとても働き者のメイドさんがいてね、リノリウムの床をぴかぴかに磨きあげたのよ。そこまではよかったんだけれど、手をぬけないたちなもんだから、次は浴室の床を磨きすぎてしまってね、浴槽からあがった瞬間、コルクのマットが足元ですべって、エルドリッチさんはいきおいよく倒れた拍子に脚の骨を折ってしまったのよ！　そりゃきまりが悪かったと思うわ。なぜって、浴室のドアにはむろん鍵をかけておいたから、結局、庭師が梯子《はしご》で窓からはいるしかなかったんですもの――常日頃、人並み以上に慎み深いエルドリッチさんにとっては、ほんとにお気の毒なことだったわ」

エドワードがじれったそうに身じろぎした。

ミス・マープルはいそいでいった。「ごめんなさいね。すぐ脇道にそれる癖があるもんだから。でもあることを考えると、そこからほかのことを連想してしまうのよ。もっとも、それが役立つこともあるの。わたしがいいたかったのは、三人で知恵をしぼれば、おのずと財宝の隠し場所も――」

エドワードが不機嫌にいった。「あなたが考えてくださいよ、ミス・マープル。チャーミアンとぼくにはもうしぼる知恵もありません！」

「まあまあ。そりゃそうだわね――さぞ疲れたでしょう。なんなら、これをもういっぺんわたしがすみずみまで見てみましょう」ミス・マープルはテーブルの上の書類をしめした。「私信がなければってことですけどね。せんさく好きと思われちゃ心外ですから」

「ええ、かまいませんよ。しかしなにも見つからないと思うな」

ミス・マープルはテーブルわきに腰をおろし、書類の束をきちょうめんに見ていった。ひとつ読むたびに内容ごとに分類して、小さな山をつくった。すべて読み終わると、ミス・マープルはしばらく目の前の空を見つめたまますわっていた。

エドワードが多少悪意がないともいえない口調でたずねた。「それで、どうなんです？」

ミス・マープルははっとして我にかえった。「はい？　とても役に立ちましたよ」

「なにか意味のあることが見つかったんですか？」

「あら、いいえ、そういうことじゃなく、あなたがたのマシューおじさんがどういう方だったのかわかったんですよ。なんとなくうちのヘンリーおじさんに似ているようなの。他愛のない冗談が好きで、独身だったところも同じですよ。理由はわからないけれど、若くして女性に幻滅でもしたのかしらね。ある程度きちんとしているのに、しばられるのをあまり好まない――独身男性はみなそうなのよ！」

ミス・マープルの背後でチャーミアンがエドワードに、〝この人、ぼけてるわ〟というような身振りをした。

ミス・マープルは死んだヘンリーおじさんの話を楽しそうにつづけていた。「だじゃれが大好きでねえ。でも人によっては、だじゃれほどうっとうしいものはないわ。ただの言葉遊びも案外ひどく人をいらだたせることがありますからね。ヘンリーおじさんは疑り深い人でもあったわ。いつも使用人が盗みを働いていると思いこんでいてね。そりゃそういうこともあったけれど、いつも盗んでいたわけじゃないのよ。かわいそうに、被害妄想がだんだんひどくなって、晩年には使用人が食べ物に細工をしていると思うようになって、しまいにはゆで卵しかうけつけなくなったのよ！　ゆで卵の中に細工できる者はおらんといっていたわ。なつかしいヘンリーおじさん、昔はそりゃ陽気な人だったの——夕食後のコーヒーに目がなくてね。〝このコーヒーはおそろしくムーア風だな〟というのが口癖だったわ。つまり、もうすこし《モア》飲みたいって催促なんですけどね」

エドワードはこれ以上ヘンリーおじさんの話をきかされたら、頭がどうかなりそうな気がした。

「子供好きでもあったわ」ミス・マープルはつづけた。「でもちょっと子供たちをからかう傾向があったわね、この意味おわかりかしら。子供の手がとどかない場所に、よく菓子袋をおいたりしたの」

　礼儀もへったくれもなくチャーミアンが口をはさんだ。「すごくいやな人ですわね！」

「あら、そんなことはありませんよ。どこにでもいるおじいさんで、子供に慣れていなかっただけ。それに、実際はさほど愚かだったわけでもないの。大金はいつも家の中においていたわ、金庫にいれてね。金庫については大演説をぶったものよ。いかに金庫が安全かってことをね。あんまり吹聴したもんだから、ある晩、泥棒一味が押し入って、化学薬品をつかって金庫に穴をあけたのよ」

「いい気味だ」エドワードがいった。

「まあ、でも金庫はからっぽだったのよ。じつはね、お金は別の場所に保管してあったの——図書室の説教集のうしろにね。そういう本なら誰も手をふれないからだとおじさんはいっていたわ！」

　エドワードが興奮気味にさえぎった。「へえ、一案ではあるな。図書室はどうだろう？」

　だがチャーミアンは軽蔑をこめてかぶりをふった。「わたしが思いつかなかったとでも思う？　先週の火曜日、あなたがポーツマスへ出かけたときに、本を全部調べたわ。

かたっぱしから取り出して、ふってみた。なにもありゃしなかったわ」

エドワードはためいきをついた。それから気をとりなおし、期待はずれの客にそつなくひきとってもらおうとした。「わざわざおいでいただいて、まったく恐縮でした。残念ながら、うまくいきませんでしたね。いいご迷惑だったでしょう。でも、車をまわしますよ。いまなら三時半の列車にまにあう――」

「あら、でもお金を見つけなくちゃ、そうでしょう？　あきらめちゃだめですよ、ロシターさん。〝最初は失敗しても、何回でもやってみろ〟ってね」

「このままさがしつづけるってことですか？」

「厳密にいえば、まだはじめてもいませんよ。〝まず材料を手にいれよ、料理はそれから――〟とビートン夫人が料理の本の中でいっているようにね――すばらしい本だけれど、お金のかかる料理ばかりなの。レシピのほとんどが出だしからしてこうですものね、〝クリーム一クォート、卵一ダース〟あら、どこまでしゃべったんだったかしら？　あ、そうそう。まあいってみれば、材料は手にいれたわ、――もちろん、あなたがたのマシューおじさんのことですよ。これから先はお金の隠し場所をつきとめるだけでいいの。とても簡単なはずですよ」

「簡単ですって？」チャーミアンが詰問口調でたずねた。

「ええ、そう。マシューおじさんなら、とてもわかりやすい手段をつかったはずよ。秘密の抽斗――それがわたしの結論です」

エドワードがそっけなくいった。「金の延べ板を秘密の抽斗にしまうのはむりでしょう」

「ええ、そりゃそうよ。でもお金が延べ板になっていると決めつけることはありませんよ」

「しかし、おじさんはいつもそういって――」

「うちのヘンリーおじさんもいつも金庫のことをいっていましたよ！　だから、それはただのめくらましじゃないかという気がしてならないのよ。ダイヤモンド――それなら秘密の抽斗に楽にはいるわ」

「しかし秘密の抽斗はすべて調査ずみですよ。家具職人を呼んで家具を調べさせたんです」

「そうなの？　それは賢明でしたよ。おじさんの机がいちばん見込みがありそうね。むこうの壁際にあるあの書き物机がそうかしら？」

「ええ。お見せしますわ」チャーミアンは机に近づいた。垂れ蓋をおろすと、小仕切りと小さな抽斗があらわれた。チャーミアンは中央の小さな扉をあけ、左の抽斗の中のばねに手をふれた。中央のくぼみの底がカチリと鳴って前にせり出てきた。チャーミアンがそれをひっぱり出すと、下に浅くへこんだ部分があらわれたが、からっぽだった。

「まあ、偶然だこと」ミス・マープルは声をあげた。「ヘンリーおじさんもこれにそっくりな机をもっていたのよ。ただし、あっちはクルミ材の合板で、これはマホガニーですけれどね」

「とにかく、ごらんのとおりここにはなんにもありませんわ」チャーミアンはいった。

「どうやら、あなたがたが呼んだ家具職人は若い人だったようね。まだまだ知らないことがあるんですよ。昔の職人は隠し場所を作るとき、見事な技巧を凝らしたものなの。秘密の中にまた秘密がひそんでいるのよ」

ミス・マープルはきちんとおだんごにまとめた白髪からヘアピンを一本ひきぬき、まっすぐに伸ばしてから、秘密のくぼみの壁面にある、ちっぽけな虫食い穴のようなところにさしこんだ。そしてやや手こずりながら、小さな抽斗をひっぱり出してみせた。中には色あせた手紙の束と、たたんだ紙が一枚はいっていた。

エドワードとチャーミアンは発見物にとびついた。ふるえる手で紙をひろげたエドワードは、とたんにうんざりしたような声をあげてぽいとほうりだした。

「ただの料理のレシピだ。ベイクド・ハムだってさ！」

いっぽうのチャーミアンは手紙をたばねているリボンをほどいていた。一通をぬきだし、中身を一瞥した。「ラブレターだわ！」

ミス・マープルがヴィクトリア朝風のつつましやかな喜びをもって反応した。「まあおもしろそうだこと！　あなたがたのおじさんが生涯結婚なさらなかった理由は、それかもしれないわ」

チャーミアンが声に出して読んだ。

いとしいマシュー、あなたの最後の手紙を受け取ってからずいぶん長い時間がたつように思えます。わりあてられたさまざまな仕事に没頭しようと努め、こんなにいろいろな世界を見ることができる自分はなんと幸運なのかと、心にいいきかせています。でもアメリカへ渡った当初は、これほど遠くの島々へ航海に出るとは思いもしませんでした！

チャーミアンは読むのをやめた。「どこからきた手紙かしら？　まあ！　ハワイですって！」彼女は先をつづけた。

悲しいことに、この土地の人々はいまだに光を見たことがないのです。彼らは裸で野蛮な状態にあり、ほとんどの時間を水泳とダンスに費やして、花輪で自分たちを飾っています。グレイ氏は数人を改宗させましたが、道のりはまだけわしく、夫人ともども意気消沈しています。わたしはグレイ氏を元気づけ、励ますためにできるだけのことをしていますが、わたしもまた、悲しみに沈んでいます。理由はおわかりいただけますわね、いとしいマシュー。ああ、あなたがいらっしゃらないことは、わたしにとってきびしい試練です。あなたの新たな誓いと、愛情の公言は、わたしをとても元気づけてくれました。わたしの忠実なる心はいまも、いつもあなたのものです、いとしいマシュー、これからもずっと——

あなたの真の愛
ベティー・マーティン

追伸——いつものように、この手紙の宛て名はわたしたちの共通の友人、マチルダ・グレイブスにします。このささやかな偽装を神がおゆるしくださいますように。

エドワードは口笛を吹いた。「女宣教師か！　じゃ、それがマシューおじさんの恋愛だったんだ。なんで結婚しなかったのかな？」

「この女の人、世界中へ行ったみたい」チャーミアンが手紙をひっくりかえしながらいった。「モーリシャス諸島や――ありとあらゆるところへ。たぶん黄熱病かなにかで死んじゃったんだわ」

やわらかなクスクス笑いがふたりをぎょっとさせた。ミス・マープルはあきらかに楽しんでいた。「まああ。おどろいた！」

彼女はベイクド・ハムのレシピを読んでいた。ふたりのいぶかしげな視線に気づいて、声に出して読んだ。「〝ベイクド・ハムのほうれん草添え。塩漬けした豚の脇腹肉ひとかたまりにクローブを詰め、赤砂糖をまぶします。オーヴンでゆっくり焼きます。ほうれん草の裏ごしとともに出します〟これ、どうお思いになる？」

「ぞっとしませんね」エドワードはいった。

「いえちがうのよ、それどころか、とてもおいしそうだわ――でもわたしがきいたのは、レシピやラブレター全体をどう思うかということなの」

エドワードの顔が急に輝いた。「なにかの暗号じゃないかと思うんですね？」彼は紙をひったくった。「見ろよ、チャーミアン、暗号かもしれないぞ！　そうじゃなけりゃ、秘密の抽斗に料理のレシピをいれる理由がないものな」

「そのとおり」ミス・マープルがいった。「非常に意味深いことですよ」

チャーミアンはいった。「暗号文がどんなものかは知ってるわ——見えないインクとか！　焙ってみましょうよ。電気ストーブをつけて」

エドワードがスイッチをいれたが、文字は浮きあがってこなかった。

ミス・マープルは咳払いした。「ふたりともすこしむずかしく考えすぎているようね。このレシピはいわば指示にすぎないの。重要なのは、手紙のほうでしょうね」

「手紙？」

「とりわけ、そのサインですよ」

だがエドワードはろくすっぽきいていなかった。彼は興奮して呼んだ。「チャーミアン！　こっちへこいよ！　ミス・マープルのいうとおりだ、ほら——封筒はずいぶん古びているのに、手紙そのものはずいぶんあとに書かれている」

「そのとおり」ミス・マープルがいった。

「古く見せかけてるだけだ。マットおじさんがきっと自分ででっちあげたんだ——」

「まさにそのとおり」ミス・マープルがまたいった。

「これ全体がインチキなんだ。女宣教師なんていやしなかったんだよ。こいつは暗号にちがいないぞ」

「ちょっと、ちょっとおふたりとも――なにもそんなにむずかしく考えなくてもいいんですよ。あなたがたのおじさんはややこしいことはしない人だったの。ちょっとした冗談をいわずにいられなかった、それだけのことなのよ」

はじめてふたりはミス・マープルに注意を釘付けにした。

「いったいどういう意味なんですの、ミス・マープル？」チャーミアンがたずねた。

「それはね、いまこの瞬間、あなたがその手にお金をつかんでいるってことですよ」

チャーミアンは下をじっと見おろした。

「手紙のサイン、それがすべてを語っているわ。レシピはただの指示にすぎないのよ。クローブと赤砂糖をのぞいたら、なにが残るかしら？　塩漬けにした豚の脇腹肉とほうれん草！　塩漬け豚《ガモン》とほうれん草《スピナッチ》！　これは、でたらめという意味ですよ！　（ガモンにもスピナッチにもでたらめという意味がある）だから、重要なのが手紙のほうなのはあきらかだわ。次に、おじさんが亡くなる前にやったことを考えてごらんなさい。片目を軽くたたいた、といったでしょう。さあ、ほら――それが手がかりですよ」

チャーミアンがいった。「さっぱりわからない。わたしたちの頭がおかしいのかしら、それともおかしいのはあなたのほう？」

「まさか、ねえいいこと、おふたりとも、実体のないものをあらわす表現を聞いたことがあるでしょう？　それともちかごろじゃあんないいかたはすたれてしまったのかしら？　〝わたしの片目とベティ・マーティン〟というじゃありませんか」

エドワードが息をのみ、片手でつかんだ手紙に視線を落とした。「ベティ・マーティン――」

「そうなのよ、ロシターさん。あなたがさっきいったとおり、そんな人物はいない――いなかったんですよ。手紙はおじさんがご自分で書いたものです。たぶん書きながらおおいに楽しんだことでしょうね！　あなたのいうように、封筒の宛て名書きのほうがずっと古いんです――いずれにしろ、そこにある手紙はどれもその封筒にはいっていたはずがないんですよ。だってあなたがもっている封筒の消印は一八五一年ですもの」

ミス・マープルは間をおいた。彼女はその言葉をやけに強調した。「一八五一年ですよ。それですべての謎がとけるじゃありませんか」

「なんのことやらさっぱりだ」エドワードがいった。

「ええ、そりゃね、わたしだって甥の息子のライオネルがいなかったら、わからなかったでしょうよ。そりゃかわいい子で、熱狂的な切手収集家なんですよ。切手のことならなんでも知っていてね。滅多《めった》にない高価な切手のことや、新たに発見されたすばらしい切手がオークションにかけられることを教えてくれたのも、ライオネルなの。そしてわたしはあの子がある切手の話をしたのをおぼえていたんですよ――一八五一年発行の、青い二セント切手。たしか二万五千ドル相当の価値があるはずだわ。考えてもごらんなさいな！　ほかの封筒にはってある切手だって、めずらしい高価なものにちがいありませんよ。おじさんは業者を通じて切手を買い、探偵小説の中でいわれるように、注意深く〝証拠を隠した〟んです」

エドワードがうめいて、椅子にすわりこみ、両手に顔を埋めた。

「どうしたの！」チャーミアンが問いつめた。

「なんでもない。ミス・マープルがいなかったら、ぼくたちはこの手紙を体裁よく燃やしてしまっただろうと思ってぞっとしただけさ！」

「おやま、冗談好きの老紳士たちは、そんなことをされるなんて思いもよらないでしょうね。そういえば、うちのヘンリーおじさんもお気に入りの姪にクリスマスプレゼントとして五ポンドの小切手を送ったことがあったんですよ。彼はそれをクリスマスカードの中にいれて、カードを糊ではりあわせ、その上にこう書いたのよ。〝愛としあわせをこめて。今年はこれがおじさんにできる精一杯のところなんだ〟

姪はおじさんをけちだと思って、そのままカードを暖炉に投げ込んでしまったの。そのあと、もちろん、おじさんはもう一枚小切手を姪にあげなくちゃならなかったわ」

ヘンリーおじさんにたいするエドワードの気持ちが劇的に変化した。

「ミス・マープル」彼はいった。「シャンペンを買ってきます。あなたのヘンリーおじさんの健康のために、三人で乾杯しましょう」

昔ながらの殺人事件

Tape-Measure Murder

ミス・ポリットはノッカーをつかんで上品にコテッジのドアをたたいた。つつしみぶかくすこし間をおいて、もう一度たたいた。その拍子に左の小脇にかかえている包みがずり落ちそうになり、かかえなおした。包みの中身はミセス・スペンローの仮縫い用の新しい緑の冬服だった。左手にさげた黒い絹の袋には、巻き尺と針山と大きな裁ちばさみがはいっていた。

ミス・ポリットは背が高く痩せていた。とがった鼻、すぼまった口、鉄灰色の髪は薄くなりだしている。三度めのノックをしようとしてちょっとためらい、通りにちらりと目をやると、こちらへ近づいてくる人影が見えた。日焼けした陽気な五十五歳のミス・ハートネルが、もちまえの大きな太い声で呼びかけてきた。「こんにちは、ポリットさん！」

裁縫師は答えた。「こんにちは、ハートネルさん」その声は極端に細く、しとやかだった。ミス・ポリットは若い頃は小間使いをしていたのだ。「すみませんが、スペンロー夫人がご在宅かどうか、もしやご存じじゃありません？」

「ぜんぜん知らないわ」ミス・ハートネルはいった。

「こまりましたわ。きょうの午後、新しい服の仮縫いにうかがう予定になっていたんです。三時半、とおっしゃったのに」

ミス・ハートネルは腕時計に目をやった。「もう半をちょっとすぎてるわよ」

「ええ。二度ノックしたんですが、お返事がないようなので、どこかへお出かけになって忘れていらっしゃるのかしらと思っているんです。でも約束を忘れるような方じゃありませんし、あさってこのドレスを着たがっておいでなんですよ」

ミス・ハートネルは門をはいって、ラバーナム・コテッジの玄関の外にいるミス・ポリットのところまで歩いてきた。

「どうしてグラディスが出てこないのかしら？　あ、そうだった、むりもないわよ、きょうは木曜日——グラディスの休みの日だわ。居眠りでもしているんじゃないの。あなたのノックの音がちいさすぎたのよ」

ノッカーをつかむと、ミス・ハートネルはゴンゴンとすさまじい音をたててドアをうちならし、さらにドアの羽目板をガンガンたたいた。「ごめんください、どなたかいないの！」

返事はなかった。

ミス・ポリットはつぶやいた。「きっと忘れてお出かけになったんでしょう。また別の機会によってみます」彼女はあとずさろうとした。

「ばかばかしい」ミス・ハートネルはきっぱりいいはなった。「出かけたはずがないわ。だったらわたしが途中で会っているわよ。窓からのぞいて、生命の気配がないかどうか見てみましょう」

ミス・ハートネルはそれが冗談であることをしめすために、例によって威勢よく笑ったあと、最寄りの窓ガラスをおざなりに一瞥した——おざなりだったのは、道路側の部屋はめったに利用されず、スペンロー夫妻が好んで奥のこぢんまりした居間を利用しているのを知っていたからだった。

おざなりではあったが、目的は達成できた。ミス・ハートネルの目は、たしかに生命の気配を認めなかった。それどころか、窓ごしにミセス・スペンローが暖炉の前の敷物の上に横たわっている——息絶えて——のを見たのである。

「もちろん」あとになってミス・ハートネルは事のいきさつをしゃべりながらいった。「わたしはなんとか冷静をたもったわよ。あのポリットさんじゃ、なにをどうすりゃいいのか見当もつかなかったでしょうからね。〝冷静にならなくちゃだめよ〟とわたしはいったの。〝あんたはここにいなさい、わたしはポーク巡査を呼んでくるわ〟そしたら、ひとりになりたくないとかなんとかいったけど、きく耳をもたなかったわ。ああいう人には断固たる態度をとらなきゃだめ。ああいうタイプの人は大騒ぎするばっかりなんだから。で、巡査を呼びに行こうとしたちょうどそのとき、ご主人のスペンローさんが家の角を曲がってやってきたのよ」

ここでミス・ハートネルは意味深長な間をおき、聴衆は息を殺してこうたずねた。

「それでご主人、どんなようすだった？」

ミス・ハートネルはこうつづけるのが常だった。「正直いって、すぐさまなにかおかしいって思ったわ！ だってあまりにも冷静すぎるんですもの。まるっきりおどろいたようすがなかったのよ。勝手にいわせてもらえば、妻が死んでいると聞いて、なんの感情もあらわさないなんて、人間として不自然じゃないの」

だれもがその発言に同意した。

警察も同意した。ミスター・スペンローの超然たる態度をあやしんだ警察はただちに、妻の死がスペンローにいかなる影響をあたえるかを調べあげた。そしてミセス・スペンローが金持ちだったこと、結婚後まもなく作成された遺書により、彼女の資産が夫のものになることが判明するや、さらに疑念をふかめた。

牧師館のとなりに住む、顔はやさしいが、毒舌との人物評もある老嬢ミス・マープルのもとには、かなりはやい段階で——遺体発見から三十分もしないうちに——警察が事情を聞きに行った。ポーク巡査は、もったいをつけてノートをめくりながらたずねた。

「よろしければ、マアム、二、三お聞きしたいことがあるんですよ」

ミス・マープルはいった。「スペンロー夫人が殺されたことに関して？」

ポークはびっくりした。「マダム、どうしてそれを？」

「魚ですよ」

その返事にポーク巡査はめんくらったが、魚屋の小僧がミス・マープルの夕食の配達がてらその情報をもたらしたのだろうと、正しく推測した。

ミス・マープルはおだやかにつづけた。「居間の床によこたわっていたんですってね、絞め殺されて——凶器は細いベルトかしら。でも、なにを使ったにせよ、それはもちさられていた」

ポークの顔は憤然としていた。「あのフレッドの小僧、どうしてそんなことをみな知っ——」

ミス・マープルはたくみにそれをさえぎっていった。「あなた、上着に止め針がついていますよ」

ポーク巡査は下を見て、びっくりした。「〝針を拾ったら、一日中運がいい〟とことわざにはありますがね」

「ほんとにそうなるといいわねえ。それで、なにをお話しすればいいの？」

ポーク巡査は咳払いし、もったいぶってノートを見た。「故人の夫であるアーサー・スペンローから供述をとりましてね。それによると、二時半頃ミス・マープルから電話があり、相談事があるので三時十五分に家へきてもらえないか、と頼まれたというんですよ。さて、それは事実ですか？」

「いいえ」ミス・マープルはいった。

「二時半にスペンローに電話をかけなかったんですな？」

「二時半にも、ほかのどんな時間にも」

「なるほど」ポーク巡査はおおいに満足の体で口ひげをなめた。

「スペンローさんはほかにどんなことをいったんです？」

「頼まれたとおり、三時十分過ぎに家を出てここへきたそうです。ところが、お手伝いからミス・マープルは〝お留守です〟と知らされたというんですよ」

「そこのところは事実ですよ。スペンローさんはたしかにここに見えたそうですけれどね、わたしは婦人会の会合に出ていたんです」

「なるほど」ポーク巡査はまたいった。

ミス・マープルは声をはりあげた。「ねえ、おまわりさん、スペンローさんを疑っていらっしゃるの？」

「この段階でそういう発言をするのはふさわしくありませんがね、しかし、あえて名はいいませんが、誰かがうまくたちまわろうとしているような気がしますな」

ミス・マープルは思案げにつぶやいた。「スペンローさんが？」

ミス・マープルはミスター・スペンローが好きだった。小柄で痩せぎすなミスター・スペンローはかたくるしいしゃべりかたをする、尊敬すべき人物だった。みるからに都会人らしいミスター・スペンローが、田舎で生活するようになったのは不思議な気がしたが、彼はその理由をミス・マープルにこう打ち明けていた。「子供の頃から、いつかは田舎に住んで自分の庭をもつのが念願でした。昔から花にはなみなみならぬ愛着がありましてね。ごぞんじのとおり、家内は花屋を経営していました。はじめて家内に会ったのが、その店だったんですよ」

さりげない言葉だったが、かつてのロマンスをおおいにうかがわせる一言だった。色とりどりの花を背景にした若い頃のミセス・スペンローはさぞういうしく、美しく見えたことだろう。

けれどもじつのところ、ミスター・スペンローは花にはとんと無知だった。種蒔き、挿し木、苗床、一年草、多年草、そういうことはまるっきり知らないまま、思い描いていただけだったのだ――香り豊かな色とりどりの花が咲き乱れる小さなコテッジの庭を。そんなわけで、これまでにもたびたびミスター・スペンローはしおらしく、ひかえめに、ミス・マープルに教えを乞うては、ちいさなノートに質問の答えを書きつけていた。

ミスター・スペンローは物静かできちょうめんな男だった。妻の死体が発見されたとき、警察が夫であるミスター・スペンローに関心をもったのは、おそらくその特徴のためだったのだろう。警察は忍耐強く、故ミセス・スペンローにまつわる多くのことをつきとめ、そしてまもなくセント・メアリ・ミード村全体も、それを知るにいたった。

死んだミセス・スペンローは、その昔は大きな屋敷の仲働きのメイドだった。二番頭の庭師と結婚してメイドをやめ、亭主ともどもロンドンで花屋を開いた。店は繁盛したが、庭師は健康を害し、まもなく病いにふせって死んでしまった。

夫に先立たれたあと、花屋をきりもりする一方で、彼女は野心的な方法で事業を拡大した。事業はおもしろいように成功を重ねた。しばらくして、彼女は店を高値で売却し、再婚した――相手は、親からちいさなぱっとしない店を引き継いだ中年の宝石商、ミスター・スペンローだった。その後まもなくふたりは店を売り、セント・メアリ・ミード村にやってきたのである。

ミセス・スペンローは金持ちだった。投資していた花卉《かき》の会社の利益が懐にはいってきたからだ――それについては、誰にたいしても〝霊のお導きのおかげ〟と説明していた。思いもよらぬ洞察力をもつ霊が助言してくれたおかげ、というのだ。

ミセス・スペンローの投資はことごとく当たったが、中にはかなりいかがわしいものもあったらしい。ところがなぜか、ミセス・スペンローはこの霊的信仰にのめりこむことなく、霊媒や降霊会仲間とあっさり縁をきって、次は、呼吸法が基礎のインド生まれの得体の知れぬ宗教に血道をあげた。そしてセント・メアリ・ミード村に居をかまえると、それもやめ、ふたたび正統的な英国教会の信徒となって、牧師館に頻繁に足をはこび、礼拝にせっせとかようようになった。買い物はすべて村の店でしたし、地元の出来事にも関心をよせ、ブリッジの会にも出席した。

平凡な日常生活だった。そして――突然――殺されたのである。

警察署長のメルチェット大佐はスラック警部を呼んだ。

スラックは積極的な人間だった。いったんこうと決めたら、貫きとおすタイプである。今、スラックは確信していた。「亭主がやったんですよ、署長」

「そう思うか？」

「まちがいありません。見ただけでわかります。あきらかに有罪ですよ。苦悩の気配もなにも、感情ってものをまったくおもてに出さないんですからね。妻が死んでいるのを知っていて、家にもどってきたんですよ」

「ふつうなら、せめて取り乱した夫の役を演じるぐらいのことはするんじゃないのか？」

「あの男の場合はちがいますよ、署長。うまくいったと悦にいっているんでしょう。演技のできない男もいますからね、堅物すぎて」

「私生活に女の影は？」メルチェット大佐はきいた。

「これまでのところまったく発見できませんでした。もちろん、ぬかりなくやっているんですよ。尻尾をつかまれまいとしているんです。わたしの見るところ、やっこさんは女房にあきあきしていたんです。スペンロー夫人は金をもっていました。ともに生活するには勘にさわる女だったんでしょう――いつもなんとか〝主義〟やらなにやらにかかりっきりでしたからね。女房をかたづけて、ひとりで快適に暮らそうと冷酷にも決心したんですよ」

「ああ、そうかもしれん」

「まちがいありません、それですよ。周到に計画を練ったんです。電話がかかってきたふりをして――」

メルチェットはさえぎった。「通話記録は残っていないのか？」

「はい、署長。やっこさんが嘘をついたか、公衆電話からの電話だったか、そのどちらかですよ。村に公衆電話はふたつしかありません。駅と郵便局です。郵便局からかけられたものでないのはたしかですよ。郵便局にくる人間は、ひとりのこらずミセス・ブレイドに見られていますからね。可能性としては、駅でしょう。二時二十七分着の列車がありますから、多少人の出入りがあります。しかし重要なのは、やっこさんが電話をかけてきたのがミス・マープルだったといっている点ですよ。それは事実ではありません。電話はミス・マープルの家からかけられたものではなかったし、ミス・マープル自身、その時間には会合に出ていたんです」

「亭主がわざと呼びだされた――スペンロー夫人の殺害をねらった何者かによって――可能性も検討したんだろうな？」

「テッド・ジェラルドの若造のことですね？　調べてみました——ひっかかるのは動機がないことです。スペンロー夫人の死でテッドが得るものはなにもありません」

「しかしテッドは望ましからぬ人物だ。金をたびたび着服していた」

「いや、たしかにやつは悪党です。しかし着服については雇い主にあらいざらい白状していますからね。それに雇い主たちは、いわれるまで気づいてもいなかったんですよ」

「オックスフォードグループ（オックスフォードグループ運動は一九二一年頃オックスフォードを中心に唱道された宗教運動）の運動員になったんだったな」メルチェットはいった。

「そうなんです、署長。テッドは改宗して突然真人間になり、ねこばばを告白したってわけで。しかしぬけめのない偽装工作だった可能性もありますよ。自分が疑われるのを見越したうえで、正直に悔悛すれば有利になると考えたのかもしれません」

「きみも疑り深い男だな、スラック」メルチェット大佐はいった。「ところで、ミス・マープルとは話してみたか？」

「あのおばあさんがこれとどう関係があるんですか、署長？」

「いや、なにもないさ。しかしミス・マープルはいろいろなことをきいて知っている。家まで行っておしゃべりをしてきたらどうだ？　非常に勘の鋭い老婦人だよ」

スラックは話題を変えた。「ずっとおたずねしようと思っていたことがひとつあるんです、署長。被害者の最初の経歴である仲働きのメイドの仕事ですがね――ロバート・アバークロンビー卿の屋敷での。かなり値打ちものの宝石――エメラルド――が盗まれた事件がありましたが、犯人はつかまりませんでした。あれをずっと調べていたんですよ。あれはスペンロー夫人がアバークロンビー屋敷に奉公していたときに起きた事件なんです。もっとも当時はほんの小娘だったわけですが、あれにからんでいたとは思いませんか、署長？　スペンローはほら、しけた宝石商、それも故買専門の宝石商だったわけですし」

メルチェットは首をふった。「考えすぎだよ。当時、被害者はスペンローのことなど知りもしなかったんだ。あの事件ならおぼえている。警察関係者の意見は、屋敷の息子犯人説にかたむいていた――ジム・アバークロンビーという金づかいの荒い若者でな。借金で首がまわらなくなっていたのに、事件後、すべての借金が返済された――どこかの金持ち女が肩がわりしたという噂だったが、どうだかな――アバークロンビー老は事件については非協力的だった――警察の捜査をやめさせようと圧力をかけてきて、閉口したよ」

「ちょっと考えてみたまでですよ、署長」スラックはいった。

ミス・マープルは満足そうにスラック警部の訪問をうけいれ、彼がメルチェット署長から派遣されてきたときくと、いっそううれしそうな顔をした。

「それはまあ、メルチェット署長もほんとにご親切に。わたしをおぼえていてくださったとは知りませんでしたよ」

「もちろんおぼえていますよ。セント・メアリ・ミード村の出来事であなたがごぞんじないことは、知る価値のないことだ、といっていました」

「ずいぶんほめられちゃいましたけど、でもほんとになんにも知らないんですよ。今度の殺人については、ってことですけどね」

「噂ならごぞんじでしょう」

「あら、もちろん――でもつまらない噂をくりかえしたって役にたたないでしょう？」

スラックはつとめて愛想よくいった。「これは公式な会話じゃないんですよ。いわば、内緒話ってところです」

「村の人たちがどんなことをいっているか知りたい、そうおっしゃるのね？　真実だろうとなかろうと」

「そういうことです」

「ええ、そりゃもう噂と推測がさかんにとびかっていますよ。そしてね、はっきりふたつの陣営にわかれているの。まず、夫のしわざだと考えている人々がいるわ。いってみれば、こういう事件では配偶者が疑われるのは当然ですものね、そうお思いにならない?」

「そうかもしれません」警部は用心深く答えた。

「一つ屋根の下に住んでいるわけですしね。次にさかんに話題になっているのがお金のこと。お金があるのは奥さんのほうだったんですってね。したがってスペンローさんは奥さんが亡くなって利益をえることになるわ。このあさましい世界では、残念ながらもっとも容赦ない想定が正しいことが多いんですよ」

「たしかにスペンロー氏の懐にはかなりの金がころがりこむことになります」

「まさにそのとおり。スペンローさんが奥さんを絞め殺し、裏口から出たあと、野原を横切ってわたしの家までやってきて、電話をもらったふりをして面会をもとめ、そのあと自宅へひきかえして留守中に奥さんが殺されていたのを発見する——どこかの浮浪者か強盗のしわざだとかたづけられることを望みながら。いかにもありそうな筋書きだわ」

警部はうなずいた。「金銭面と、最近夫婦仲が悪かったのだとすれば——」

だがミス・マープルはそれをさえぎった。「あら、でも、仲は悪くなかったのよ」

「事実としてそれをごぞんじなんですか?」

「喧嘩をしていたら、みんなに知れ渡っていたでしょうよ! メイドのグラディス・ブレントが村中にすぐにふれまわったはずですよ」

「メイドが知らなかった見込みも——」と弱々しくいいかけた警部は、返事のかわりに哀れむような笑みをむけられただけだった。

ミス・マープルはつづけた。「それから、ちがう見方の人たちもいるの。テッド・ジェラルドが真犯人だという考え。ハンサムな若者ですものね。おわかりでしょうが、ハンサムであるというのは不当に大きな影響をおよぼしがちなの。彼は最近この村の牧師助手になったんですけれどね——その効果のほどはまさに魔法ですよ! 娘という娘がみな教会へ行ったんですもの——朝の礼拝同様夕べの礼拝にまで。それに大勢の年配のご婦人方まで教区の活動にいつになく熱心になったわ——彼のためにスリッパだのスカーフだのが山ほどつくられたんですよ。あの若者にしてみれば、たいへんなありがた迷惑だわね。

でもええと、どこまで話したんだったかしら! あ、そうそう、テッド・ジェラルドの話だったわね。もちろん彼にかんする噂はありましたよ。テッドはしばしばスペンロー夫人に会いに行っていたんですよ。もっともスペンロー夫人自身はわたしに、テッドはあのオックスフォードグループとやらの運動員なのだといっていたわ。宗教運動ですよ。あそこの運動員たちはとても律儀でじつに熱心らしくてね、スペンロー夫人はだいぶ感心していたようだったわ」

ミス・マープルは一息いれて、またつづけた。「テッドとスペンロー夫人のあいだにそれ以上のものがあったと信じる理由はなかったはずですけどね、でも、世間がどういうものか、あなただってごぞんじでしょう。かなりの人々がスペンロー夫人があの若者にのぼせあがっていたと確信しているの。そして多額のお金を貸していたとね。それにね、あの日テッドが駅で実際に姿を見られたのはまぎれもない真実なのよ。彼は列車に乗ったの――二時二十七分の下り列車にね。でももちろん、列車の反対側からこっそりおりて、掘割を通過し、柵をよじのぼり、生け垣をまわりこめば、駅の入口をまったく使わずに外へ出るのはごく簡単なことですよ、そうでしょう？　コテッジへ行ったとしても、誰にも見られなかったでしょう。それにもちろん、スペンロー夫人が身につけていたものが、ちょっと妙だともみんな思っているんですよ」

「妙というと？」

「キモノをきていたんです。服じゃなくて」ミス・マープルは顔をあからめた。「あの種のものは、ほら、おわかりでしょ、げすな勘ぐりをする人もいるってこと」

「あなたもですか？」

「まあ、とんでもない、わたしはそんなふうには思いません。キモノはごく当然だったと思いますよ」

「当然だった？」

「ええ、あの状況ではね」ミス・マープルがちらりとむけた視線は冷静で、なにかをじっと考えこんでいるようだった。

スラック警部はいった。「これで夫の動機がもうひとつふえたようですな。嫉妬です」

「あら、いいえ、スペンローさんが嫉妬だなんて。スペンローさんは気のきかない方でね。奥さんが針山に置き手紙をのこして出奔したら、それでやっと事の次第に気がつく、そういう方ですよ」

スラック警部はミス・マープルが自分にむけている意味ありげな目つきにとまどった。ミス・マープルの会話が、自分には理解できないあることをほのめかしているように思われた。今、彼女はやや強調するようにこういった。「手がかりはなにも見つからなかったんですか、警部――その場で？」

「ちかごろの犯罪者は指紋や煙草の灰をのこしたりはしないんですよ、ミス・マープル」

「でもこれは」とミス・マープルはほのめかした。「昔ながらの犯罪だと思いますよ——

——」

スラックは鋭くいった。「それはどういう意味です？」

ミス・マープルは噛んでふくめるようにいった。「わたしはね、ポーク巡査があなたの手助けになると思うんです。彼が最初に到着したんですからね——世間のいう〝犯罪現場〟に」

ミスター・スペンローはデッキチェアにすわっていた。彼はうろたえているように見えた。かぼそくてきちょうめんそうな声でミスター・スペンローはいった。「むろん、わたしの聞き違いだったのかもしれません。昔ほど耳はよくありませんからな。しかし、ちいさな少年が追いかけてきて、〝ねえ、クリッペン（在英中妻を毒殺して処刑された米国人医師）ってだあれ？〟とたずねるのをたしかに聞いたんですよ。少年はわたしのことを——家内を殺した犯人だといいたかったんでしょう」

ミス・マープルは枯れた薔薇の頭をそっと折りながらいった。「そうでしょうね、まちがいなく」

「しかし、いったい子供がどこからそんなことを思いつくんです？」

ミス・マープルは空咳をした。「あきらかに大人たちの意見を聞いていたんですよ」

「それじゃ——ほかの人々もそう思っているというんですか？」

「セント・メアリ・ミード村の半数はね」

「しかし——どうしてそんな突拍子もないことを考えついたんでしょうな？　わたしは心から家内を愛していたんです。残念なことに、家内はわたしが期待していたほど田舎暮らしを気にいったわけではないが、しかし、なにもかもぴたりと意見があうなどというのは高望みというものですよ。ほんとうです、家内を亡くしたのは大きな痛手です」

「そうかもしれませんね。でも、こんなことをいってはなんですが、あまり悲しんでいらっしゃるようには見えませんよ」

ミスター・スペンローは貧弱な身体をぴんとさせ、精一杯背筋をのばした。「何年も前のことですが、ある中国の哲学者について読んだことがあるんです。彼は愛する妻が死んでも、平然と通りでふだんとまったく変わらずおだやかに銅鑼《どら》を鳴らしつづけたそうですよ——中国の伝統的娯楽らしいですが。都の人々は、その気丈さに深く心を打たれたといいます」

「ですけどセント・メアリ・ミード村の人たちの反応はちがいますよ。中国の哲学者のふるまいは、彼らには通じません」

「しかしあなたはわかってくださるでしょう？」

ミス・マープルはうなずいて、説明した。「わたしのヘンリーおじさんもなみはずれた自制心の持ち主でしたよ。おじさんのモットーは〝けっして感情を見せるな〟だったんです。やっぱり花が大好きでしたよ」

「考えていたんですが」ミスター・スペンローは熱意にも似たものをにじませていった。「コテッジの西側にパーゴラ（つる植物などをはわせた棚を屋根としたあずまや）をもうけたらどうかなと。ピンクの薔薇、それにフジもいいかもしれないな。白い星型の花がありましたな、ええと名前をど忘れしてしまったが――」

ミス・マープルは甥の三歳の息子にいってきかせるような口調でいった。「とてもいいカタログをもっているんですよ、写真いりのね。それをごらんになるといいわ――わたしは村まで行ってこなくちゃならないから」

カタログを手に楽しそうに庭にすわっているミスター・スペンローをおいて、ミス・マープルは自分の部屋へ行き、いそいで茶色の紙袋に丸めた服をつっこんで家を出ると、郵便局まで元気よく歩いて行った。裁縫師のミス・ポリットは郵便局の二階の借家に住んでいた。

だがミス・マープルはドアをくぐってすぐ二階へあがったわけではなかった。時刻は二時半ちょうどで、一分後マッチ・ベナム行きのバスが郵便局のドアの外に横づけした。このバスの到着はセント・メアリ・ミード村のおきまりのスケジュールのひとつだった。女性郵便局長がいくつか包みをもって外へ小走りに出ていった。郵便局ではお菓子や安い本、子供のおもちゃも売っているので、これは局長のサイドビジネスなのである。四分ばかりミス・マープルは郵便局の中でひとりきりだった。

女性局長が持ち場にもどってきてはじめて、ミス・マープルは二階へあがり、ミス・ポリットに、持参した古い灰色のクレープのドレスをもっと流行のスタイルにリフォームできないかと頼んだ。ミス・ポリットはやってみると約束した。

警察署長はミス・マープルの名がつたえられたとき、いささかびっくりした。彼女はさかんにあやまりながらはいってきた。「ほんとにごめんなさい――お邪魔して申しわけないと思っているの。お忙しいのはわかっていますよ、でも、いつもわたしにはとてもよくしてくださるから、スラック警部ではなくあなたのところへきたほうがいいと思ったんですよ、メルチェット署長。ひとつには、ポーク巡査をめんどうな立場に立たせたくないの。やかましいことをいうようだけど、彼はなにひとつ手をふれるべきではなかったんじゃないかしら」

メルチェット署長は少々うろたえた。「ポークというと？　セント・メアリ・ミード村の巡査じゃありませんか？　彼がなにをしたんです？」

「針をつまみあげたんですよ。ポーク巡査の上着に針がついていたの。そのときふと、たぶんスペンロー夫人の家でそれをつまみあげたんだろうと思ったんです」

「たしかに、たしかに。しかし結局のところ、たかが針一本じゃありませんか。実際、ポークはスペンロー夫人の遺体のすぐわきから針をひろいあげたんです。きのうやってきて、スラックにそのことを話していましたよ――あなたがそうしろとそそのかした、わけですな？　もちろんどこにも手をふれるべきじゃありませんでしたがね、いまもいったように、たかが針一本ですよ。どこにでもあるようなただの針でした。女性なら誰でも使いそうな」

「そこそこ、そこがまちがいなんですよ、署長さん。男性の目にはなんの変哲もない針に見えたでしょうが、ちがうんです。あれは特別な針なんですよ。かなり細くて、箱単位で買う針、もっぱら裁縫師が使うたぐいの針ですよ」

メルチェットはまじまじとミス・マープルを見つめた。かすかな理解の色がその目に浮かびはじめた。ミス・マープルは熱っぽく何度もうなずいた。

「そういうことですよ。わたしにはわかりきったことのように思えますけどね。スペンロー夫人がキモノ姿だったのは、新しい服の仮縫いがあったからです。彼女が道路側の部屋へ行くと、ポリットさんが寸法がどうのといって、スペンロー夫人の首に巻き尺を巻きつけた——そして次の瞬間、巻き尺を交差させて締めあげるだけでよかった——わけのないことだったでしょう。それからもちろんポリットさんは外へ出てドアをしめ、たった今きたようなふりをしてノックしたんです。でも針が証明しているんです、彼女がすでに家の中にはいっていたことをね」

「するとスペンロー氏に電話をしたのはポリットだったんですか？」

「ええ。二時半に郵便局からね——ちょうどバスがきて、郵便局がからっぽになる時間ですもの」

メルチェット大佐はいった。「しかしですね、ミス・マープル、どうしてなんです？いったいどうしてですか？　動機がなくては人は殺せませんよ」

「そうですわね、でも署長さん、わたしがきいたことを考えあわせると、この犯罪の根はそうとう昔にあるんじゃないかと思うんですよ。わたしはね、ふたりのいとこのことを思い出すんです、アントニーとゴードンをね。アントニーはいつもやることなすことうまくいき、かわいそうなゴードンはなにをやってもうまくいかなかったんです。競馬ははずれる、株価は急落する、資産価値はさがる。わたしの見るところ、ふたりの女性はあれに加担していたんですよ」

「あれ？」

「泥棒ですよ、昔の。たいへんな値打ちもののエメラルドだったそうじゃありませんか。小間使いと仲働きのメイド。おかしいと思ったのは、ひとつ納得のいかないことがあったからなんです――仲働きのメイドが庭師と結婚したとき、どうしてふたりに花屋をひらくだけのお金があったのか？

こたえは、取り分があったからなんです――盗品《ブツ》のね、こういう表現でよかったんだったかしら。仲働きのメイドのしたことはすべてうまくいきました。お金がお金を呼ぶという具合でね。ところがもうひとりの小間使いのほうは、ついていなかったにちがいありません。村の裁縫師どまりだったんですからね。やがてふたりの女は再会しました。はじめのうちはなんの問題もなかったはずですよ、テッド・ジェラルドがあらわれるまではね。

スペンロー夫人はすでに良心の呵責《かしやく》に悩んでおり、ややもすると宗教にすがりがちだったんです。あの若者が彼女にむかって〝事実から顔をそむけず〟〝洗いざらい告白する〟ようながしたのはあきらかですよ。たぶんスペンロー夫人はその気になったんでしょう。けれどもポリットさんはそうは思わなかった。彼女は昔犯した泥棒の罪で刑務所行きになるかもしれないという不安で頭がいっぱいになってしまったんです。そこでそれを阻止する決心をしたんですよ。昔からたちの悪い女だったんじゃないかしらね。あの人のいいスペンローさんが無実の罪で絞首刑になったとしても、顔色ひとつ変えないでしょうよ」

メルチェット大佐はゆっくりといった。「あなたのその、ええ、仮説を裏付けるのは――ある程度は可能です。アバークロンビー屋敷にいた小間使いがポリットであることは証明できるでしょう、しかし――」

ミス・マープルは大佐を元気づけた。「だいじょうぶ、手こずりはしません。ポリットさんは真相をつきつけられたら、とたんに泣き崩れるタイプですよ。それにね、ほら、わたし彼女の巻き尺をもっているんです。きのう服を試着したときに――ええ、あの――こっそりもってきちゃったんですよ。これが見つからず、警察の手にわたったのだと思ったら――ええ、無知な女性ですからね、巻き尺が決め手となって罪が証明されると思い、すっかり観念するでしょう」

ミス・マープルははげますように大佐にほほえみかけた。「すんなりいきますよ、わたしがうけあってもいいわ」それはメルチェット署長の好きな親戚のおばさんが、かつて彼が陸軍士官学校の入学試験に失敗するわけにいかない立場に立たされたときに、勇気づけてくれたのと同じ口調だった。

そして署長は試験にパスしたのだった。

申し分のないメイド
The Case of the Perfect Maid

「あの奥様、ちょっとお話ししてもいいでしょうか？」

この問いかけはいささかばかげているように思えた。というのも、ミス・マープルの小間使いエドナは、そのときげんにミス・マープルに話しかけていたからである。

けれどもそのあらたまった口調に気づいたミス・マープルは即座にいった。「もちろんよ、エドナ、中にはいってドアをしめなさい。どうしたの？」

エドナはいわれたとおりドアをしめ、部屋にはいると、エプロンのはじっこを指でつまみながら一、二度唾をのみこんだ。

「なんなの、エドナ？」ミス・マープルははげますようにいった。

「じつは奥様、あたしのいとこのグラディーのことなんです」

「あらまあ」ミス・マープルはすぐさま最悪の事態——と、よくある結末を思いうかべた。「まさか——困ったことになったんじゃないでしょうね？」

エドナはあわてて雇い主を安心させた。「いえ、奥様、そうじゃないんです。グラディーは身持ちが悪い娘じゃありません。ただ、しょげかえっているんです。だって、暇を出されちゃったんですよ」

「おやおや、かわいそうに。オールド・ホールのミス・スキナ姉妹のところで働いていたんだったわね？」

「はい、奥様、そうなんです。グラディーったらすっかりとりみだしちゃって——ええ、それはもう」

「グラディスはこれまでにもよく奉公先をかえたんじゃなかった？」

「はい、そうなんです、奥様。しょっちゅうかわってました。長つづきしないんです。なんていったらいいか、一カ所に落ちつけない性分らしくて。でも、これまではいつもやめるといいだすのはグラディーのほうでした！」

「で、今回はあべこべというわけね？」ミス・マープルはそっけなくたずねた。

「はい、奥様、それでグラディーはひどくしょげてるんです」

ミス・マープルはすこし意外そうな顔をした。〝外出日〟になると、ときどき台所へお茶をのみにきていたグラディスは、たしか、がっちりしたよく笑う娘で、ちょっとやそっとのことにはびくつかない性格のはずだ。

エドナはつづけた。「グラディーがしょげてるのは、そのいきさつというか——ミス・スキナーの態度なんです」

「どんな態度?」ミス・マープルは辛抱強く問いただした。

今度こそエドナは短いニュースを一気にはきだした。

「ええ、グラディーにはすごいショックだったんですよ、奥様。だって、ミス・エミリーのブローチのひとつが紛失して大騒ぎになっちゃって、ものがなくなったりしたら、だれだってびっくりします。なんていえばいいか、その、動転しちゃいます。それで、グラディーも手伝ってそこらじゅうをさがしたんです。そのうちミス・ラヴィニアが警察に知らせるといいだして、そうしたらブローチがひょっこり出てきたんですよ、化粧テーブルの抽斗の奥におしこんであったんです。グラディーはやれやれと胸をなでおろしました。

ところが次の日、グラディーはお皿を一枚わっちゃったんです。そしたらミス・ラヴィニアがすっとんできて、グラディーにあとひと月でやめてもらうといったんです。ですけど、やめさせられるのはお皿のせいじゃないってグラディーは思っているんです。

お皿はただの口実で、ほんとはブローチのせいだって。スキナーさんたちは、グラディーがブローチを盗んで、警察がこわいので返しただけだと思っているって。グラディーはそんなことしません、絶対ちがいます。根も葉もない噂がひろまって泥棒あつかいされるのをグラディーは心配してるんです。だってそんなふうに思われたら、どこにも雇ってもらえません、そうでしょう、奥様」

ミス・マープルはうなずいた。たくましくて強情なグラディスがとりたてて好きなわけではないが、本来正直者であることはまちがいのないところだったし、その騒ぎがグラディスを動揺させたことは容易に想像がついた。

エドナはすがるようにいった。「奥様、なんとかしていただけないでしょうか？　グラディーはすごく気をもんでいるんです」

「つまらないことでくよくよしなさんなといっておあげ」ミス・マープルはきびきびといった。「ブローチをとったわけじゃないなら――そうじゃないにきまってるんだし――動揺することなどありませんよ」

「そうします」エドナはしょんぼりといった。

「どっちみち午後になったら、あっちのほうへ出かけるのよ。ついでにスキナー姉妹と話してきましょう」

「ああ、ありがとうございます、奥様」エドナはいった。

オールド・ホールは森と草原にかこまれた大きなヴィクトリア朝様式の屋敷だった。そのままでは借家にもできず、さりとて売却も不可能、というわけで、進取の気性に富んだ投機家が家を四分割し、熱湯の出るセントラル方式をすえつけ、〝地面〟を店子《たなこ》たちの共有スペースにして、貸し出したのだ。この試みは成功した。ひとつめのフラットを占有しているのは、金持ちで風変わりな老婦人とそのメイドだった。老婦人は小鳥の観察に情熱を燃やし、毎朝小鳥の群れにえさをやっていた。ふたつめのフラットは引退したインド人判事とその妻が借りていた。三つめは結婚したばかりのごく若い夫婦が、四つめはつい二カ月前にスキナーという名の中年姉妹が借り受けたばかりだった。なにしろ共通点がまったくないので、四組の店子はほとんど接触がなく、家主は満足していた。なまじ店子同士のつきあいがあると、仲が悪くなったときに家主に苦情がもちこまれないともかぎらない。

ミス・マープルはどの店子とも顔見知りだったが、だれとも親しい間柄ではなかった。姉のミス・スキナー、つまりミス・ラヴィニアは会社勤めをしていた。妹のミス・エミリーは種々の身体的不調のためにほぼ寝たきりだった。もっともセント・メアリ・ミード村の見るところ、それらの不調はおもに気のせいだった。ミス・ラヴィニアだけが妹の受難と忍耐を盲目的に信じ、いやな顔ひとつせずお使いにいったり、〝妹がふと思いついた〟ものをもとめて村中をかけずりまわったりしていた。

ミス・エミリーが本人の主張する半分も苦しんでいるなら、とっくにヘイドック医師を呼んでいたはずだ、というのがセント・メアリ・ミード村の考えだった。ところが、ミス・エミリーはその旨をほのめかされると、人を小馬鹿にしたように目をとじて、自分の症状は単純なものではない——ロンドン一の専門家たちもこれにはおてあげだったのだ、さるすばらしい人物が画期的な治療をはじめてくれたから、いずれ回復するはずだとつぶやくのだった。そこらの開業医にはとうていわたしの症状は理解できっこない、といわんばかりだった。

「これはあたしの考えですけどね」ずけずけものをいうミス・ハートネルがいった。「あの人がヘイドック先生を呼ばないのは、呼んだら困ることになるって知っているからよ。ヘイドック先生のあの闊達な態度、ほんとにたのもしいわ、先生ならきっとどこも悪いところはない、さっさと起きておとなしくしていろというでしょうよ！　そのほうがあの人の身体にだっていいにきまってますよ！」

しかしながらそういう有無をいわさぬ治療を拒否したため、ミス・エミリーはいつまでたってもソファによこたわって、奇妙なちいさい薬箱をまわりにおき、自分のために料理されたものをほとんどかたっぱしから拒絶しては、それ以外の十中八、九は手にはいらないものを所望していた。

ミス・マープルのためにドアをあけたのは、おどろくほど元気のない〝グラディー〟だった。居間（もともとは大きな応接間だったのを、食堂、客間、浴室、メイド専用の押し入れと、小さく仕切った部屋のひとつ）にいたミス・ラヴィニアが立ちあがってミス・マープルを迎えた。

ラヴィニア・スキナーは五十がらみで、背が高く痩せて骨ばっていた。しわがれ声で態度はぶっきらぼうだった。

「ようこそ。エミリーはふせってますの――かわいそうにきょうは気分がよくなくて。お会いできれば元気も出るでしょうが、どなたにも会う気になれないときがあるんですよ。かわいそうに、ほんとに我慢づよい病人ですわ」

ミス・マープルは礼儀正しく答えた。セント・メアリ・ミード村の話題はもっぱら使用人のことだったので、会話をそちらのほうへもっていくのはむずかしくはなかった。あの気だてのいい娘グラディス・ホームズがやめるそうですね、とミス・マープルはいった。

ミス・ラヴィニアはうなずいた。「来週の水曜日にね。食器をわったんですよ。大目に見るわけにはいきません」

ミス・マープルはためいきをつき、ちかごろじゃわたしたちはみな我慢しなけりゃなりません、といった。若い娘はこんな田舎まではきてくれませんもの。グラディスを首にするのはほんとうに賢明なことでしょうか？

「使用人を雇うのがむずかしいのはぞんじてますよ」ミス・ラヴィニアは認めた。「ドヴローさんのお宅は使用人はおいていないんです——だからって、おどろきゃしませんけどね——四六時中喧嘩ばかり、夜は毎晩ジャズを流すし、食事の時間もきまっていないし、あの奥さんは家事のことなんかこれっぽっちも知りゃしないんですよ、ご主人がかわいそうだわ！　それからラーキンさんのところはメイドにやめられたばかりなんです。もちろん、判事さんのインド人気質や、彼が朝の六時にチョータ・ハーズリとやらのインド式朝食をほしがることや、奥さんがいつもぶつくさ文句をいってるようじゃ、それもむりもありません。ミセス・カーマイケルのところのジャネットはもちろん腰を据えてますよ——もっともわたしの考えでは、彼女はとてもいやな女でね、老婦人にいつもいばりちらしてます」

「だったら、グラディスについての決心も考えなおしたらいかが？　とても気だてのいい娘ですよ。グラディスの家族とは全員親しいんですけどね、とても正直できちんとした人たちだわ」

ミス・ラヴィニアは首を横にふった。

「わたしにはわたしの理由があるんです」

ミス・マープルはつぶやいた。「ブローチをなくされたとか――」

「おや、だれがしゃべったんです？　あの娘ね。正直にいいますが、わたしはグラディスがとったにちがいないと思っているんですよ。そのあと、こわくなって元にもどしたんです――もちろん、絶対確実でないかぎり、なにもいえませんけどね」ミス・ラヴィニアは話題をかえた。「エミリーに会ってやってください、ミス・マープル。きっと妹の気が晴れますわ」

ミス・マープルはおとなしくミス・ラヴィニアのあとについて、ドアの前に立った。ミス・ラヴィニアがノックすると、どうぞという返事があり、フラットの中で一番いい部屋へ通された。日射しの大半は半分おろされたブラインドによってさえぎられていた。ミス・エミリーはその薄暗さと、原因不明のみずからの病いを楽しんでいるかのようにベッドによこたわっていた。

おぼろげに見えたミス・エミリーは、ほっそりしてこれといって特徴のない女性だった。だらしなく頭に巻きつけられた豊かな白髪まじりの黄色い髪は、ところどころ突発的にくるくるとカールしており、全体として、自尊心のある小鳥なら恥じ入りたくなる鳥の巣にそっくりだった。オーデコロンと、古くなったビスケットと、樟脳《しょうのう》のにおいが部屋にこもっていた。

なかば目をとじ、細い弱々しい声で、エミリー・スキナーはきょうが〝すぐれない日のひとつ〟であることを説明した。

「病気の一番いやなところは」と、ミス・エミリーはけだるい口調でいった。「まわりのみんなに自分がどれだけ負担をかけているかがわかるということね。ラヴィニアはとてもよくしてくれるわ。ねえ、ラヴィー、お手数なんだけど、湯たんぽをわたし好みの分量にしてくれない――口まで一杯だと重すぎるし、お湯がたりないとすぐさめちゃうのよ！」

「ごめんなさいね。こっちによこして。ちょっとお湯の量をへらしてくるわ」

「へらすんなら、いれなおしたほうがいいんじゃない。ラスクはないでしょうね――ううん、いいの。なくたって平気よ。薄めの紅茶とレモンがひときれあれば――レモンもないの？　じゃいらないわ、レモンなしの紅茶は飲めたもんじゃないもの。今朝のミルクだけど、ちょっとすっぱくなってたわよ。だからミルクはいやなのよ。いいわ。紅茶がなくたってかまわない。ただ、ひどく弱っているような気がするのよ。牡蠣《かき》は栄養があるんですってね。食べられるかしら、牡蠣？　あらいいのよ、こんな夕方に牡蠣を買いに行くなんてたいへんでしょ。明日まで絶食すればいいことなんだから」

ラヴィニアは村まで自転車で行ってくるとかなんとかつぶやきながら部屋を出て行った。

ミス・エミリーは客にむかって弱々しくほほえみかけて、人に迷惑をかけるのはほんとうに心苦しいものだといった。

その晩、ミス・マープルはエドナに、使命は失敗したようだとつたえた。

それよりミス・マープルが心配したのは、グラディスの不正行為についての噂がはやくも村にひろまっていたことだった。

郵便局ではミス・ウェザビーが話しかけてきた。「ねえジェーン、スキナー姉妹がグラディスにわたした推薦状には、意欲的で真面目で身持ちがかたいとは書いてあったけど、正直だとは一言も書いてなかったのよ。そこが一番肝心だのにねえ！　ブローチのことで悶着があったんですってね。きっとそのせいだわ、だってよほど重大なことでもなけりゃ、ちかごろは使用人を手放したりしないもの。かわりをさがすのにあのふたり、相当苦労するわよ。若い娘はオールド・ホールへなんか行かないわ。行ったとしても、長つづきするもんですか。まあ見ててごらんなさい、スキナー姉妹はだれも見つけられないから。あの心気症の癪《しゃく》にさわる妹がそのうちベッドから起きて用事をしなけりゃならなくなるわ!」

スキナー姉妹がさる斡旋《あっせん》業者の紹介で、なんでもメイドの鑑《かがみ》のような女を雇うことになったとわかったときは、村中がおおいにくやしがった。

「三年分の推薦状によると、とても温かみのある人柄で、都会よりは田舎のほうが好きなんだそうですわ。それにグラディスより安い賃金でいいといってきてますの。わたしたち、ほんとうに幸運だと思いますよ」

「まあ、ほんとうに」魚屋の店先でミス・ラヴィニアから詳細を知らされたミス・マープルはいった。「夢のような話ですわね」

やがてセント・メアリ・ミード村の人々はこぞって、そのメイドの鑑は土壇場になって約束を反古《ほご》にし、やってこないにちがいないと考えた。

だがこうした予測ははずれ、メアリ・ヒギンズという名の家政婦がリーズのタクシーで村をとおりぬけオールド・ホールにむかうのが目撃された。器量よしであることも認めざるをえなかった。品もよく、服装もきわめてきちんとしていた。

牧師館の庭でおこなわれるパーティーの屋台の出店者をつのるために、次にミス・マープルがオールド・ホールを訪ねたとき、ドアをあけたのはメアリ・ヒギンズだった。たしかに美しいメイドで、年齢は四十がらみ、きちんとととのえた黒髪にばら色の頰、ぽっちゃりした身体を慎み深く黒い服につつみ、白いエプロンと帽子をつけていた――「まさに古きよき時代の召使いタイプ」と、のちにミス・マープルが説明したとおりだった。また、聞き取れないほどひかえめでうやうやしい声も、グラディスの大きいが鼻がつまったようなアクセントとは月とすっぽんだった。

ミス・ラヴィニアはいつもよりかなりリラックスしているようだった。妹の世話があるので屋台はできないと残念がったが、それでもまとまった金額の寄付を申し出たうえ、ペン拭きと赤ん坊用の靴下の委託販売をひきうけると約束した。

満足していらっしゃるようね、とミス・マープルはミス・ラヴィニアにいった。

「ほんとにメアリのおかげなんですよ。あのもうひとりの娘をやめさせる決心をしてよかったと思っているんです。メアリはかけがえのないメイドですわ。料理もじょうずだし、給仕も申し分ないし、わたしたちのフラットをすみずみまで清潔にしてくれるし――マットレスは毎日裏返してくれるんですよ。しかもエミリーに接する態度もすばらしいの！」

ミス・マープルはあわててエミリーの様子をたずねた。

「それがかわいそうに、このところかなり加減が悪いんですよ。もちろんしかたのないことだけれど、おかげでときどきちょっと厄介なことになってね。あるものを料理してくれといったのに、できあがると、いまは食べられないというんですよ――それなのに三十分するとまた食べたがるんです。すっかり冷えてしまっているから、また作りなおさなくちゃなりません。当然手間がかかりますよ――でもさいわいなことに、メアリはちっとも気にならないようなんです。病人になれていてね、そういう人たちのことはよくわかるんですって。ほんとに助かりますわ」

「それはそれは、幸運でしたね」

「ええ、まったく。メアリは祈りへの答えとしてわたしたちのところへつかわされたんじゃないかと思ってますよ」

「うかがっていると、夢のようなメイドですわね。わたしがあなただったら、すこし用心しますけど」

ラヴィニア・スキナーにこの発言の意味はつたわらなかった。「まあ！　そりゃわたしだってメアリが気持ちよくすごせるように、できるだけのことはするつもりですよ。彼女に出て行かれたりしたら、途方にくれてしまいますもの」

「用意ができるまで、メアリは出て行かないんじゃないかしらね」ミス・マープルはそういって、相手をじっと見つめた。

ミス・ラヴィニアはいった。「家庭内の心配事がないと、こうも気分が軽くなるものなんですわね。お宅のエドナはどうしてます？」

「よくやってますよ。もちろん、前とたいしてかわりませんけどね。お宅のメアリのようにはいきません。でもこの村の娘ですから、エドナのことは全部知り尽くしていますし」

ホールに出たとき、ミス・マープルの耳に病人のいらだたしげな大声がきこえた。

「この湿布はからからに乾いたってかまわないのよ——すぐにしめってくるからとドクター・アラートンがおっしゃったわ。ほらほら、もういいからほっといて。紅茶とゆで卵がほしいわ——ゆで時間は三分半よ、いい、それからミス・ラヴィニアをよこして」

有能なメアリが寝室からあらわれて、「ミス・エミリーがおよびです、マアム」とラヴィニアにいった。そしてミス・マープルのためにドアをあけようと近づいてきて、申し分のない態度でコートを着るのを手伝い、傘をさしだした。

ミス・マープルは傘をうけとってから取り落とし、拾いあげようとしてバッグを落とした。バッグの口がぱっとひらいた。メアリはこまごましたものを丁寧に拾いあつめた

――ハンカチ、手帳、旧式な革の財布、シリング硬貨二枚にペニー銅貨三枚、それにちいさくなったストライプ模様のペパーミントキャンディ。

ミス・マープルは困惑ぎみに最後のひとつをうけとった。

「あらいやだ、これミセス・クレメントの坊やのだわ。このキャンディーをなめていたもの。わたしのバッグで遊んでいたから、きっと中にいれちゃったのね。べたべたじゃない？」

「すてておきましょうか、奥様？」

「あら、そうしてくださる？　恩にきるわ」

メアリーはまだ床に落ちている最後のひとつを腰をかがめて拾いあげた。ミス・マープルは小さな鏡をうけとって、熱っぽくさけんだ。「まあ、運がいいわ、割れなかったなんて」

そのあとミス・マープルが家を辞したとき、メアリは表情ひとつかえずにストライプ模様のキャンディーをもったまま、ドアのわきに礼儀正しく立っていた。

十日間ものあいだセント・メアリ・ミードはミス・ラヴィニアとミス・エミリーが得た宝物のすばらしさを聞く責め苦に耐えなくてはならなかった。

十一日め、村は衝撃的出来事にぱっちりとめざめた。

メイドの鑑、メアリが失踪したのだ！　ベッドには寝た形跡がなく、玄関ドアがわずかにあいていた。

メアリは夜のあいだにひっそり行方をくらましていた。

いなくなったのはメアリだけではなかった！　ミス・ラヴィニアのブローチふたつと指輪が五つ。ミス・エミリーのペンダントとブレスレット、ブローチ四つも紛失していたのである！

それは災厄の第一章のはじまりだった。

うら若いミセス・ドヴローは鍵をかけずに抽斗にしまっておいたダイヤモンドと、結婚のプレゼントだった高価な毛皮数点を失った。判事とその妻も宝石とかなりの現金を盗まれた。ミセス・カーマイケルは最大の被害者だった。きわめて貴重な宝石数点ばかりでなく、フラットに保管しておいた多額の現金がきれいさっぱり消えていたのである。メイドのジャネットが外出した夜、女主人がいつもの習慣で、夕暮れ時に庭を歩きながら小鳥たちに呼びかけ、えさをまいていたすきに盗まれたのだ。申し分のないメイド、メアリがすべてのフラットの合い鍵をもっていたのはあきらかだった。

じつをいえば、それを知ったセント・メアリ・ミード村は意地悪な喜びにわきかえった。ミス・ラヴィニアがメアリのすばらしさをこれでもかといわんばかりに自慢していたのが日頃から癪《しゃく》の種だったのである。

「それがなにさ、ただのげすな泥棒だったんじゃないの！」

つづいて興味深い新事実があきらかになった。メアリは雲隠れしたばかりでなく、身元保証人となってメアリを紹介した斡旋会社までがだまされていたことがわかったのだ。メイドとして応募してきたメアリ、斡旋会社が推薦状を書いたメアリ・ヒギンズは存在しないことが判明したのである。メアリ・ヒギンズという名のメイドがさる地方執事の妹に仕えていたのは確かだが、本物は現在、コーンウォールで平和に暮らしていた。

「いまいましいほどぬけめがないよ、なにもかも」スラック警部は認めざるをえなかった。「あの女はギャングと手をくんでいるらしいな。一年前にもノーサンバーランドで同様の事件があったんだ。盗まれたものはついに出てこなかったし、女もつかまらなかった。だが、マッチ・ベナム署はもっとうまくやってみせるぞ！」

スラック警部はつねに自信満々の男だった。

にもかかわらず、数週間がすぎてもメアリ・ヒギンズの行方は杳《よう》として知れなかった。スラック警部は捜査にさらなるエネルギーをそそいだが、熱意はからぶりに終わった。

ミス・ラヴィニアは悲嘆にくれていた。ミス・エミリーはすっかり動転し、自分の容態が不安になってついにヘイドック医師を呼びにやった。

ミス・エミリーの自己診断にたいする医師の反応が知りたくて、村中はうずうずしたが、むろん医師にたずねるわけにはいかなかった。しかしながら、薬剤師の助手で、ミセス・プライル・リドリーのメイドのクララと交際中のミスター・ミークを通じて満足すべき情報がもたらされた。ヘイドック医師が処方したのはアギとカノコソウの混合物で、ミスター・ミークによれば、それは軍で仮病をつかう兵士むけのありふれた治療薬（！）だったのである。

その後まもなく、その療法に不満をおぼえたミス・エミリーが、自分の症状をきちんと理解できるロンドンの専門家に見てもらう、と宣言していることがあきらかになった。それがラヴィニアに迷惑をかけない唯一の方法だとミス・エミリーはいった。

こうしてフラットはふたたび転貸しされる見通しとなった。

頬を紅潮させ、あわてた様子のミス・マープルがマッチ・ベナム署を訪れ、スラック警部の面会を求めたのは、それから数日後のことだった。

スラック警部はミス・マープルがうっとうしかった。しかし署長のメルチェット大佐がミス・マープルに一目おいているのを知っていたので、しぶしぶ彼女を通した。

「こんにちは、ミス・マープル、どんなご用です？」

「おやおや」ミス・マープルはいった。「おいそがしそうだこと」

「仕事は山ほどありますが、数分ならかまいませんよ」スラック警部はいった。

「あらまあ、きちんとつたえられるといいんだけれど。わかりやすい説明をするというのは、とてもむずかしいものですからね、そうお思いにならない？ ええ、あなたならそんなことはないでしょうけど、わたしはほら、現代的な教育を受けなかったものだから――女性家庭教師についただけですからね、教わったのは英国の歴代の王の在位期間や一般的知識――ブルーワー博士とか、小麦の三種類の病気とか――ええと、葉枯れ病にウドンコ病に、三つめはなんだったかしら――黒穂病《スマット》？」

「みだらな絵《スマット》の話がしたいんですか？」スラック警部はそうきいてから、赤面した。

「いえいえ、そうじゃありませんよ」ミス・マープルはその気がないことをいそいでつたえた。「ありふれた挿し絵ですからね。あとは針がどうやってつくられるかとか、そういったことばかり。そりゃ範囲は広かったけれど、要点をしぼることは教えてくれなかったんですよ。わたしがしたいのは、それなの。ミス・スキナーのメイドのグラディスのことなんです」

「メアリ・ヒギンズでしょう」

「ええ、それはふたりめのメイドね。でもわたしがいうのはグラディス・ホームズのことなんですよ――すこし生意気でずうずうしいけれど、真正直な娘です。それが認められることがとても重要なの」グラディスはなんの罪にも問われていませんがね」警部はいった。

「ええ、罪などないのはわかってますよ――だからなお困るんです。なにしろみんな今でも疑っているんですからね。おやまあ――ひどい説明だわね。わたしがいおうとしているのは、メアリ・ヒギンズを見つけるのが重要だってことなのよ」

「そのとおりです」スラック警部はいった。「その件について、なにか名案でも？」

「じつをいうと、あるんですよ」ミス・マープルはいった。「ひとつうかがってもよろしい？　指紋は役にたつのかしら？」

「それですがね、あの女はじつに抜け目がなかったんです。大部分の仕事をゴム手袋かメイド用の手袋をはめてやっていたようなんですよ。しかもご丁寧に、自分の寝室と流しにあったものはひとつのこらず拭きあげていたんです。あの家にはヒギンズの指紋は一個も見つかりませんでした！」

「指紋があったら、役にたつかしら？」

「でしょうね、マダム。ヤードならわかるはずですよ。これがあの女の最初の仕事じゃないのはまちがいないんです！」

ミス・マープルはほれやかにうなずいて、バッグをあけ、小さな箱をとりだした。箱の中には綿がしきつめられ、小さな鏡がはいっていた。

「わたしのハンドバッグにはいっていたものなの。メイドの指紋がこれについているのよ。きっと満足のいく結果がえられるはずだわ——彼女は直前にすごくべたべたしたものにさわったから」

スラック警部は目をみはった。「わざとあの女に指紋をつけさせたんですか？」

「もちろんよ」

「じゃ、あの女を疑っていたんですね？」

「まあね、あまりにもできすぎたメイドだというのがひっかかったんですよ。じっさいミス・ラヴィニアにもそういったのよ。ところが、ミス・ラヴィニアはそのほのめかしに気づいたそぶりをみせなかったの！　わたしはね、警部さん、完璧な人が信用できないんです。欠点のない人間なんていやしませんもの——家事をやらせれば、欠点はすぐわかるものなんです！」

「なるほど」スラック警部はおどろきからさめていった。「感謝しますよ。さっそくこれをヤードに送って、なんといってくるか待ちましょう」

彼は口をつぐんだ。ミス・マープルが小首をかしげ、さも意味ありげにこちらを見つめている。

「もうちょっと感服した顔をなさるべきじゃないかしら、警部さん？」

「どういうことです、ミス・マープル？」

「説明するのはとてもむずかしいけれど、奇妙なことに出くわせば気づくものだってことですよ。もっとも、奇妙なことはただの些細なことにすぎない場合もたびたびありますけれどね。わたしはずっとへんだと思っていたんです。グラディスとブローチのことですけどね。グラディスは正直な娘です。あのブローチをとったのはグラディスじゃありません。だったら、なぜミス・スキナーはグラディスがとったと思ったんでしょう？　ミス・スキナーはばかじゃありません。ばかだなんてとんでもない！　使用人にきてもらうのがたいへんなご時世に、これといって不満のないメイドをなぜミス・スキナーはやめさせたがったのか？　奇妙じゃありませんか。だからわたしは不思議に思ったんです。不思議でたまらなかった。そしてもうひとつ奇妙なことに気づいたんです！　ミス・エミリーは心気症だけれど、医者をまったくよせつけない心気症患者は、彼女がはじめてだったんですよ。心気症患者というのはお医者さんが大好きなの。でもミス・エミリーはそうではなかった！」

「なにをいおうとしているんです、ミス・マープル？」

「ええ、わたしがいおうとしているのはね、ミス・ラヴィニアとミス・エミリーはあやしいってことですよ。ミス・エミリーは四六時中薄暗い部屋にひきこもっているでしょう。あの人の髪がかつらじゃないなら、わたしは自分のかもじを食べたっていいわ！　つまりこういうことです——痩せて青白い白髪頭の、文句ばかりつけている女と、黒髪でばら色の頬をした、ぽっちゃり女は同一人物だってこと。ミス・エミリーとメアリ・ヒギンズを同時に見た人はひとりだっていないんですよ。

たっぷり時間をかけてすべての合い鍵を作り、ほかの店子たちの習慣をつきとめ、そのあとで——村の娘を首にしたんですよ。ミス・エミリーはある夜、きびきび歩いて村をこえ、翌日メアリ・ヒギンズとして駅に到着したんです。やがて、しかるべき頃合いに、メアリ・ヒギンズは忽然と消え、彼女にたいするごうごうたる非難がわきあがる、そういうことなの。どこへ行けばメアリが見つかるか、教えてあげましょう、警部さん。ミス・エミリー・スキナーのソファの上ですよ！　わたしの話が信じられないなら、ミス・エミリーの指紋をとってごらんなさいな、わたしのいうとおりだったことがわかります！　二人組の抜け目のない泥棒、それがスキナー姉妹の正体ですよ——ずるがしこい仲間だか、一味だか、手下だかと手を結んでいるにちがいないわ。でも今度ばかりは絶対に逃げられませんよ！　同じ村の正直な娘の人柄をあんなふうに踏みにじられてたまるもんですか！　グラディス・ホームズはおてんとさまに負けないぐらい正直なんです、みんなにそれを肝に銘じてもらわなくちゃ！　じゃ、ごきげんよう！」

ミス・マープルはあぜんとしているスラック警部を尻目にすたすたと出ていった。

「ふうっ！」警部はつぶやいた。「ほんとうなのかな？」

ほどなく彼は、ミス・マープルがまたもや正しかったことを発見した。

メルチェット署長はスラックの有能ぶりを祝福し、ミス・マープルはグラディスを呼んで、エドナともどもお茶をふるまい、今度奉公先を見つけたらしっかり腰を据えるようと真顔で話して聞かせた。

管理人事件

The Case of the Caretaker

「さてと」ヘイドック医師は患者にたずねた。「どうだね、きょうの具合は？」

ミス・マープルは枕に頭をのせたまま、弱々しくほほえみかけた。

「よくなってるとは思うんですけどね、でもひどく気分がふさぐんですよ。死んだほうがましなんて、ついつい思ってしまって。なんといっても、もう年ですものねえ。だれにも必要とされてるわけじゃなし、気にかけてくれる人もいないし」

ヘイドック医師はふだんどおりにそっけなく、それをさえぎった。「ふんふん、この流感の典型的後遺症だな。あんたに必要なのは気分転換だ。精神的気付け薬だよ」

ミス・マープルはためいきをもらして、かぶりをふった。

「さらにだ」ヘイドック医師はつづけた。「ほら、ここに特効薬をもってきた！」

彼は細長い封筒をベッドの上にほうりなげた。

「あんたにうってつけのものだ。あんた好みのなぞときさ」

「なぞとき?」ミス・マープルは興味をそそられたようだった。

「このわしの習作なんだ」医師はかすかに顔を赤らめながらいった。「まともな小説にしたてるべく努力したよ。〝彼はいった〟とか〝彼女はいった〟とか〝娘は考えた〟とかね。ストーリーは事実にそったものだ」

「でもどうしてなぞときなのかしら?」ミス・マープルはたずねた。

ヘイドック医師はにやりとした。「解釈があんたに一任されるからさ。自分でつねづね主張しているとおり、あんたがほんとに賢いのかどうかわかるじゃないか」

そんな言葉でとどめをさして、医師は帰っていった。

ミス・マープルは原稿を手にとって、読みはじめた。

「それで、花嫁はどこにいるの?」ミス・ハーモンが愛想よくきいた。

ハリー・ラクストンが外国から連れ帰った裕福で美しい若妻をひと目見ようと、だれもが期待に胸をふくらませていた。昔はごくつぶしの不良少年だったハリーが、幸運をひとりじめにしたことで、村人たちは寛大な気持ちになっていた。というより、昔からハリーの悪さを大目に見ているようなところがあった。手あたりしだいにパチンコで窓を割られた者でさえ、ハリーが深い悔悛の情をあらわすと、怒る気持ちが失せてしまうのだ。窓は割る、果樹園の果物は盗む、ウサギは密猟する、はては借金をかさね、地元の煙草屋の娘といい仲になって、その後はアフリカへ従軍――そんなハリーにたいする村の今の気持ちは、オールドミスたちが肩をすくめてつぶやきあう言葉に代表されていた。「まあ、いいじゃないの！　みな若気のいたりだったのよ！　これでハリーも落ち着くでしょうよ！」

そしていま、まさに放蕩息子が帰ってきたのだ。ただし、悲嘆に暮れてではなく、意気揚々と。ハリー・ラクストンはことわざにいうように、〝一旗あげて〟いた。心をいれかえて、がむしゃらに働いた結果、フランス人の血をひく資産家の娘に出会って結婚したのである。

ロンドンに住むこともできただろうし、狩猟のできるどこかの魅力的な田舎に屋敷をかまえることもできただろうに、ハリーは故郷へもどってきた。そして、なんともロマンティックなことに、子供の頃住んだ小さな家のある、荒れ果てた屋敷の地所を買いとった。

キングズディーン屋敷はかれこれ七十年ちかく空き家のままだった。主《あるじ》を失って徐々に老朽化し、まるで廃屋のようになっているが、どうにか住める一角には年老いた管理人とその女房が住んでいた。広大で仰々しい、印象のよくない屋敷で、繁茂した雑草が庭をおおいつくし、鬱蒼《うっそう》たる木々に囲まれたところは、陰気な魔術師の館のようだった。いっぽうの小さな家は快適で住みやすく、ハリーの父親であるラクストン少佐が長年借りていた。少年時代のハリーはキングズディーンの敷地内をよくほっつき歩いて、からみあった木々のすみずみまで知りつくしていた。古い屋敷はつねにハリーのあこがれの的だった。

ラクストン少佐は数年前に死亡し、ハリーが帰ってくる可能性は万にひとつもないと村人たちは思っていた。にもかかわらず、ハリーは花嫁を連れて少年時代のわが家がある場所へ帰ってきたのである。さっそく、荒れ果てたキングズディーン屋敷はとりこわされ、おおぜいの大工や建設業者がわっとばかりにむらがって、奇跡的な短期間で——富の力とはすばらしいものである——木立のあいだに白く輝く新しい邸宅ができあがった。

そのあと庭師の一団、つづいて家具をつんだトラックの列が到着した。

邸宅の準備がととのい、使用人もそろったところで、最後に、豪華なリムジンがやってきて、ハリーとハリー夫人を正面玄関でおろした。

村人たちはわれがちに新しい屋敷を訪問した。村で一番大きな家の持ち主で、村の社交界の先導役をもって自認するミセス・プライスは、〝花嫁におめもじ〟するためのパーティーの招待状を発送した。

それは盛大な催しだった。ドレスを新調するご婦人まで出るありさまだった。誰もが興奮し、すてきな花嫁を見ようと一生懸命だった。まるでおとぎ話のようだと、人々はいいあった。

日焼けした口達者なオールドミスのミス・ハーモンが、客でごったがえす応接間の人混みをかきわけながら、質問を発した。痩せて気むずかしやの、これまたオールドミスのミス・ブレントが情報を提供した。

「ああ、もうほんとにかわいらしいこと。礼儀作法も文句なしだわ。それにとっても若いしね。ねえ、あんなになにもかもそろってると、ねたましくなっちゃうわよ、ほんとに。美人で金持ちで家柄がよくて――品もあるし、すこしも平凡なところがないんだもの――ハリーはぞっこんよ！」

「だけど、まだ結婚したばかりじゃないの、わかりゃしないわよ」ミス・ハーモンはいった。

ミス・ブレントの細い鼻が興味深げにふるえた。「まあ、いやねえ、ほんとにそんなこと思ってるの――」

「ハリーがどういう男か、わたしたちはみんな知ってるのよ」

「それは過去のことよ！　でも今は――」

「なにいってるの」ミス・ハーモンはさえぎった。「男はずっと変わらないわ。見かけだおしはいつまでたっても見かけだおし。わかりきったことじゃないの」

「あらあら。かわいそうな花嫁さん」ミス・ブレントは見るからにうれしそうな顔になった。「そうよね、きっといまにハリーと一悶着おこすわね。だれか、彼女に警告してあげるべきよ。昔の話をすこしでも聞いたことがあるのかしら？　なんにも知らないとしたら、あんまりだわよ。気の毒すぎるわ。村に薬局は一軒しかないんだから、なおさらよ」ミス・ブレントはつづけた。

というのも、昔の煙草屋の娘は現在、薬屋のミスター・エッジの妻におさまっていたからだ。

「ミセス・ラクストンはマッチ・ベナムの〈ブーツ〉で買い物したほうがいいんじゃない？」ミス・ブレントがほのめかした。

「ハリー・ラクストンがそうすすめるでしょうよ」ミス・ハーモンはいった。

そしてふたたびふたりのあいだに意味ありげな視線が交わされた。

「だけど、彼女は絶対知るべきだと思うわ」ミス・ハーモンはいった。

「品性下劣よ！」クラリス・ヴェインはおじのヘイドック医師にむかって憤懣《ふんまん》やるかたなげにいった。「ほんとに品性下劣な人たち」

ヘイドックは興味をひかれて姪を見た。

クラリスは背の高い美人で、髪は黒く、熱い心の持ち主だった。いま、彼女の大きな茶色の目は怒りに燃えていた。「あのオバさんたちときたら——陰でこそこそしゃべったりして」

「ハリー・ラクストンについてか？」

「そう、煙草屋の娘と彼の恋愛について」

「ああ、あのことか！」医師は肩をすくめた。「若者ならだれだってやることさ」

「もちろんだわ。それに、もう終わったことなのよ。だったらどうしてぐだぐだと同じことばかりいうの？　どうして何年も昔のことをもちだしてくるのよ？　まるで死体にむらがるハゲタカみたい」

「おまえには、まあそんなふうに思えるだろうな。しかし、ここには話の種などそうないんだよ。だから、過去のスキャンダルをいつまでも話題にするようになってしまうのさ。しかし、どうしておまえがそんなにプリプリするのかわからんね」

クラリス・ヴェインはくちびるを嚙んで、頰を赤らめ、妙におさえた声でいった。

「あの人たち――とってもしあわせそうなんだもの。ラクストン夫妻のことよ。若いし、愛し合ってるわ。彼らにとってはなにもかもがすばらしいのよ。それが心ない陰口や、ほのめかしや、あてこすりや、いやみのせいでだいなしにされるなんて、思うだけで腹がたつの」

「ふむ、なるほど」

クラリスはつづけた。「ハリーとはついさっきまで話していたんだけれど、すごくしあわせで、はりきっていて、興奮してるわ。そして、そう、わくわくしてる――心の欲求のままにキングズディーンを生まれ変わらせることにね。まるで子供のようにはしゃいでいるわ。そして奥さんのほうは――そうね、これまでの人生で物事がうまくいかなかったことなんて、彼女にはひとつもないんじゃないかしら。これまでだって、何不自由なく生きてきたんです。奥さんを見たでしょう。どう思った?」

医師はすぐには答えなかった。他の人々にとっては、ルイーズ・ラクストンは羨望の的かもしれない。甘やかされて育った金持ちの娘。ヘイドック医師にとって、ルイーズはずっと前にはやった歌の一節のようなものでしかなかった。〝あわれな金持ちの娘――

――〟

小柄で華奢な身体つき、顔のまわりをきっちりふちどる亜麻色の巻き毛、愁いをおびた大きな青い目。

そのルイーズはすこし元気がなかった。お祝いを述べる人々の長い行列に、くたびれていた。はやく帰りたかった。たぶんもうすぐハリーがそういってくれるだろう。ルイーズは横目で彼を見た。このうんざりするほど退屈なパーティーを真剣に喜んでいる長身で肩幅の広い夫を。

〝あわれな金持ちの娘――〟

「ふうっ！」それは安堵のためいきだった。

ハリーはふりかえって、おもしろそうに妻を見た。ふたりは車でパーティーから帰るところだった。

ルイーズはいった。「ダーリン、なんていやなパーティーだったのかしら！」

ハリーは笑った。「ああ、まったくひどかったよ。気にするな。しかたないんだ。あのばあさん連中はみんな、子供だった頃のおれを知っていたからね、どうしてもそばできみを見たかったのさ。見られなかったら、ひどくがっかりしたことだろう」

ルイーズは顔をしかめた。「これからもああいう人たちにたくさん会わなくちゃならないの？」

「なんだって？　いや、まさか。名刺をもって、儀式的にやってくることはあるだろうが、一度きみからも訪問すれば、それで終わりだ。それ以上悩まされることはない。きみは友だちを連れてくるなり、なんでも好きなことができるよ」

ルイーズはすこしだまりこんでから、きいた。「ここには面白い人は住んでいないの？」

「いるとも。社交界があるからね。だが、やっぱりちょっと退屈かもしれないな。彼らの興味の対象は、もっぱら球根と犬と馬だ。もちろん乗馬もできる。楽しいよ。エグリントンにきみに見てほしい馬がいるんだ。美しい馬でね、完璧に調教されてるし、気だてもいい、元気いっぱいだ」

車はスピードを落として角を曲がり、キングズディーンの門をくぐりぬけた。道のまんなかにグロテスクな人影がとびだしてきて、ハリーはあわててハンドルをきり悪態をついた。あぶないところだった。人影はその場につったって、げんこつをふりまわしながら遠ざかる彼らにむかって何事かさけんだ。

ルイーズはハリーの腕をぎゅっとつかんだ。「だれなの、あれ――あのこわいおばあさんは？」

ハリーは眉をくもらせた。「マーガトロイドばあさんだ。夫婦で古い屋敷の管理人をしてたんだよ。三十年近く屋敷に住み込んでいた」

「なぜあなたにむかってこぶしをふりまわすの？」

ハリーの顔に血がのぼった。「あのばばあ――いや、あのばあさんは屋敷が取り壊されるのが我慢ならなかったのさ。もちろん首になったわけだしな。亭主は二年前に死んだんだ。その後、ちょっとおかしくなったらしい」

「あのおばあさん――もしかして――おなかをすかせてるんじゃない？」

ルイーズの思いつくことはいつもぼんやりしていて、なんとなくメロドラマ風だった。富める者はとかく現実をきちんと認識できないのだろう。

ハリーは憤慨した。「じょうだんじゃないよ、ルイーズ、とんでもない！　あのばあさんにはもちろん年金を払って引退させたんだ――それも、たっぷりはずんだんだぞ！新しい家もなにもかも用意してやったんだ」

ルイーズはうろたえて、たずねた。「じゃ、なぜ怒ってるの？」

ハリーは顔をしかめ、眉間にたてじわをきざんだ。「そんなことわかるわけがないだろう？　ばかばかしい！　屋敷に愛着があったんだろう」

「だけど、廃屋みたいだったんでしょう？」

「もちろんだよ――ぼろぼろにくずれかけていたし、屋根は雨漏りしていた――おおかれすくなかれ、安全ではなかったんだ。それでも、大事だったんだろうよ。長いことあそこに住んでいたわけだしな。ああもう、知らないよ！　あのばあさんは頭がいかれてるんだ」

ルイーズは不安そうにいった。「あの人――わたしたちを呪っていたんだと思うわ。ああ、ハリー、そうじゃないといいけど」

ルイーズにとって、新しいわが家は気のふれた老女の悪意ある姿によってよごされ、毒されたように思われた。車で出かけるとき、馬に乗るとき、犬たちを散歩につれだすとき、いつもきまって同じ人影が待っていた。鉄灰色のまばらな髪の上にくたくたの帽子をのせた老婆がしゃがみこんで、呪いの言葉をゆっくりとつぶやいていた。

ルイーズはハリーのいうとおりなのだと信じるようになった――あの老婆は気がふれているのだと。にもかかわらず、それで事態がよくなったわけではなかった。マーガトロイドばあさんは実際に邸宅にははいってこなかったし、明確な脅しをするわけでもなく、暴力をふるうのでもなかった。しゃがみこんでいるのはいつも門のすぐ外だったたから、警察にうったえても無駄だっただろうし、いずれにしろハリー・ラクストンはそういう行動を起こすことに反対だった。そんなことをしても、あのばあさんにたいする地元民の同情を誘うだけだ、とハリーはいった。彼はルイーズより楽観的だった。

「心配するなよ。そのうちあのばあさんもこのくだらん呪いの行《ぎょう》にあきてくるさ。たぶん、ためしているだけなんだ」

「ちがうわ、ハリー。あのおばあさんはわたしたちを憎んでいるのよ！　感じるの。あの人は――わたしたちが不幸になればいいと思っているんだわ」

「魔女じゃないんだよ、そう見えるかもしれないけどね！　ちっともこわがることなんかない」

ルイーズは無口になっていた。新居に暮らす最初の興奮がすぎてしまうと、妙にさびしく、なにをしたらよいのかわからない気がした。ロンドンやリヴィエラでの生活には慣れていたが、イギリスの田園生活など知りもしなかったし、好きでもなかった。花をいけたことぐらいはあるが、ガーデニングにも無知だった。犬も本当は好きではなかったし、ときおり顔をあわせる隣人たちにもうんざりしていた。一番楽しめるのは乗馬で、ハリーと一緒のこともあれば、彼が忙しいときはひとりで馬を走らせた。ハリーが買ってくれた美しい馬ののんびりした歩調を楽しみながら、森や小道をぬけた。だがとても利口な栗毛のプリンス・ハルですら、悪意ある老女のうずくまった姿の前を通りすぎるときは、おじけづいたりいなないたりした。

ある日ルイーズは思いきった行動に出た。歩いて外出したのだ。気づかないふりをしてマーガトロイドばあさんのそばを通りすぎたが、急に回れ右をして、ばあさんに近づいた。かすかにあえぎながら、ルイーズはいった。「なんなの？　どういうこと？　なにが望みなの？」

老婆は目をしばたたいた。浅黒いジプシーのような、狡猾そうな容貌、薄くなった鉄灰色の髪、うるんだ疑り深そうな目。酔っぱらっているのだろうか、とルイーズは思った。

マーガトロイドばあさんは哀れっぽいながらもドスのきいた声でしゃべりだした。

「なにが望みかって、え？　あきれたもんだ！　あたしの宝を取りあげておいてさ。キングズディーン屋敷からあたしを追い出すとは何様のつもりだい？　あたしはね、あそこに住んでいたんだよ、娘の頃からずっと四十年近くも。あたしを追い出すなんて邪悪なおこないだよ。いまにあんたらに天罰がくだるよ！」

ルイーズはいった。「あなたにはすてきな家があるじゃないの、それに――」

彼女は最後までいえなかった。老婆が両腕をふりあげて、金切り声をあげた。「あんなもの、なにがいいもんか！　あたしがほしいのは、あたしの家と、長年そばにすわってきた暖炉なんだ。いいかい、あんたたち、あの新しいごりっぱな家にいたって幸せにはなれないよ。不吉な悲しみがあんたたちにおそいかかるんだ！　悲しみと死とあたしの呪いがね。そのきれいな顔など腐り落ちりゃいいのさ」

ルイーズは身をひるがえして、よろめくように走りだした。彼女は思った。〝こんなところにはいられないわ！　家を売らなくちゃ！　ふたりでこの土地を離れなくちゃ〟

そのときは、ごく簡単なことに思えた。ところが、ハリーはまるで理解してくれず、ルイーズはたじろいだ。「ここを出ていく？　家を売るだって？　頭のおかしいばあさんの脅しがこわいから？　きみのほうこそどうかしてるよ」

「いいえ、わたしは正常よ。でもあの人は――こわいのよ。きっとなにかが起きるわ」

ハリー・ラクストンはむっつりといった。「マーガトロイドばあさんのことはぼくにまかせるんだ。おとなしくさせてやる！」

クラリス・ヴェインと若いミセス・ラクストンのあいだには友情が芽生えていた。性格や趣味はちがっても、ふたりはほぼ同年齢だった。クラリスと一緒にいるとルイーズは安心できた。クラリスは独立独歩で、自信にあふれていた。ルイーズはマーガトロイドばあさんとその脅しの一件を口にしたが、クラリスは恐ろしいというよりわずらわしい厄介事だと思っているようだった。

「その種のことって、ほんとに愚劣だわ」クラリスはいった。「あなたもさぞわずらわしいでしょうね」

「ねえ、クラリス、わたし——わたしね、ときどきすごくこわくなるの。心臓がどきっとしちゃうのよ」

「おばかさんね、そんなくだらないことでしょげてちゃだめよ。マーガトロイドさんももうじきあきてくるわ」

ルイーズはだまりこんだ。クラリスがきいた。「どうしたの？」

ルイーズはちょっとためらっていたが、次の瞬間返事がほとばしりでた。「こんなところ大きらい！　ここにいたくないの。森もこの家もよ。物音ひとつしない夜も、ふくろうの気味の悪い声も、ああ、それに人々も、なにもかもいやなの」

「人々って？」

「村の人たちよ。せんさく好きで噂話ばかりしているオールドミスたちよ」

クラリスは鋭くたずねた。「彼女たちがなにをいったの？」

「知らない。とくにどうってわけじゃないけれど、でも意地悪だわ。話しかけても、だれも信頼できないって感じるの——だれひとり」

クラリスはきびしくいった。「あんな人たちのことなんて忘れたほうがいいわ。噂話しかすることがないのよ。それにくだらないおしゃべりの九割は、でたらめなんだから」

ルイーズはいった。「わたしたち、ここへこなければよかったのよ。でも、ハリーはここが大好きなの」声がやわらいだ。

〝この人、ほんとにハリーのことが好きなんだわ〟クラリスはそう思ったあと、唐突にいった。「わたしもう帰らなくちゃ」

「車で送るわ。またすぐきてね」

クラリスはうなずいた。ルイーズは新しい友だちの訪問に心がなぐさめられ、ハリーは妻がいつもより陽気なのに気づいて喜び、これからはクラリスにたびたび遊びにきてもらうようルイーズをうながした。

そんなある日、ハリーがいった。「いい知らせだよ」

「まあ、なあに?」

「マーガトロイドばあさんと話をつけたんだ。息子がアメリカにいる。それで、アメリカへ行って息子と暮らせるように手配したんだ。旅費はぼくがはらう」

「おおハリー、なんてすばらしいの。わたし、結局はキングズディーンが好きになりそうな気がしてきたわ」

「好きになりそう？　そりゃ世界一すばらしい場所だもの」

ルイーズはわずかに身をふるわせた。迷信じみた恐怖はそう簡単にぬぐいきれなかった。

セント・メアリ・ミード村の女たちが新妻に夫の過去を暴露するのを楽しみにしていたとしても、その期待はハリー・ラクストン自身のすばやい行動によってぺしゃんこにされた。

ミス・ハーモンとクラリス・ヴェインがミスター・エッジの店で、ひとりが防虫剤を、もうひとりがホウ酸を買っていると、そこへハリー・ラクストンと妻がはいってきた。ふたりの婦人に挨拶したあと、カウンターのほうをむいて歯ブラシを買おうとしていたハリーは、途中で口をつぐみ、元気よくさけんだ。「これはこれは、だれかと思ったら！　ベラじゃないか」

奥の部屋から店の手伝いをしようとあわてて出てきたミセス・エッジは、大きな白い歯を見せてにこやかに笑いかえした。彼女は黒髪で整った顔立ちをしていた。いまでもまずまずの美人だが、肉がついて、品のない顔つきになっている。だが、こう答えたときの大きな茶色の目は温かみにあふれていた。「ええ、ベラよ、ミスター・ハリー。ひさしぶりだわね」

ハリーは妻のほうをむいた。「ベラはぼくの昔の恋人なんだよ、ルイーズ。彼女に首ったけだったんだ、そうだろ、ベラ?」

「そういってるのはあなたでしょ」ミセス・エッジはいった。

ルイーズは笑い声をあげて、いった。「主人は昔のお友達全員にまた会えて、とても喜んでいますわ」

「わたしたち、あなたを忘れてなんかいなかったわよ、ミスター・ハリー」ミセス・エッジはいった。「あなたが結婚して、あのおんぼろのキングズディーン屋敷のかわりに新しい家を建てたなんて、まるでおとぎ話みたい」

「きみはえらく元気そうじゃないか」ハリーがいうと、ミセス・エッジは笑って、わたしにはどこも悪いところはないわよ、この歯ブラシはどう? といった。

クラリスはミス・ハーモンの肩すかしをくったような顔を見ながら、ひそかに快哉をさけんだ。〝ふーん、やるじゃない、ハリー。オールドミスたちもこれでぎゃふんとなるわ〟

ヘイドック医師はいきなり姪にいった。「マーガトロイドばあさんがキングズディーンをうろつき、こぶしをふりたて、あたらしい住人を呪っているとかいうたわごとはいったいなんなんだ?」

「たわごとじゃないわ。ほんとのことよ。ルイーズはそうとうまいってるわ」

「心配することはないといってやりなさい——管理人だったときですら、マーガトロイド夫婦はひっきりなしに屋敷の愚痴をこぼしていたんだ——彼らが出て行かなかったのは、亭主が飲んだくれでほかの仕事につけなかったからにすぎん」

「いっておくわ」クラリスは疑い深げにいった。「でも、ルイーズがそれを信じるとは思えないのよ。あのおばあさんたら、すさまじい罵声をあびせるんだもの」

「ハリーが子供だったころは、かわいがっていたものなんだがな。どうも解せん」

クラリスはいった。「でももういいのよ——もうじき彼女を厄介ばらいするらしいから。ハリーが旅費を出してアメリカへ行かせるの」

三日後、ルイーズが馬から投げだされて死亡した。

パン屋のトラックに乗っていたふたりの男が事故の目撃者だった。彼らはルイーズが馬にまたがって門から走り出てくるのを見た。そこで老婆がとびだして両腕をふりまわしてさけびながら立ちふさがった。馬はおどろいて道をそれたかと思うと、いきなり狂ったように駆け出してルイーズ・ラクストンを頭からふりおとした。

男のひとりはどうしてよいのかわからぬまま、ぴくりともしないルイーズを見おろし、もうひとりは助けをもとめて屋敷にかけこんだ。

ハリー・ラクストンが青い顔で走り出てきた。彼らはトラックのドアをはずし、ルイーズを乗せて家へ運びこんだ。彼女は意識をとりもどさぬまま、医師が到着しないうちに死亡した。

（ヘイドック医師の原稿はここで終わっている）


翌日、往診にむかったヘイドック医師は、ミス・マープルの頬に赤みがさし、動作が活発になってきていることに気づいて気をよくした。

「さてと、どうだね判定は？」

「なんのことですか、ヘイドック先生？」ミス・マープルはいいかえした。

「やれやれ、わしがいわなけりゃならんのか？」

「思うに、鍵は管理人の奇妙な行動ですわね。なぜマーガトロイドばあさんはああまでおかしなふるまいをしたのか？　だれだって住みなれた家からたたきだされたら怒るでしょうけど、自分の家だったわけじゃあるまいし。それに、住んでいたあいだは不満と愚痴ばかりこぼしていたんでしょう。ええ、どう考えたっておかしいわ。ところで、マーガトロイドばあさんはどうなりましたの？」

「リバプールへ逃げた。事故でこわくなったのさ。リバプールで船を待とうと思ったんだ」

「だれかさんにとってはまことに好都合だわ」ミス・マープルはいった。「ええ、〃管理人の奇妙な行動〃はたやすく説明がつくと思いますよ。買収したんですよ、ちがいます？」

「それがあんたの結論かね？」

「ああいう行動がマーガトロイドばあさんにとって不自然なものだったとしたら、〃演技〃だったにきまってますよ。ということは、だれかがその演技にお金をはらっていたってわけだわ」

「で、そのだれかの正体がわかったというんだね？」

「ええ。またしてもお金ですよ。それにね、前から気づいていたことだけれど、殿方はつねに同じタイプを好む傾向があるんです」

「いよいよついていけないよ」

「いえ、そんなことはありませんよ。つじつまはあってます。ハリー・ラクストンは黒髪で活発なベラ・エッジが好きだったんですよ。姪御さんのクラリスも同じタイプだわ。でもあわれな妻はまるで正反対だった――金髪でか弱くて、まるきりハリーの好みじゃありませんもの。だから、ハリーの結婚はお金めあてだったにちがいありません。そしてやっぱりお金めあてで妻を殺したんですよ！」

「〝殺す〟という言葉をつかうのかね？」

「だって、ハリーならやりかねないわ。女好きで、節操がなくて。妻のお金を自分のものにして、あなたの姪御さんと結婚したかったんでしょ。たしかにミセス・エッジとしゃべっているところを見た人はいたかもしれないけれど、ベラ・エッジへの気持ちはとうにさめていたと思いますよ。でも、おそらくあわれなベラにはまだ気があるように思わせたのよ、自分の目的のためにね。ベラを支配することぐらい、ハリーにはなんでもなかったんでしょう」

「正確にはどうやって殺したんだと思う？」

ミス・マープルはしばらく青い目をぼんやり前方に見据えていた。

「タイミングがよすぎるのが、あやしいわ――目撃者としてパン屋のトラックがたまたま通りかかるなんてね。当然、パン屋には老婆が見えたでしょうから、馬がおどろいたのはそのせいだと考えたんでしょう。でも、馬がおどろいたのは空気銃か、パチンコのせいだったんじゃないかと思うんですよ——ハリーは子供のころパチンコが得意だったでしょう。ええ、馬がちょうど門から出てきた瞬間をねらって、やったんです。いうまでもなく馬はいきなり駆け出し、ミセス・ラクストンをふりおとした」

ミス・マープルはいったん言葉をきって、眉をよせた。

「馬から落ちたとき、もう息はなかったのかもしれないわね。でも、ハリーに確信はもてなかった。彼は周到に計画をねり、なにごとも成り行きまかせにはしないタイプのようですもの。考えてみれば、ミセス・エッジなら亭主に知られずにあるものをハリーにわたすことができるんです。それがあったからこそ、ハリーはわざわざベラのいる薬屋へ行ったんですよ。ええ、強力な薬を手元に用意していたにきまってます、ヘイドック先生がこないうちに、投与できる薬をね。女性が馬から投げだされ、意識をとりもどさないまま死んだら、どんなお医者さんだって疑ったりしないでしょう？　落馬の衝撃が死因だと考えますよ」

ヘイドック医師はうなずいた。

「どうして先生はあやしいとお思いになったの？」ミス・マープルはたずねた。

「とりたててわしが賢かったわけじゃないよ」ヘイドック医師はいった。「殺人者はおのれの手際のよさに悦にいって、警戒心が留守になるというありふれた事実のおかげだったのさ。妻に死なれた夫をなぐさめていたら——あのときは、ほんとうに気の毒に思ったからね——ハリーのやつ、ソファに身を投げだしおったんだ。やりすぎだよ。その拍子に、ポケットから皮下注射器がぽろりさ。

えらくうろたえてね、あわててそいつをひっつかむのを見て、こいつは変だと思いはじめたんだ。ハリー・ラクストンは薬を常用していなかった。健康体だったからね。では皮下注射器でなにをしていたのだろう？　念のために遺体を解剖したところ、強心剤のストラファンチンが検出されたんだ。あとは簡単だった。ハリーの持ち物にストロファンチンが見つかり、ベラ・エッジは警察の尋問をうけてハリーのために強心剤を入手したことを認めた。そして最後にマーガトロイドばあさんが、ハリー・ラクストンの命令で呪いの演技をしていたことを白状したんだ」

「姪御さんは立ち直りました？」

「ああ、あの男に惹かれていたが、そこまで深い気持ちではなかったんでね」

医師は原稿をとりあげた。

「満点だよ、ミス・マープル——この処方箋をつくったわしも満点だな。またいつものあんたらしくなってきた」

四階のフラット

The Third-floor Flat

「もういやになっちゃう！」

パットは眉間にしわをよせ、夜会用ハンドバッグと呼んでいる絹のちいさな袋の中をめちゃくちゃにひっかきまわした。若い男ふたりと、もうひとりの娘は心配そうにパットを見守った。彼ら四人が立っているのは、パトリシア・ガーネットのフラットのドアの前だった。

「たいへん、ないわ。どうしましょう？」パットはいった。

「かぎがないなんてかぎりなく心配だな」ジミー・フォークナーがぼそっとつぶやいた。

ジミーは背は低いが肩幅の広い若者で、やさしい青い目をしていた。

パットはぷりぷりしながらジミーにいった。「ふざけないでよ。大問題だわ」

「もう一度見てごらんよ、パット」ドノバン・ベイリーがいった。「きっとどこかにあるさ」

ドノバンは浅黒い痩せた若者で、のんびりした陽気な声はその風貌によくマッチしていた。

「もしかして、バッグから出したんじゃないの」もうひとりの娘、ミルドレッド・ホープがいった。

「そうよ、そうだった。あなたたちふたりのどっちかにわたしたはずよ」パットはとがめるようにドノバンのほうをむいた。「ドノバンにいったわ、かわりにあずかってよって」

ところが事はすんなりとはおさまらなかった。ドノバンがきっぱりそれを否認し、ジミーも彼の肩をもったからだ。

「きみがそのバッグに鍵をいれるのを、ぼくはこの目で見たよ」ジミーはいった。

「あら、じゃ、わたしのバッグを拾ったときに、あなたたちのどちらかが鍵を落としたのよ。バッグを一、二度落としたから」

「一、二度だって！」ドノバンはいった。「すくなくとも十二回は落としたぞ。おまけに、なにかというとバッグをどこかに置き忘れてたじゃないか」

「全部の中身がこぼれ落ちなかったほうが不思議なくらいだよ」とジミー。

「そんなことより問題は——どうやってフラットにはいるかってことじゃない？」ミルドレッドが口をはさんだ。

ミルドレッドは思慮深く、話を脱線させない分別をそなえていたが、衝動的ではた迷惑なパットの魅力の前では影がうすかった。

四人はとじたドアをぼんやりながめた。

「管理人が助けてくれないかな？」ジミーがいった。「マスターキーかなにかそういうものをもっているんじゃないの？」

パットは首をふった。鍵はふたつしかなかった。ひとつはフラットの中のキッチンにかけてあり、もうひとつはいまいましいバッグの中にある——あるはずだったのだ。

「フラットが一階だったら、窓かどこかを割って中にはいれるのに」パットは泣き言をいった。「ねえドノバン、あなた泥棒になりたくない？」

ドノバンははっきりと丁重にそれをことわった。

「四階のフラットにしのびこむのは大仕事だもんな」ジミーがいった。

「非常階段はどうなんだ？」ドノバンはいった。

「そんなものないわ」

「あるはずだよ」ジミーがいった。「五階建てのビルは非常階段の設置を義務づけられているんだ」

「そうかもしれないけど、ないものは助けにならないわよ。いったいどうやったら自分のフラットにはいれるの？」

「あのなんとかいうものはないのか？」ドノバンがいった。「店員が肉や芽キャベツをのせて、上のフロアへとどけるあれさ」

「配達リフトのことね」パットはいった。「ええあるけど、でもただの金網のバスケットみたいなものだもの。あ、そうだ――いいものがあるわ。石炭用のリフトはどう？」

「そいつは名案だ」ドノバンはいった。

ミルドレッドが水をさすようなことをほのめかした。「でも、かんぬきがかかっているんじゃない？　パットの台所側のかんぬきのことよ」

だがそれはただちに否定された。

「本気でいってるのかい？」ドノバンがいった。

「パットの台所にかぎってはありえないよ」ジミーも口をそろえた。「パットは鍵やかんぬきなんかかけたためしがないんだ」

「かんぬきはかかっていないと思うわ」パットがいった。「今朝、ごみ箱をリフトにのせたけど、そのままかんぬきはかけなかったはずだし、リフトにはそれっきり近寄らなかったもの」

「ふうむ、その事実が今夜はすごく役立ちそうだぞ」ドノバンがいった。「しかしいわせてもらうが、パット、きみのそのだらしない習慣は、猫どころか、強盗にはいってくれといっているようなものだよ――それも毎晩」

パットはその警告を無視した。

「行くわよ」彼女はそうさけぶと、四階からかけおりはじめた。三人はあとにつづいた。パットは先頭に立って、ベビーカーであふれているらしい暗い奥まった場所を通過し、もうひとつドアをくぐってビルの地下におりて、友人たちを問題のリフトのところへ連れていった。リフトにはごみ箱がのっていたが、ドノバンはそれをおろして、かわりにそろそろとよじのぼった。そして鼻にしわをよせた。

「ちょっとくさいな。だがどうってことない。この冒険にでかけるのはぼくひとりか、それともだれか一緒に行くかい？」

「ぼくも行くよ」ジミーがいった。

ジミーはドノバンのとなりにのった。

「だいじょうぶだろうなあ、ぼくまでのっても」と、疑わしげにつけくわえた。

「石炭一トンより重いわけがないじゃない」パットは断言したが、じつは重さや単位の計算にはからきし弱いのだった。

「いずれにしても、すぐにわかるさ」ドノバンがロープをたぐりながら、陽気にいった。ぎしぎしという音とともに、リフトが上昇しはじめた。

「いやな音だな」暗闇の中を上へのぼりながら、ジミーはいった。「他のフラットの住民はなんだと思うだろう？」

「幽霊か強盗だと思ってもらいたいね」ドノバンがいった。「このロープをたぐるのは、かなり骨がおれるよ。フライアーズ・マンションの管理人がこんなに大変な思いをしているとは知らなかった。なあ、ジミー、おまえフロアをかぞえているか？」

「あ、しまった！　うっかりしてた」

「ぼくはかぞえてる、やれやれだ。今、通過しているのが三階だ。次が目的のフロアだぞ」

「そして結局パットがドアにかんぬきをかけていたことが判明するんじゃないのかな」ジミーはぶつぶついった。

しかしそれは杞憂だった。木製のドアはふれただけでいきおいよくひらき、ドノバンとジミーはパットの台所の墨を流したような闇の中におりたった。

「この夜間探検にそなえて、懐中電灯をもってくるんだった」ドノバンがいった。「パットのことだ、床にはいろんなものがちらかっているだろうし、明かりのスイッチにたどりつく前に、ふたりとも食器を割りまくることになるぞ。ぼくが明かりをつけるまで、じっとしてろよ、ジミー」

そろそろと手探りで歩きだしたドノバンは、台所テーブルの角にあばらをぶつけて、「くそ！」とひとことわめいた。スイッチにたどりついた。とたんにまた「くそ！」というひとことが闇の中から聞こえた。

「どうしたんだ？」ジミーはたずねた。

「明かりがつかない。電球がきれてるんだろう。ちょっと待ってくれ。居間の明かりをつける」

居間のドアは通路のすぐむこうだった。ジミーの耳にドノバンがドアをくぐる音が聞こえ、あらたにおし殺した悪態がひびいた。ジミーは慎重にじわじわと台所をよこぎりはじめた。

「どうした？」

「わからない。夜になると部屋に魔法でもかかるのか、なにもかもおかしな場所にあるみたいなんだ。椅子もテーブルもとんでもないところにある。あ、ちくしょう！　まただ！」

だがこのときジミーはさいわいにも明かりのスイッチにたどりついて、スイッチを押した。一瞬後、ふたりの若者はぎょっとして声もなくお互いを見つめていた。

そこはパットの居間ではなかった。まちがったフラットにはいってしまったのだ。そもそも、その部屋はパットの部屋のざっと十倍はごたごたしていた。中央には厚地のテーブルクロスをかけた大きな丸テーブルがでんとおいてあるし、窓辺にはハランの鉢がかざってある。これでは、持ち主でもどう説明すればよいか言葉に窮するだろう、とふたりの若者は思った。だまりこんだまま、テーブルを見おろすと、手紙が小さな山をつくっていた。

「ミセス・アーネスティーン・グラント」ドノバンは手紙をもちあげ、声をひそめて名前を読んだ。「まずい！　この女性に、ぼくたちのたてた音が聞こえたかな？」

「聞こえなかったら奇跡だよ」ジミーはいった。「家具にぶちあたるたびに、きみは悪態をついたんだ。おい、冗談じゃないぞ、はやくここから逃げだそう」

ふたりはあわてて明かりを消し、忍び足でリフトへひきかえした。何事もなくリフトにのったとき、ジミーは安堵のためいきをもらした。

「女性はぐうぐう眠る人が一番だね」ジミーは満足げにいった。「ミセス・アーネスティーン・グラントもいいとこあるよ」

「いまわかった」ドノバンがいった。「フロアをまちがえた理由のことさ。出発地点が地下だったせいなんだ」ロープをたぐると、リフトはぐんぐん上昇した。「今度こそだいじょうぶだ」

「そう願いたいね」またしても墨を流したような空間におり立ちながら、ジミーがいった。「あんなショックに何度も遭遇したんじゃ、神経がもたないよ」

しかしもうそれ以上の試練が課せられることはなかった。最初の点灯で、そこがパットの台所であることがわかり、次の瞬間には、玄関ドアをあけて外で待っていたふたりの娘を中へいれることができた。

「ずいぶんおそかったじゃない」パットが文句をつけた。「ミルドレッドもわたしもずっと待ってたのよ」

「大変なことがあったんだよ」ドノバンはいった。「まかりまちがったら、危険な犯罪者としてふたりとも警察へつきだされてたかもしれないんだ」

パットはそのまま居間にはいり、明かりをつけるとソファにコートを投げだしたあと、ドノバンの話に興味しんしんで耳をかたむけた。

「あなたたちが彼女に見つからなくてよかった。きっと気むずかしいおばさんにきまってるわ。今朝、あの人から短い手紙がきたの——そのうち、わたしに会いたいって——なにか文句があるのよ、たぶんピアノがうるさいとかいうんだわ。頭の上でピアノを弾いてもらいたくないような人はフラットに住むべきじゃないのよ。あら、ドノバン、手にけがしてるわよ。血まみれじゃないの。洗っていらっしゃいよ」

ドノバンはおどろいて片手を見おろした。いわれたとおり、部屋から出て行ったかと思うと、まもなくジミーを呼ぶ声がした。

「おい、どうした？」ジミーはいった。「ひどいけがってわけじゃないんだろう？」

「けがなんかしていないんだよ」

ドノバンの声がひどく奇妙だったので、ジミーはびっくりして友人をまじまじと見つめた。ドノバンは洗った手をつきだした。ジミーの見たところ、たしかに傷跡も、いかなる種類の切り傷もなかった。

「おかしいな」ジミーは眉をひそめた。「血まみれだったのに。どこでついたんだ？」

次の瞬間、のみこみの早い友人がすでに気づいていたことに、ジミーも思いあたった。

「そうか、あのフラットだ。でも、まちがいないのか、ほんとに——血だったのかい？ペンキじゃないんだな？」自分でいいながら、ジミーはその言葉にふくまれるいろいろな可能性を思いめぐらした。

ドノバンは首をふって、みぶるいした。「まちがいなく血だった」

ふたりは顔を見あわせた。どちらも同じことを考えていた。最初にそれを口にしたのはジミーだった。

「なあ」彼はぎごちなくいった。「もう一度――下へおりて、中のようすを見たほうがいいんじゃないか？　なんともないかどうか、確かめるために」

「パットたちはどうする？」

「だまっておこう。パットはいまからエプロンをかけてオムレツをつくるところだ。ぼくたちがいないのに気づくころには、もうもどってきてるよ」

「よし、行こう」ドノバンはいった。「このままにはしておけないからな。きっとなんでもないさ」

だがその口ぶりに自信はなかった。ふたりはリフトにのって一階下のフロアへおり、今度は家具にぶつかることもなく、台所を横切ってもう一度居間の明かりをつけた。

「血はきっとここでついたんだ」ドノバンがいった。「台所ではどこにもさわらなかったからな」

彼は周囲を見まわした。ジミーもきょろきょろし、ふたりとも眉をひそめた。どこもかしこもこれといって乱れてはおらず、暴力や流血騒ぎをほのめかすようなものはまったく見あたらなかった。

突然ジミーがびくりと身体をふるわせ、友人の腕をつかんだ。

「見ろ！」

ドノバンはその指の先をたどった。叫び声をあげたのは、今度はドノバンだった。重たげなレップ織りのカーテンの下から足がつきでていた——大きく割れたエナメルの靴をはいた女の片足だ。

ジミーはカーテンに近づいて左右にさっとあけた。窓ぎわのすこしひっこんだ場所に女が身体をまるめて横たわっており、そのわきにねばついたどす黒い血だまりがひろがっていた。女は死んでいた。それだけは疑問の余地がなかった。ジミーが女を抱きおこそうとしたとき、ドノバンがとめた。

「やめたほうがいい。警察がくるまでふれちゃだめだ」

「警察。そうか、そうだな。ドノバン、なんとも大変なことになったよ。誰だろう？ミセス・アーネスティーン・グラントか？」

「そのようだ。いずれにしろ、この静まりようだ、このフラットに他に人がいるとは思えない」

「ぼくたちはどうしたらいいんだ？」ジミーがたずねた。「走り出て警官を連れてくるか、それともパットのフラットから電話するか？」

「電話が一番いい。さあ、玄関から出よう。あのくさいリフトで一晩中のぼったりおりたりするのはこりごりだ」

ジミーは同意したが、ドアから出ようとして、ためらった。「なあ、警察がくるまでひとりがここに残るべきだと思わないか——見張りとして？」

「ああ、そうだな。きみが残ってくれるなら、ぼくは上へあがって電話してくる」

ドノバンはいそいで階段をかけあがり、四階のフラットのベルを鳴らした。パットがドアをあけた。頬を紅潮させ、エプロンをつけたパットはとてもきれいだった。彼女はおどろいて目を丸くした。

「あなたたなの？　でもどうして——ドノバン、どういうことよ？　なにかあったの？」

彼はパットの両手を自分の手でつつんだ。「なんでもないよ、パット——下のフラットでちょっといやな発見をしただけのことだ。女が——死んでいた」

「まあ！」パットはちいさく息をあえがせた。「なんて恐ろしいの。発作でも起こしたのかしら？」

「いや。どうやら——その——殺されたようなんだ」

「まあ、ドノバン！」

「ああ、まったくひどい話さ」

パットの両手はまだ彼の手の中にあった。彼女は両手をあずけたままだったし、ドノバンにしがみついてすらいた。いとしいパット――彼はどんなにパットを愛していることだろう。パットはすこしでも愛情をもってくれているのだろうか？　そう思えることもあれば、ジミー・フォークナーのほうが好きなのではないかと思えることもある。ジミーが下で辛抱強く待っているのを思い出して、ドノバンはうしろめたくなってきた。

「ねえパット、ぼくたちは警察に電話をしなくちゃならないよ」

「ムッシューのおっしゃるとおりですよ」背後で声がした。「そして警察の到着を待つあいだに、わたしがすこしばかりお手伝いしましょう」

フラットの戸口に立っていたふたりは、踊り場のほうをのぞきこんだ。階段のすこし上に人影が見えた。人影は階段をおりて、彼らの視界にはいってきた。

ふたりはいかめしい口ひげをたくわえ、卵型の頭をした小男を見つめた。はでな部屋着を着て、刺繍入りのスリッパをはいた小男は、慇懃《いんぎん》にパトリシアにお辞儀した。

「マドモワゼル！　ごぞんじと思いますが、わたしは上のフラットに住む者です。高いところが好きなのですよ――ロンドン上空の眺めが。ミスター・オコナーの名でフラットを借りていますが、アイルランド人ではありません。別の名前があるのです。お手伝いしますよと申しあげたのは、そのためですよ。失礼を」大仰なしぐさで小男は名刺をとりだし、パットにわたしした。パットはそれを読んだ。

「ムッシュー・エルキュール・ポアロ。まあ！」パットは息をのんだ。「あのムッシュー・ポアロ？　偉大な私立探偵の？　ほんとに助けてくださるんですか？」

「そのつもりですよ、マドモワゼル。じつは今夜もっと早い時間にお手伝いを申し出るところでした」

パットは混乱した顔つきになった。

「どうすればあなたのフラットにはいれるかと、みなさんが話しあっているのを聞いたのですよ。わたしは鍵をあけるのが非常にうまいのです。まちがいなくあなたのドアもあけてさしあげられたはずですが、いいだしかねたのです。かえって疑われたでしょうからな」

パットは笑った。

「ではムッシュー」ポアロはドノバンにいった。「どうか中へはいって警察に電話してください。わたしは下のフラットへ行ってみます」

パットはポアロについてともに階段をおりた。ジミーが見張りに立っていた。パットがポアロの存在をジミーに説明すると、ジミーはポアロに自分とドノバンのとんだ冒険について説明した。探偵はじっと耳をかたむけた。

「リフトからはすんなり中にはいれたというのですな？　あなたがたは台所にはいったが、明かりがつかなかった」

ポアロはしゃべりながら台所へむかった。そして明かりのスイッチをおした。

「おや《ティエン》！　これは不思議なこともあるものだ《ヴォアラ・ス・キ・エ・キュリエ》！」明かりがぱっとつくと彼はいった。

「いまはちゃんとつきますな。はて——」

ポアロは人差し指をたててなにかいいたそうなふたりをだまらせると、耳をすませた。かすかな音が静寂をやぶって聞こえてきた——まぎれもなく、いびきだった。

「ははあ！　メイドの部屋です《ラ・シャンブル・ドゥ・ドメスティク》」

探偵は足音をしのばせて台所をよこぎり、ドアのついた小さな食料庫にはいった。ドアをあけて、明かりをつけた。建設業者が犬小屋としてデザインしたのを、人間用に直したような部屋だった。床の大部分はベッドによって占領されており、そのベッドにはばら色の頬をした娘が口を大きくあけて安らかないびきをかいていた。

ポアロは明かりを消して部屋を出た。

「目をさましそうもない。警察がくるまで、寝かせておこう」

居間にもどってみると、ドノバンがきていた。

「警察はすぐにでもくるそうです」ドノバンは息をはずませていった。「どこにも手をふれないようにと」

ポアロはうなずいた。「ふれませんとも。見るだけですよ」

彼は問題の部屋にはいっていった。

ドノバンと一緒にきていたミルドレッドもあわせ、若い四人は全員戸口に立ったまま、固唾《かたず》をのんでポアロを見つめた。

「ぼくにわからないのは」ドノバンがいった。「窓に近づかなかったのに、どうして血がぼくの手についたかってことなんです」

「その答えはあきらかですよ。テーブルクロスは何色ですか？　赤だ、そうでしょう？　あなたはテーブルに片手をついたのです」

「ええ、つきました。それじゃ――」ドノバンは最後までいわなかった。

ポアロはうなずくと、テーブルの上に身をかがめ、片手で赤いテーブルクロスの上のどす黒いしみをしめした。

「犯罪はここでおこなわれました」とおごそかにいった。「死体はあとで動かされたのですよ」

　ポアロは背筋をのばすと、ゆっくりと室内を見まわした。動きもせず、どこにも手をふれなかったが、にもかかわらず、その様子を見守っていた四人は、だらしない室内のすべてがその鋭い目によって秘密を見抜かれているような気がした。

　エルキュール・ポアロは満足そうにうなずくと、ちいさなためいきをもらし、「なるほど」とつぶやいた。

「なにがなるほどなんです？」ドノバンが興味ありげにたずねた。

「あなたがまちがいなく感じたことですよ――部屋が家具だらけということです」

　ドノバンはうらめしげにほほえんだ。「たしかにあちこちにぶつかりましたよ。もちろんパットの部屋とはなにもかもちがう場所にありましたからね、うっかりしたんです」

「なにもかもではありませんよ」ポアロはいった。

　ドノバンはけげんそうに探偵を見た。

「常に位置がきまっているものもある、ということです」ポアロは弁解するようにいった。「こうした集合住宅では、ドア、窓、暖炉は上下の部屋で同じ位置にあるのです」

「そんなの、どうでもよいことじゃありません？」ミルドレッドがいった。彼女はかすかな非難をこめてポアロを見ていた。

「常に正確無比に話すべきだ、というのがわたしのささやかな——なんといいましたか——そう、こだわりなのですよ」

階段に騒々しい足音がして、三人の男がはいってきた。警部と巡査と警察医だった。警部はポアロを認めると、うやうやしいともいえる態度で挨拶した。それから四人のほうをむいた。

「全員からお話をうかがいたいのですが、まず最初に——」

ポアロがさえぎった。「ちょっとよろしいでしょうか。わたしたちは上のフラットにもどります。ここにおいでのマドモワゼルにはやりかけの仕事があるのです——オムレツをこしらえるというね。わたしはオムレツに目がないのです。警部さん、あなたはここでの作業を終えたら上へきて、お好きなだけ質問してください」

こうして、ポアロは四人とともに上へあがった。

「ムッシュー・ポアロ」パットがいった。「あなたはほんとにすばらしい方ですわ。おいしいオムレツをごちそうします。わたし、オムレツだけは上手なんです」

「それはうれしいことだ。かつてわたしにも愛する美しいイギリス女性がいたのですがね、マドモワゼル、あなたにそっくりの女性でした——ところが悲しいかな！——彼女は料理ができなかった。おそらく、天の配剤というものでしょうな」

ように見た。その声にはかすかながら悲しげなひびきがあり、ジミー・フォークナーはおやというようにポアロを見た。

しかしいったんフラットにはいると、ポアロはつとめてあかるくふるまった。階下の陰惨な悲劇など忘れてしまったようだった。

ライス警部の足音が聞こえたときには、オムレツは賛美されて胃袋におさまっていた。警部は巡査を下に残し、医師をともなってはいってきた。

「ムッシュー・ポアロ、どこをとっても疑問の余地はなさそうです――犯人をつかまえるのはむずかしいかもしれませんが、あなたの得意とする複雑な事件ではありません。あとは発見までの経緯を聞くだけですね」

ドノバンとジミーはその夜の出来事をかわるがわるあらためて話した。警部はパットをとがめた。

「リフトのドアのかんぬきをあけっぱなしにしちゃいけませんな。絶対にいけませんよ」

「二度としません」パットはみぶるいした。「誰かがはいってきて、下のあの気の毒な女の人みたいにわたしを殺したかもしれないんですもの」

「ははあ！　しかし犯人はリフトをつかってはいったのではありませんよ」警部はいっ

た。

「なにがわかったのか、わたしたちに話してもらえませんかな？」ポアロがいった。

「話していいものかどうか――しかしほかならぬあなたの要請ですから、ムッシュー・ポアロ――」

「正確《プレシゼマン》にねがいますよ。ここにいる若い人たちも余計なことはいわんでしょう」

「どのみちあっというまに新聞社がかぎつけますよ」警部はいった。「こういう事件については秘密などなにもありません。さて、死んでいた女はまちがいなくミセス・グラントでした。管理人を呼んで確認させたんです。年の頃は三十五というところでしょう。テーブルにすわっていたところを、正面にいた何者かに口径のちいさなオートマチックで撃たれたんです。前のめりに倒れたから、テーブルに血のしみがついていたんです」

「でも誰も銃声を聞かなかったのかしら？」ミルドレッドがたずねた。

「ピストルにはサイレンサーがついていました。ええ、なにも聞こえなかったでしょう。ところで、われわれがメイドに女主人の死を告げたとき、メイドがあげた悲鳴が聞こえましたか？　聞こえなかった。なるほど、だったらサイレンサーつきの銃声が聞こえたはずはないですな」

「メイドはなにも知らなかったのですか？」ポアロがきいた。

「今夜は外出日だったんです。メイドは自分の鍵をもっていました。十時頃帰ってきたが、室内はひっそりしていた。だから主人はもう休んだと思ったのです」

「では居間をのぞかなかったのですな?」

「はあ、夜の便でとどいた手紙類をとりこんだだけで、異常には気づかなかったんですよ——ミスター・フォークナーとミスター・ベイリーと同じです。殺人犯は死体をカーテンの奥に隠していましたからね」

「しかし妙なことをしたもんじゃありませんか」

ポアロの声はきわめて穏やかだったが、警部はなにかを感じてすばやく顔をあげた。

「逃走する時間を稼ぐあいだ、死体を発見されたくなかったんだと思いますが」

「おそらく——おそらく——しかし先をつづけてください」

「メイドは五時に外出しています。ここにおられるドクターは死亡時刻を——おおまかですが——四、五時間前と想定しています。そうですね?」

医師は言葉数のすくない人物で、肯定のしるしにうなずいただけだった。

「いまは十二時十五分前です。実際の死亡時刻はかなり明確にしぼられるでしょう」

警部はしわくちゃの紙を一枚ひっぱりだした。

「これが死亡した女の服のポケットから発見されました。お気づかいにはおよびませんよ。指紋はついていませんでした」

ポアロは紙のしわをのばした。几帳面なちいさい文字で、次のような文面がならんでいた。

今夜七時半に会いにいく――J・F

「残していくには賢明とはいえないものですな」そういいながら、ポアロは警部に紙をかえした。

「いや犯人は女がこれをポケットにいれたのを知らなかったんですよ。破り捨てたと思ったんでしょう。しかし、われわれが発見した証拠からすると、犯人は用心深い男です。女を撃ったピストルが死体の下から発見されたんですが、やはり指紋はついていませんでした。シルクのハンカチで丹念にぬぐってあったんです」

「どうしてシルクのハンカチだとわかるのですか？」ポアロはいった。

「それを見つけたからです」警部は勝ち誇っていった。「最後にカーテンをひいたときに、気づかずに落としたにちがいありませんな」

警部は大判の白いシルクのハンカチをわたした――上等のハンカチだった。警部の指がしめすまでもなく、ポアロの注意は中央のしるしにひきつけられた。それは、きちんとしるされた読みやすい文字だった。ポアロはその名前を読みあげた。

「ジョン・フレイザー」

「そうです」警部はいった。「ジョン・フレイザー――手紙の中のJ・Fですよ。犯人の名前はこれでわかりました。死亡した女の素性が判明し、交友関係があきらかになれば、じきに男の行方をつきとめられるでしょう」

「それはどうでしょう」ポワロはいった。「いや、警部さん《モン・シェール》、その男、あなたのいわれるジョン・フレイザーがそう簡単に見つかるとは思えないのですよ。奇妙な人物です――ハンカチに名前をいれたり、凶器のピストルの指紋をふきとったりしているのですから、用心深いはずです――しかるに、そのいっぽうではぬけている。ハンカチを落としたり、決定的証拠である手紙をさがしたりしていないのですからな」

「あわてていた、そういうことですよ」警部はいった。

「そうかもしれません。たしかに、その可能性はあるでしょう。で、この建物にはいるところは目撃されていないのですね？」

「あの時間には、あらゆる種類の人間が出たりはいったりしていたんです。ここは大きな建物ですから。みなさんだって」――と、警部は四人をひとまとめにして声をかけた――「あのフラットから誰かが出てくるのは見ていないでしょう？」

パットが首をふった。「わたしたち、今夜ははやめに出かけたんです――七時頃に」

「ではこれで」警部はたちあがった。ポアロはドアまでついていった。

「ひとつ頼みがあるのですが、下のフラットを調べてもよろしいですか？」

「もちろんです、ムッシュー・ポアロ。本部でのあなたの名声はわたしもぞんじていますよ。鍵をおあずけしておきましょう。ふたつありましたから。フラットには誰もいないはずです。メイドはこわくてひとりではいられないといって、親戚のところへあわてて行ってしまいましたからね」

「ありがとう」ポアロは考えこみながらフラットにひきかえした。

「満足していらっしゃらないんですね、ムッシュー・ポアロ？」ジミーがいった。

「そのとおり」

ドノバンが興味ありげにポアロを見た。「どうしてですか——つまり、なにが気になるんです？」

ポアロは答えなかった。物思いにふけっているかのように、額にしわをよせてすこしのあいだだまりこんでいたが、やがて急にいらだたしげに肩をすくめた。

「おやすみを申しあげましょう、マドモワゼル。あなたはお疲れのはずですよ。料理にいそがしかったのですから——そうでしょう？」

パットは笑った。「ただのオムレツです。夕食の仕度をしたわけじゃありません。ドノバンとジミーが迎えにきたので、わたしたちソーホーの小さな店へ行ったんです」

「そのあときっと、劇場へ行かれたのでしょうな？」

「ええ。《キャロラインの茶色の目》を観に」

「ああ！　青い目のほうがよかったでしょうに――マドモワゼルの青い目ですよ」

ポアロは感傷的なみぶりをしたあと、あらためてパットにおやすみをいい、今夜はひとりがこわいと率直に認めたパットのたっての頼みで泊まっていくことにしたミルドレッドにもおやすみをいった。

ふたりの若者はポアロとともにフラットを出た。ドアがとじ、ふたりが踊り場でポアロに別れを告げようとしたとき、ポアロが口をひらいた。

「おふたりとも、わたしが満足していないというのをお聞きになったでしょう？　ええ《エ・ビアン》、ほんとうですよ――満足していません。いまから独自にちょっとした調査をしに行くのです。一緒に行きませんか――どうです？」

この提案は熱っぽい同意によって迎えられた。ポアロはふたりをしたがえて階段をおり、くだんのフラットの前に立つと、警部からあずかった鍵を鍵穴にいれた。中にはいっても、ふたりの予想をうらぎって、ポアロは居間には足をふみいれなかった。代わりに台所へ直行した。流しがわりの小さなくぼみに、大きな鉄の容器が立っていた。ポアロは容器の蓋をあけ、身体をくの字にして、獰猛なテリアさながらさかんにその中をひっかきまわしはじめた。

ジミーもドノバンもあっけにとられてポアロを見つめた。

突然勝利の叫びをあげて、ポアロが背筋をのばした。片手につかんだ栓をした小瓶をポアロは高々ともちあげた。

「ほら《ヴォアラ》！　さがしものを見つけましたよ」ポアロは用心深くにおいをかいだ。「やれやれ！　風邪をひいている《アンリュメ》ものでね――どうも鼻がきかない」

ドノバンが瓶をうけとってにおいをかいだが、なんのにおいもしなかった。彼は栓をはずし、ポアロがとめる間もあらばこそ、いきなり瓶を鼻に近づけた。

たちまちドノバンは丸太のようにたおれかかってきた、ポアロはあわてて、ドノバンを抱きとめた。

「ばかなことを！」ポアロはさけんだ。「あのように栓をあけるなど、無謀ですよ！　わたしがどれだけ慎重にあの瓶をとりあつかっていたか、気づかなかったのかな？　ムッシュー――フォークナー――でしたね？　ブランディをもってきていただけませんか？　居間にデキャンターがありましたよ」

ジミーはいそいで出て行ったが、もどってきたときにはドノバンは起きあがって、なんともないと言い張っていた。毒かもしれないもののにおいをかぐさいは注意が必要であると、ポアロが説教しているところだった。

「ぼくはそろそろ失礼します」ドノバンはおぼつかなげに立ちあがりながらいった。「だって、ここにいてもお役にたてそうにありませんからね。まだちょっと頭がくらくらするんです」

「ええ、それが一番ですよ」ポアロはいった。「ムッシュー・フォークナー、すこしここで待っていてください。すぐにもどります」

ポアロはドノバンをドアの外へ連れだし、外の踊り場でしばらく話しあっていた。ようやくポアロがフラットにもどってみると、ジミーが居間に立って当惑した目であたりをながめていた。

「それで、ミスター・ポアロ、次はどうするんです?」

「次はありませんよ。事件は終わりました」

「え?」

「すべてがわかったのです——いまになって」

ジミーはポアロを見つめた。「あなたが見つけたあの小瓶のことですか?」

「まさしく。あの小瓶です」

ジミーは首をふった。「なにがなんだかさっぱりわかりませんよ。あなたがあのジョン・フレイザーに関する証拠に満足していないのは、なんとなくわかるんです、ジョン・フレイザーが何者であるにせよ」

「何者であるにせよ」ポアロはそっとくりかえした。「ジョン・フレイザーが実在していたら——そのほうがおどろきでしょうな」

「どういうことです」

「ジョン・フレイザーはただの名前なのです——それだけですよ——ハンカチに周到にしるされた名前にすぎんのです！」

「では手紙は？」

「あれが印刷されていたことに気づきましたか？　では、なぜでしょうか？　その理由をお教えしましょう。手書きでは見破られるし、タイプ文字は想像以上に足がつきやすいのです——しかしもし本物のジョン・フレイザーがあの手紙を書いたなら、その二点は彼にはどうでもよいことだったでしょう！　あれは故意に書かれ、われわれに発見されるために、死んだ女性のポケットにいれられたのですよ。ジョン・フレイザーなどという人物はいないのです」

ジミーは物問いたげにポアロを見た。

「ですから、わたしは最初に不審に思った場所へもどりました。部屋の中にあるものは、一定の環境では常に同じ場所にあるとわたしがいうのをお聞きになったでしょう。わたしは例を三つあげました。四つめをあげたほうがいいでしょうね——明かりのスイッチですよ」

ジミーはあいかわらずぽかんとして見つめていた。ポアロはつづけた。

「あなたのお友だちのドノバンは窓には近づかなかった——片手が血まみれになったのは、このテーブルに手をついたからなのです！　しかしすぐにわたしは自問しました——なぜ彼はそこに手をついたのか？　この部屋の暗闇の中で彼はなにを手さぐりしていたのか？　おぼえておいてください、明かりのスイッチのありかはきまっているのです——ドアの横です。なぜドノバンはこの部屋にきたとき、すぐに明かりのスイッチをさぐってつけなかったのか？　それが当然の、自然な行動だったのに、です。ドノバンによれば、彼は台所の明かりをつけようとしたが、つかなかった。しかしわたしが台所のスイッチを押してみると、ちゃんと明かりはつきました。そのときは明かりがついたら困ることがあったのです。もしも明かりがついていたら、あなたがたはすぐに、まちがったフラットにはいってしまったことに気づいたでしょう。この部屋までくる理由はなかったはずです」

「なにをいおうとしているんですか、ムッシュー・ポアロ？　ぼくにはわかりません。どういうことなんです？」

「わたしがいおうとしているのは――これですよ」

　ポアロはドアのエール錠をもちあげた。

「このフラットの鍵ですか？」

「いえ、友《モナミ》よ、上のフラットの鍵です。マドモワゼル・パトリシアの鍵ですよ、ムッシュー・ドノバン・ベイリーが夜のうちに彼女のバッグからぬきとった鍵です」

「しかしなぜ――なぜそんなことを？」

「そこですよ《パルブル》！　やりたいことができるようにです――絶対にうたがわれずにこのフラットにはいるためです。ドノバンは夜の早い時間に、このフラットのリフトのドアのかんぬきをあけておいたのです」

「あなたはその鍵をどこで手にいれたんです？」

　ポアロの笑みが大きくなった。「ほんのいましがた見つけたんですよ――さがしていた場所、つまりムッシュー・ドノバンのポケットの中に。いいですか、あの小瓶は見つけたフリをしただけで、計略だったのですよ。ムッシュー・ドノバンはひっかかりました。彼がやるだろうと思ったとおりのことをした――栓をはずしてにおいをかいだのです。あの小瓶の中身は塩化エチルといって、きわめて強力な即効性の麻酔薬なのですよ。そのおかげでムッシュー・ドノバンはほんの短いあいだ人事不省におちいり、そのすきにわたしはねらいどおり、彼のポケットからふたつのものをとりだすことができました。この鍵は、そのうちのひとつ――もうひとつは――」

ポアロはいったん言葉をきったあと、ふたたびつづけた。

「わたしはさきほど警部さんに、死体がカーテンのうしろに隠されていた理由をたずねました。犯人の時間稼ぎのためだと思いますか？　いいえ、それ以上の理由があったのですよ。そこでわたしはひとつ思いついたことがあるのです――郵便ですよ。夜の便で郵便物がとどくのは九時半頃でしょう。仮に目あてのものが見つからず、夜の便で配達される見込みがあったとしたら、犯人はどうするでしょう。まちがいなく、でなおしてくるはずです。しかし、帰宅したメイドに犯罪が発見されてはなりません。でないと、フラットを警察が占拠してしまいます。そこで犯人は死体をカーテンのうしろに隠したのです。そうすればメイドはなにも疑わずに、いつもどおり手紙をテーブルの上にのせるでしょう」

「手紙？」

「そう、手紙です」ポアロはポケットからなにかをとりだした。「これが、ムッシュー

・ドノバンが気を失っているすきにわたしが失敬したふたつめの品ですよ」と、上書きを見せた――ミセス・アーネスティーン・グラント宛てにタイプ書きされた封筒だった。
「しかしこの中身を見る前に、あなたにひとつ質問があります、ムッシュー・フォークナー。あなたはマドモワゼル・パトリシアを愛していますか、いませんか？」

「ぼくはパットを愛しています――でも、チャンスがあるとは思えない」

「彼女が好きなのはムッシュー・ドノバンだと思っていたのですね？　たしかに愛情が芽生えはじめているかもしれません――だがそれはまだごく淡い気持ちですよ。そんな気持ちを忘れさせるのがあなたのつとめですよ――悩める彼女をささえてあげるのが」

「悩める？」ジミーはするどく聞きかえした。

「そう、悩むことになるでしょう。マドモワゼル・パトリシアの名前を出さないようにできるだけのことはするつもりですが、完全に隠しとおすのは無理でしょう。なにしろ、彼女が動機だったのですから」

　ポアロはもっていた封筒をあけた。中身がはらりと落ちた。送付状は短く、ある弁護士事務所からのものだった。

拝啓

貴殿が同封された文書はきわめて合法的なものであり、外国における結婚の事実は、いかなる点においても無効とされるものではありません。

敬具

ポアロは同封書類をひらいた。それはドノバン・ベイリーとアーネスティーン・グラントの八年前の結婚証明書だった。

「なんてことだ！」ジミーはいった。「パットがあの女性から会いたいという手紙がきたといっていたんです。でも重要な話だとは夢にも思っていなかった」

ポアロはうなずいた。「ムッシュー・ドノバンは知っていたのです――彼は今夜、四階のフラットへ行く前に、妻に会いに行ったのですよ――それにしても奇妙な皮肉じゃありませんか、あの不運なご婦人が夫の意中の人と同じ建物に住むことになるとは。彼は冷酷にもミセス・グラントを殺したあと、夜の娯楽に出かけたのです。きっと妻は結婚証明書を法律事務所へ郵送したこと、その返事を待っていることを彼に話したにちがいありません。ムッシュー・ドノバンがその結婚には不備があったと彼女に信じこませようとしていたのはあきらかです」

「ドノバンは今夜は上機嫌でしたよ。ムッシュー・ポアロ、ドノバンを逃がしたのではないでしょうね？」ジミーはみぶるいした。

「彼は逃げられませんよ」ポアロは重々しくいった。「恐れることはありません」

「一番気にかかるのはパットのことです。あなたの考えでは――彼女は本気であいつを愛していたわけじゃないんですね」

「モナミ」ポアロはやさしくいった。「マドモワゼル・パットをふりむかせ、忘れさせるのがあなたの役目ですよ。さほどむずかしいことではないと思いますがね！」

ジョニー・ウェイバリーの冒険

The Adventure of Johnnie Waverly

「母親の気持ち、わかっていただけますわね」ミセス・ウェイバリーがそういったのは、おそらくもう六回めだった。

彼女は訴えるようにポアロを見た。悲嘆にくれる母親にはつねに同情的なわが友人は、安心なさいというような身振りをした。

「もちろんです、よくわかりますよ。パパ・ポアロを信用してください」

「警察は——」ミスター・ウェイバリーが口をひらいた。

彼の妻は手をふってそれを一蹴した。「警察なんてもうまっぴら。警察を信頼したから、こんなことになったんじゃありませんか！　でも、ムッシュー・ポアロのお噂はかねがねうかがっています、すばらしい手柄話も。ですから、ムッシュー・ポアロならきっとわたしたちを助けてくださるわ。母親の気持ち——」

ポアロは雄弁なしぐさで、相手の繰り言をすばやくさえぎった。ミセス・ウェイバリーの気持ちに嘘偽りがないのはあきらかだったが、やや冷たく、そつのなさそうな表情は、感情的な態度と妙にちぐはぐだった。あとになって、さる著名なバーミンガムの鉄鋼王である夫人の父君が、給仕からのたたきあげだと聞いて、わたしは納得した。ミセス・ウェイバリーの性格は父親似なのだろう。

いっぽうのミスター・ウェイバリーは赤ら顔で陽気な大男だった。両足を大きくひろげ、ふんばって立っているところは、いかにも地方の名士といった感じだ。

「今度のことについてはすべてごぞんじでしょうな、ムッシュー・ポアロ？」

聞くだけ余計だった。というのも、英国でもっとも由緒ある一族のひとつである、サリー州ウェイバリー屋敷の当主、マーカス・ウェイバリー郷士の跡継ぎで三歳になる息子ジョニー・ウェイバリーが誘拐された事件は、この数日間、各紙がセンセーショナルに書きたてていたからだ。

「おもな事実はむろん知っていますが、あらためて一部始終をお話しください、ムッシュー。お願いしますよ。できれば詳細に」

「事の発端は、十日ほど前にとどいた一通の匿名の手紙でした——匿名であること自体、卑劣ですが、わたしにはなにがなにやらさっぱりわかりませんでしたよ。あつかましくも二万五千ポンドを要求してきたのです――二万五千ポンドですぞ、ムッシュー・ポアロ！　はらわなければ、ジョニーを誘拐するというんです。もちろんわたしはさっさと屑籠にほうりこみました。くだらん悪ふざけだと思ったんです。五日後、また別の手紙がとどきましてな。〝はらわなければ、息子を二十九日に誘拐する〟というんです。それが二十七日のことでした。エイダは心配しましたが、わたしはまじめにとりあう気になれませんでした。冗談じゃない、ここはイギリスですぞ。子供を誘拐して身代金を請求するなんて、だれがそんなことをしますか」

「たしかに、めずらしいことですな」ポアロはいった。「つづけてください、ムッシュー」

「だがエイダにやいのやいのせっつかれましてね、それで――いささかばかげていると思いながらも、スコットランドヤードに事情を説明したんですよ。むこうもあまり真剣には考えなかったようです――悪質ないたずらだと主張するわたしと同意見でした。ところが、二十八日、三通めがきたんです。〝金をはらわなかったな。明日二十九日の正午、息子を連れていく。とりもどすには五万ポンドかかるぞ〟わたしはふたたびスコットランドヤードに車でのりつけました。今回はさすがに警察も無視できなかったようです。三通の手紙を書いたのは頭がおかしい人間で、予告された時刻になにかが起きる可能性が濃厚だ、ということになりました。警察はしかるべき予防措置を講じると約束してくれましたよ。それで、マクニール警部がじゅうぶんな人手ともどもウェイバリー屋敷の警備にあたることになったんです。

わたしはほっとして帰宅しました。しかし家内もわたしも、はやくも包囲されているような気分がしましたよ。見知らぬ人間を屋敷内にいれてはならないし、誰も屋敷から離れてはならないと、わたしは厳重に申しわたしました。その晩はなにごともなくすぎましたが、翌朝になると家内の具合がひどく悪くなったのです。おどろいてデイカーズ医師を呼びにやりましたが、医師は家内の症状に困惑したようでした。ためらいがちに、奥様は毒を盛られたのではないかといわれてやっと、医師が狼狽したわけがわたしにものみこめましたよ。命に別状はないが、快復までには一日か二日かかるだろうとのことでした。やれやれと、部屋へひきかえしてみると、おどろいたことに、枕に手紙がピンでとめてあったんです。三通の手紙と同じ筆跡で、三文字の言葉が書かれていました。

〝十二時〟と。

正直にいいますが、ムッシュー・ポアロ、わたしは逆上しました！　屋敷の何者かのしわざにきまっています――使用人のひとりでしょう。そこで使用人を全員呼びつけ、きびしく問いつめましたが、かばいあってなにもいわんのです。ジョニーの保母がその朝早くこそこそと敷地内を歩いていたと知らせてきたのは、家内の話し相手のミス・コリンズでした。保母を責めたてると、白状しましたよ。子守にジョニーをあずけて、こっそり友人に会いに行ったというのです——男に、ですぞ！　あきれたもんです！　しかし、わたしの枕にピンで手紙をとめたおぼえはない、と否定しました——本当かもしれんが、わかったものじゃない。事件にかかわっているかもしれん看護婦にわが子をあずけるような危険はおかせません。使用人のひとりが共犯なのは確実ですからな。ついにわたしは癇癪をおこして、看護婦からなにから全員を首にしました。荷物をまとめるのに一時間だけやって、家から出て行かせたんです」

そのときの怒りを思い出したのか、ミスター・ウェイバリーの赤ら顔がさらに二段階ほど赤くなった。

「それは少々軽率だったのではありませんか、ムッシュー？」ポアロがほのめかした。

「ことによると、まんまと敵の術中にはまってしまったのかもしれませんよ」

ミスター・ウェイバリーはまじまじとポアロを見た。「わかりませんな。とにかく、使用人全員に荷物をまとめて出て行かせることしか頭になかったんですよ。その夜のうちに、新しい使用人を雇いたい旨、ロンドンに電報をうちました。ですから今のところ、屋敷にいるのは、わたしが信用する人間だけです。家内の秘書であるミス・コリンズと、わたしが子供の頃からいる執事のトレッドウェルです」

「そのミス・コリンズですが、こちらにきてからどのくらいになりますか？」

「ちょうど一年ですわ」ミセス・ウェイバリーがこたえた。「秘書兼話し相手として、かけがえのない人ですし、とても有能な家政婦でもあります」

「保母は？」

「うちにいたのは半年でした。すばらしい紹介状をもってきましたの。ジョニーは保母のことが大好きでしたけれど、でもほんとのこと申しますと、わたくしはどうも気に入りませんでしたわ」

「しかし、事件が起きたとき、保母はすでに解雇されたあとだったわけですな。ムッシュー・ウェイバリー、つづけてくださいますか」

ミスター・ウェイバリーは話を再開した。

「マクニール警部が到着したのは十時半頃で、使用人たちはすでに全員出ていったあとでした。警部はその処置に非常に満足してくれましたよ。そして、屋敷の外の公園に数名を配備し、屋敷に通じる道をすべて監視下において、仮に今回の件が悪質ないたずらでなかったとしても、脅迫状の差出人はまちがいなく逮捕できると断言したのです。

わたしはジョニーを手元から離しませんでした。そして警部ともども、会議室と呼んでいる部屋にこもったんです。警部がドアに鍵をかけました。室内には大きな大型振り子時計があるんですが、針が十二時に近づいていくにつれて、いや、正直な話、猫のように神経がぴりぴりとはりつめてきましてな。十二時になって時計がボーンと鳴りだすと、わたしはジョニーを抱きよせました。生きた心地がしませんでしたよ。十二回めが鳴りやんだとき、おもてのほうが騒がしくなりました――叫び声や、走る音が聞こえてきたのです。警部がいそいで窓をあけると、巡査が走ってきました。

〝犯人をつかまえました、警部〟巡査は息をきらして報告しました。〝茂みをうろついていたんです。薬を一式もっています〟

あわててテラスへ出ると、ふたりの巡査が身なりのみすぼらしい人相の悪い男をおさえつけており、男はしきりにもがいて逃げようとしていました。巡査のひとりが、男からもぎとった包みをさしだしました。中には脱脂綿とクロロフォルムの瓶がはいっていました。わたしはそれを見て、怒りに血がにえたぎりましたよ。わたし宛ての手紙もあり、ひきちぎるようにあけると、こんな内容でした。〝おまえは金をはらうべきだったんだ。息子をかえしてほしければ、五万ポンドはらえ。いろいろ予防措置を講じたようだが、息子は予告どおり二十九日の十二時に誘拐した〟

わたしは安堵のあまり大笑いしましたが、ちょうどそのとき、エンジンの音と叫び声がきこえて、あわててふりかえると、敷地内の車道を南の通用門めざして、ひらべったい灰色の細長い車が猛スピードで走っていくじゃありませんか。叫んだのは運転している男でしたが、わたしがぎょっとしたのはそのせいではありません。ジョニーの亜麻色の巻き毛が見えたからなんです。男のとなりに息子が乗っていたんです。

警部は悪態をつきました。

〝ついさっきまであの子はここにいたんだぞ〟警部はそうさけんで、すばやくわたしたちに目を走らせました。しかしいなくなった者はいませんでした。みんなそろっていたんですよ。わたし、トレッドウェル、ミス・コリンズ。〝息子さんを最後に見たのはいつです、ミスター・ウェイバリー？〟

わたしは必死に記憶をたどり、思い出しました。巡査が呼びにきたとき、ジョニーそっちのけで、警部と一緒に外へ走り出てしまったんです。

そのときですよ、村のほうから教会の時計が鳴る音がして、わたしたちを愕然とさせたのは。警部がわめき声をあげて懐中時計をひっぱりだすと、なんと十二時きっかりだったのです。みんなで会議室へかけつけてみると、時計の針は十二時十分をさしていました。だれかがわざと針をすすめておいたにちがいありません。あの時計は一度も狂ったことがないんです。非常に正確な時計なんですよ」

ミスター・ウェイバリーは言葉をきった。ポアロは納得したような微笑をもらし、心配顔の父親のせいで位置がずれた小さなマットをまっすぐに直した。

「おもしろい、とらえどころがなくて、チャーミングだ《ア・メルヴェイユ》」ポアロはつぶやいた。「喜んであなたがたのために捜査しましょう。これはじつに見事に計画された事件ですよ」

ミセス・ウェイバリーは非難をこめてポアロを見てから、泣き声をあげた。「わたしの坊やはどうなりますの？」

ポアロはあわてて真顔になり、ふたたび深く同情する顔つきになった。「坊やは安全ですよ、マダム、危害はくわえられておりません。安心なさい、この悪党どもは十二分に坊やの面倒を見ているでしょう。連中にとって坊やは金の卵を生む七面鳥——いや、ガチョウ——ですからな」

「ムッシュー・ポアロ、やるべきことはたったひとつですわ——身代金をはらうんです。はじめわたくしは強硬に反対しました——でもいまは！　母親の気持ちは——」

「しかし、まだご主人の説明をすっかり聞いておりませんよ」ポアロはいそいでいった。

「あとの顛末は新聞にもあったとおりですよ」ミスター・ウェイバリーがいった。「むろん、マクニール警部はただちに電話をかけました。車と男の特徴が付近一帯に知らされ、はじめのうちはすぐにでも解決しそうに思えたんです。男と幼い子供を乗せたあやしい車は、村をいくつか通過して、ロンドンへ向かっているもようでした。車が止まったとき、子供があきらかに男をこわがって泣いていたのも目撃されていました。車が停止を命じられ、男と子供が身柄を拘束されたと、マクニール警部から知らされたとき、わたしは安堵のあまり気分が悪くなりそうでしたよ。つづきはごぞんじでしょう。子供はジョニーではなかった。男は子供好きの自動車狂で、この屋敷から十五マイルほど離れたイーデンズウェルという村の通りで遊んでいた小さな子供にドライブをさせてやっていただけだったんです。警察の失態で、手がかりはきれいさっぱり消えてしまったんですよ。警察がまちがった車をしつこく追跡していなかったら、今頃息子は見つかっていたかもしれないんです」

「落ち着いてください、ムッシュー。警察は勇敢で知性ある人々の集団です。まちがったのも無理はありません。それにしても、巧妙な計画です。敷地内で逮捕された男も終始一貫、容疑を否認している。手紙も包みもウェイバリー屋敷に届けろと、あずかったものだと主張している。あずけた人物は、十シリングをやり、十二時十分前きっかりにとどけたら、もう十シリングやると約束した。男は敷地内をぬけて屋敷に近づき、勝手口をノックすることになっていた。そうでしたね」

「そんな話、わたくしは一言だって信じませんわ。全部でたらめにきまっています」ミセス・ウェイバリーが熱っぽくいった。

「たしかに《アン・ヴェリテ》、信憑性は低いですな」ポアロは考えこみながらいった。「しかしこれまでのところ、警察は男の供述をぐらつかせるにはいたっておりません。男はいいがかりめいたことまでいっているのでしたね？」

　ポアロがミスター・ウェイバリーに問いかけるような視線をなげると、ミスター・ウェイバリーの顔がまたしても朱をそそいだように赤くなった。

「こともあろうに、手紙と包みをあずけたのがトレッドウェルだといいはっているんです。〝ただ、ひげを剃りおとしたようだがね〟と。いいがかりにもほどがある、トレッドウェルはこの屋敷で生まれ育った人間ですぞ！」

　ポアロは田舎紳士の剣幕にかすかな笑みをうかべた。「しかし、ご自身も屋敷内のだれかが誘拐の共犯だったのではないかと疑っておられるのでしょう？」

「それはそうだが、トレッドウェルは別だ」

「あなたはいかがです、マダム？」ポアロは突然ミセス・ウェイバリーに質問の矛先をむけた。

「あの浮浪者に手紙と包みをあたえたのがトレッドウェルであるはずはありませんわ——

―そんなことをした者がいたかどうかすら、あやしいと思います――浮浪者は十時に手紙と包みを渡されたといっていますが、トレッドウェルはその時刻には主人と喫煙室におりました」

「車を運転していた男の顔はごらんになりましたか、ムッシュー？　すこしでもトレッドウェルに似ていましたか？」

「遠すぎて顔は見えなかったんですよ」

「トレッドウェルに兄弟がいるかどうか、ごぞんじですか？」

「何人かいましたが、みな亡くなっています。最後まで元気だった者も戦死しましてね」

「ウェイバリー屋敷の敷地内の様子がまだよくわからないのですが、車は南の通用門をめざしていたのですね。ほかに入口はありますか？」

「ええ、東の通用門があります。屋敷の反対側から見えますよ」

「車が敷地内にはいるところを誰も見なかったのが、奇妙ですな」

「右手に敷地内をぬけて小さな礼拝堂へつづく道がありましてね、車がよく通るんです。男は適当な場所に車をとめ、浮浪者の騒ぎで注意がそれたすきに、屋敷に侵入したにちがいありません」

「すでに屋敷の中にいたのでなければ、そういうことになりましょうな」ポアロはしきりに考えていた。「身を潜めることのできる場所がありますか？」

「じつは屋敷内をまえもって徹底的に調べたわけじゃないんですよ。その必要はなさそうでしたからな。どこかに隠れていたのかもしれんが、しかし誰が中へ通したのか？」

「その点はあとで検討しましょう。　一度にひとつずつですよ――順序だってすすみましょう。屋敷の中には特別な隠れ場所はないんですな？　ウェイバリー屋敷のような古い建物には、隠し部屋があることがままありましょう、いわゆる〝司祭隠し〟というものです」

「あ、たしかにありますな。ホールの羽目板のひとつからはいれるようになっています」

「会議室の近くですか？」

「ドアを出たところですよ」

「ほう《ヴオアラ》！」

「しかし家内とわたし以外、その存在はだれも知りません」

「トレッドウェルは？」

「さあ――噂を耳にしたことはあるかもしれません」

「ミス・コリンズは？」

「彼女にその話をしたことはありません」

ポアロはしばらく考えていた。

「よろしいムッシュー、次なる手段は、わたしがウェイバリー屋敷へうかがうことです。きょうの午後でご都合はいかがです？」

「まあ、できるだけはやくいらしてくださいな、ムッシュー・ポアロ！」ミセス・ウェイバリーがさけんだ。「もう一度これをお読みになって」

その朝ウェイバリー家に届き、彼女をポアロのもとへ大至急むかわせた最後の手紙を、ミセス・ウェイバリーはポアロの両手におしこんだ。金の支払いをめぐる巧妙で明確な指示がしたためられており、裏切れば子供の命はないという脅しでむすばれていた。金への執着がミセス・ウェイバリーの母としての基本的愛情とせめぎあったのち、後者がついに勝利をおさめたのはあきらかだった。

ポアロは夫のあとにつづいて出て行こうとするミセス・ウェイバリーをちょっとひきとめた。

「マダム、どうか正直なところをおきかせください。あなたもご主人同様、執事のトレッドウェルを信用しておいでですか？」

「トレッドウェルにふくむところはありませんわ、ムッシュー・ポアロ、この事件にからんでいるとも思えません、でも――わたくし、あの男はどうも虫が好きませんの――どうしても！」

「もうひとつだけ、マダム、坊やの保母の住所をおしえていただけませんか？」

「ハマースミス、ネズロール・ロード一四九番地です。まさか――」

「もちろんですよ。ただ――小さな灰色の脳細胞を働かせているところでしてね。ときどき、ほんのたまにですが、ささやかな名案がひらめくことがあるのです」

ドアがしまると、ポアロはわたしのところへもどってきた。

「つまりマダムは執事が気に入らないのですよ。興味深いじゃありませんか、ねえ、ヘイスティングス？」

わたしはつりこまれまいとした。あまりたびたびポアロに裏切られているので、用心深くなっているのである。ポアロの話にはつねにどこかに罠がしかけられている。

外出の仕度を入念にととのえたあと、わたしたちはネズロール・ロードへ出発した。さいわいにも、ミス・ジェシー・ウィザーズは在宅していた。歳は三十五、陽気な顔だちをしたミス・ウィザーズは有能優秀な保母だった。わたしには彼女が事件に関与しているとは思えなかった。解雇されたことについては苦々しげで腹をたてていたが、自分の非は認めた。婚約中のペンキ屋兼壁張り職人がたまたま近所にいたため、彼に会いに出て行ってしまったのである。彼女の行動はいたって自然に思われた。わたしにはポアロの考えがまったく理解できなかった。どの質問も見当違いに思えたからだ。ウェイバリー屋敷での彼女の毎日の仕事に関する質問ばかりだった。わたしは正直なところ退屈し、ポアロがいとまごいを告げたときはほっとした。

「誘拐は簡単な仕事ですよ、モナミ」ハマースミス・ロードでタクシーをとめ、ウォータールーまでと運転手に告げながら、ポアロはいった。「この三日間ならどの日だろうと、坊やを誘拐するのはいたって簡単だったでしょう」

「捜査がそれではかどるとは思えないな」わたしは冷たくいった。

「それどころか《オ・コントレール》、おおいにはかどるのですよ、おおいにね！　ネクタイピンをするなら、ヘイスティングス、せめてネクタイのどまんなかにしてください。右に十六分の一インチずれていますよ」

ウェイバリー屋敷は堂々たる古めかしい建物で、最近になって趣味よく丁寧に改修されていた。ミスター・ウェイバリーが会議室やテラスをはじめ、事件と関係のあるさまざまな場所へわたしたちを案内してくれた。最後にポアロの要請で、ミスター・ウェイバリーが壁のばねをおすと、羽目板が横にずれて司祭隠しへ通じる短い通路があらわれた。

「ごらんのように、ここにはなにもありませんよ」ウェイバリーがいった。

そのちいさな部屋はがらんとしており、床には足跡すらついていなかった。ポアロは部屋の隅で身をかがめ、なにかの跡をじっと見つめた。

「これをなんだと思いますか、わが友?」

四つの痕跡がくっつきあってついていた。

「犬だ」わたしは叫んだ。

「とてもちいさな犬ですよ、ヘイスティングス」

「ポメラニアンだな」

「もっとちいさい」

「グリフォンかな?」わたしはあてずっぽうをいった。

「グリフォンよりさらにちいさいですね。蓄犬クラブにも知られていない種類です」

わたしはポアロを見た。その顔は興奮と満足に輝いていた。

「思ったとおりだ」ポアロはつぶやいた。「そうじゃないかと思っていたんだ。行きましょう、ヘイスティングス」

わたしたちがホールにもどり、羽目板がとじたとき、通路の先のドアから若い女性が出てきた。ミスター・ウェイバリーはその女性をわたしたちに紹介した。

「ミス・コリンズです」

ミス・コリンズは三十ぐらいで、きびきびした敏捷な女性だった。ややくすんだ金髪で、つるなしの眼鏡を鼻梁にのせていた。

ポアロの要望でこぢんまりしたモーニングルームにはいると、ポアロは使用人全般、特にトレッドウェルについて、ミス・コリンズにくわしく質問をした。

「あの人は気取っているんです」ミス・コリンズはいった。

そのあと二十八日の夜にミセス・ウェイバリーが食べた食事の質問になった。ミス・コリンズは自分も茶の間で同じ食事をしたが、なんともなかったと断言した。彼女が出て行こうとしたとき、わたしはポアロをこづいた。

「犬のことは？」わたしはささやいた。

「ああ、そうそう、犬を忘れていました！」ポアロはにっこりした。「ところでお屋敷では犬を飼っていますか、マドモワゼル？」

「表の犬小屋にリトリーバーが二匹いますわ」

「いや、わたしがいうのは小型犬、愛玩犬のことですよ」

「いいえ――そういう犬はおりません」

ポアロはミス・コリンズを立ちさらせた。そのあとベルをおしながら、彼はわたしにいった。「マドモワゼル・コリンズは嘘をついています。わたしが彼女の立場なら、やはり嘘をついたでしょうな。では次は執事ですよ」

トレッドウェルは貫禄たっぷりの人物だった。落ち着きはらって話したいきさつは、基本的にミスター・ウェイバリーの説明と同じだった。トレッドウェルは司祭隠しの秘密を知っていることを認めた。

最後まで堂々とした態度をたもったまま、トレッドウェルが出て行ったとき、わたしはポアロのいぶかしげな目つきにぶつかった。

「いまの話をどう思います、ヘイスティングス？」

「きみはどうなんだ？」わたしは受け流した。

「あなたもなんとも用心深くなったものですね。刺激しなければ、灰色の脳細胞は機能しませんよ。ああ、でもからかっているのではありません！　ふたりで推理してみましょう。とくにむずかしいと思う点はなんですか？」

「ひとつだけある」わたしはいった。「子供を誘拐した犯人は、誰にも見られない東の通用門ではなく、なぜ南の通用門から出て行ったのか？」

「じつにすばらしい着眼点です、ヘイスティングス、みごとですよ。では、こういうのはどうです。なぜ犯人はまえもってウェイバリー夫妻に警告文を送ったのか？　なぜ単純に子供をただ誘拐し、身代金を要求しなかったのか？」

「誘拐せずに、金を手にいれたかったからだ」

「単なる脅しだけで、金が支払われるのはあまりありそうにないことじゃありませんか？」

「十二時に注意を釘付けにしたいというねらいもあった。そうすれば、浮浪者がつかまったすきに、仲間が隠れ場所からでてきて、誰にも気づかれずに子供をさらうことができる」

「簡単にできることをむずかしくしていることに変わりはありませんよ。時間や日付を特定しないほうがずっと簡単じゃありませんか。チャンスをうかがい、子供が保母とふたりだけで外出した日に、車で子供をつれさればいい」

「まあ、そうだな」わたしは認めた。

「この事件には、微妙に茶番の要素があるのですよ！　すこし見方を変えてみましょう。すべての出来事が内部に共犯がいたことをうかがわせています。その一、ミセス・ウェイバリーの謎の中毒症状。その二、枕にとめられた手紙。その三、十分すすんでいた時計。どれも内部の犯行です。もうひとつ、あなたが気づかなかったことがあるのです。

司祭隠しに埃がまったくなかったことですよ。埃は箒で掃き出されていました。

　さて、屋敷には四人の人間がいます。保母は除外していいでしょう。今あげた三点に関与できたとしても、司祭隠しがあるのを知らないのに埃を掃き出すことはできませんからね。四人とは、ミスター・ウェイバリー、ミセス・ウェイバリー、トレッドウェル、ミス・コリンズです。まずミス・コリンズからいきましょう。あやしい点はあまりありません。ただ、われわれはミス・コリンズについてはほとんどなにも知りません。わかっているのは、彼女が知性ある若い女性であること、ここへきてまだ一年しかたっていないことだけです」

「犬のことで嘘をついている、といったよ」わたしはポアロに思い出させた。

「ああ、そうそう、犬ね」ポアロは妙な笑みを浮かべた。「ではトレッドウェルにうつりましょう。疑わしい事実がいくつかあります。そのひとつが、浮浪者が村で包みをよこしたのはトレッドウェルだと断言していることですよ」

「しかしトレッドウェルにはアリバイがある」

「そうだとしても、ミセス・ウェイバリーに毒をもり、枕に手紙をとめ、時計をすすませ、司祭隠しの埃を掃き出すことはできました。いっぽう、ウェイバリー家の世話のもとで生まれ育った者が、その屋敷の息子の誘拐に加担するような真似はしそうにありません。ありえないことです！」

「じゃ、どうなるんだ？」

「論理的に推理をすすめなければなりません——いかにばかげているようでも、ですよ。ミセス・ウェイバリーのことをちょっと考えてみましょう。ミセス・ウェイバリーは資産家です、金をもっているのはミセス・ウェイバリーなのです。この落ちぶれた屋敷を改修したのは、ミセス・ウェイバリーの金です。彼女がわが子を誘拐し、自分の金を自分にはらうわけはありません。こうなると、むずかしい立場に立たされるのは夫ですよ。ミスター・ウェイバリーには金持ちの細君がいる。彼自身が金持ちであるのとはちがいます——事実、あのご婦人は、金にたいする執着が強いと見ました。気前がよくなるのは、きちんとした口実がある場合だけでしょう。しかるにミスター・ウェイバリーは、見ればすぐわかるように、道楽者《ボン・ヴィヴール》です」

「ありえないよ」わたしはせきこんでいった。

「そんなことはありませんよ。使用人を追い払ったのはだれです？　ミスター・ウェイバリーです。彼なら手紙を書き、細君に薬を盛り、時計の針をすすませ、忠実な執事トレッドウェルの完璧なアリバイを作ることができるのです。トレッドウェルはミセス・ウェイバリーを快く思っていません。彼は主人たるミスター・ウェイバリーに献身的につかえており、彼の命令には盲目的にしたがうでしょう。犯行にかかわった者は三人いたのです。ウェイバリー、トレッドウェル、そしてウェイバリーの友人ですよ。そこが警察のおかしたあやまちなのです。警察は灰色の車に別の子供をのせていた男について、つっこんだ取り調べをしませんでした。彼が第三の男だったのです。彼は近くの村で、亜麻色の巻き毛の男の子を車にのせました。そして東の通用門をぬけ、絶好のタイミングで南の通用門へむかいながら、手をふり、さけんだのです。男の顔も車のナンバーも見えなかったのですから、子供の顔だって警察に見えたわけがありません。そのあと男はロンドンへ行くと見せかけたのです。いっぽう、トレッドウェルも役割をはたし、包みと手紙を人相の悪い男に届けさせることに成功しました。万が一、男がつけひげの扮装にもかかわらずトレッドウェルに気づいたときは、主人がアリバイを提供してくれることになっていたのです。ミスター・ウェイバリーはというと、表で騒ぎが発生し、警部が外へかけだしていくやいなや、いそいで息子を司祭隠しに隠して、警部のあとから外に出たのです。夕方になって警部が帰り、ミス・コリンズの邪魔がはいる危険がなくなると、自分の車で息子をどこか安全な場所へ連れて行くのはわけないことでした」

「しかし犬はどうなったんだ？」わたしはたずねた。「それにミス・コリンズの嘘は？」

「あれはわたしのちょっとした冗談ですよ。わたしがミス・コリンズにこの家には愛玩犬がいるかとたずねると、彼女はいないとこたえました――しかし、まちがいなくいるのですよ――子供部屋にね！　いいですか、ミスター・ウェイバリーはジョニーを退屈させず、おとなしくさせておくために、司祭隠しに犬のおもちゃを用意したのです」

「ムッシュー・ポアロ」ミスター・ウェイバリーが部屋にはいってきた。「なにかわかったのですか？　息子がどこへ連れさられたのか、手がかりはつかめましたか？」

ポアロは一枚の紙を彼にわたした。「それが住所です」

「しかし、これはただの白い紙じゃありませんか」

「あなたがそこに住所を書いてくださるのを待っているんですよ」

「これはいったい――」ミスター・ウェイバリーの顔が紫色になった。

「すべてわかっているのですよ、ムッシュー。坊やを返すのに二十四時間さしあげましょう。あなたの巧妙な計画なら、坊ちゃんがふたたび姿をあらわしたとき、わけなくその理由を説明できるでしょう。そうでないと、ミセス・ウェイバリーに正確な事の次第をお知らせすることになりますよ」

ミスター・ウェイバリーは力なく椅子にすわりこんで、両手に顔を埋めた。「息子は十マイル離れたところに、わたしの昔の子守と一緒にいる。楽しくやっているし、世話も十分いきとどいているはずだ」

「それだけはあきらかですな。あなたが本当は良い父親であると信じていなければ、チャンスをさしあげるようなことはしませんよ」

「面目ないことを――」

「まったくです。あなたは由緒ある家柄の出身だ。二度とそれをあやうくしないことです。おやすみ、ミスター・ウェイバリー。そうそう！　ついでにひとつ忠告しておきましょう。掃除のさいは、つねに隅を掃くのを忘れずに！」

愛の探偵たち

The Love Detectives

小柄なサタースウェイトは考えこむようにして、向かいにすわっているこの家の主人を見た。このふたりの男は奇妙な友情でむすばれていた。家の主人である大佐は、飾らない人柄の地方地主で、人生の情熱はもっぱら狩猟や競馬にむけられていた。必要にせまられてロンドンですごす数週間は、大佐には試練のようなものだった。いっぽうのサタースウェイトはフランス料理や女性のファッションに一家言もつ都会派で、最新のスキャンダルにも通じていた。サタースウェイトの情熱は人間観察であって、特に好きなこと――つまり人生の傍観者たること――にかけては右に出る者がなかった。

こんなわけで、サタースウェイトとメルローズ大佐のあいだにはほとんど共通点がないように思われた。大佐は隣り近所の人がなにをしていようがまったく無関心だったし、いかなるたぐいのものであれ、感情的なのは大の苦手だった。ふたりの男が友人なのは、おもに父親同士が友人だったためと、共通の知人がいること、それに新興成金にたいする批判的な考えが共通しているためだった。

時刻は七時半頃、ふたりは大佐の居心地満点の書斎に腰をおろしていた。メルローズ大佐は、愛好家らしい熱っぽさで前の冬の狩猟の話をしていた。サタースウェイトの馬の知識は、旧式な地方の屋敷にいまなお残る日曜の朝の厩舎訪問という習慣から得たことだけだったが、それでも礼儀正しく話に耳を傾けていた。

電話がけたたましく鳴って、メルローズ大佐の話をさえぎった。大佐はテーブルまで歩いていき、受話器をとった。

「もしもし、ああ――メルローズ大佐だが。どういうことだ？」

態度が一変して、かたくるしくなった。いましゃべっているのは狩猟愛好家ではなく、警察官だった。

大佐はしばらく耳をかたむけたあと、簡潔にいった。「わかった、カーティス。すぐそっちへ行く」受話器をおくと、大佐は客のほうをむいた。「サー・ジェイムズ・ドワイトンが自宅の図書室で見つかった――殺されたんだ」

「なんだって？」

サタースウェイトはびっくりすると同時に興奮でぞくっとした。

「いますぐオールダーウェイへ行かねばならない。一緒にくるかね？」

サタースウェイトは大佐が郡警察本部長であることを思い出した。

「邪魔でないなら――」彼はちゅうちょした。

「かまわないよ。電話をしてきたのはカーティス警部だ。善良で正直な男だが、頭の回転が鈍い。きみがきてくれれば願ったりだ、サタースウェイト。厄介な事件になりそうな気がする」

「犯人はつかまったのか？」

「いや」メルローズはそっけなく答えた。

サタースウェイトの鍛えられた耳は、そのぶっきらぼうな否定の陰になにかを隠しているようなニュアンスを聞き取った。彼はさっそく頭の中でドワイトン夫妻についての知識を総ざらいしはじめた。

殺されたサー・ジェイムズは無愛想で尊大な老人だった。敵のできやすいタイプだ。そろそろ六十に手のとどこうという年齢で、白髪頭に赤ら顔、極端な吝嗇家《りんしょくか》というもっぱらの噂だった。

サタースウェイトはつづいてレディ・ドワイトンのことを考えた。茜色の髪の若々しくほっそりした姿が脳裡に浮かんだ。さまざまな噂や陰口、数々のゴシップ。そうだったのか、だからメルローズは苦虫を嚙みつぶしたような顔をしているのだ。ややあって、サタースウェイトは空想にブレーキをかけた——想像が勝手にふくらみはじめていた。

五分後、サタースウェイトはメルローズ大佐の小型セダンの助手席にすわっていた。車は夜の中へ走りだした。

大佐は寡黙な男だったので、口をひらいたのはたっぷり一マイル半走ったあとだった。

「知っているだろう？」

「ドワイトン夫妻のことか？　もちろん、夫妻のことならなんでも知っているよ」サタースウェイトには、知らない人などいなかった。「サー・ジェイムズには一度だけ、レディ・ドワイトンには何度も会ったことがある」

「きれいな女性だな」

「美人だとも！」サタースウェイトはさけんだ。

「そう思うか？」

「正真正銘のルネッサンス風美人だよ」サタースウェイトは水を得た魚のように活気づいた。「レディ・ドワイトンは去年の春、あの素人芝居——というか、チャリティーのマチネーに出たんだ。いやもう、すばらしかった。今どきのご婦人とはタイプがちがう

——まさに中世からぬけでてきたようなんだ。総督の宮殿にいたっておかしくない。でなけりゃ、ルクレツィア・ボルジア（ルネッサンス期のイタリアに栄えたボルジア家の娘。ボルジア家はたびたび政敵を毒殺した）といったところだ」

　大佐のハンドルさばきがわずかにぶれ、サタースウェイトは急に口をつぐんだ。なんの因果でルクレツィア・ボルジアの名前を出したりしたのか、と後悔した。よりによってこんなときに——

「ドワイトンは毒をもられたんじゃないだろうね？」サタースウェイトはだしぬけに聞いた。

　メルローズは興味深げに横目で友人を見た。「どうしてそんなことを聞くんだ？」

「ああ、いや——どうしてかな」サタースウェイトは口ごもった。「ただ——ふとそう思ったもんでね」

「いや、毒殺されたんじゃない」メルローズは憂鬱そうにいった。「知りたいなら教えるが、頭を強打されたんだ」

「凶器は鈍器か」サタースウェイトは知ったふうにうなずきながらつぶやいた。

「くだらん探偵小説みたいなしゃべりかたをするな、サタースウェイト。使われたのは青銅の置物だ」

「ほう」サタースウェイトはふたたびだまりこんだ。

「ポール・デラングアという男についてなにか知っているか？」すこしして、メルローズがたずねた。

「ああ。ハンサムな若者さ」

「女ならそういうだろう」メルローズ大佐はうなるようにいった。

「彼のことが気に入らないんだな？」

「ああ気に入らん」

「てっきりその反対かと思っていた。デラングアは乗馬の名手だぞ」

「馬術ショーの外国人みたいなものさ。小手先のくだらん技術ばかりだ」

サタースウェイトは笑いを嚙みころした。メルローズの見方は島国根性というやつだった。国際的視野をもつと自認するサタースウェイトには、大佐の料簡のせまさが歯がゆかった。

「デラングアがこのへんにいたのかい？」

「オールダーウェイのドワイトン夫妻のところに滞在していたんだ。噂では、サー・ジェイムズが一週間前にデラングアをほうりだしたらしい」

「どうして？」

「デラングアが妻と寝ているところを発見したからだろう。わっ――」

激しく車がゆれ、タイヤがきしんだ。

「ここはイギリスきっての危険な十字路でね」メルローズがいった。「それにしても、あっちが警笛を鳴らすべきだったんだ。こっちは幹線道路にいるんだからな。もっとも、あっちの車のほうが被害は大きいだろう」

メルローズはいそいで車をおりた。相手方の車からも人影がとびおりてきた。サタースウェイトの耳にも、会話の断片が聞こえてきた。

「完全にぼくのミスです」相手はいっていた。「ただこのへんにはあまりくわしくないんですよ。それに、そちらが幹線道路をやってくることが全然わからなかったんです」

大佐は相手をなだめ、適切に対応した。ふたりの男はすでに運転手が調べている車のほうへ身をかがめた。会話が高度にメカニックなものになった。

「三十分は修理にかかりそうだ」相手はいった。「しかしおひきとめはしませんよ。見たところ、そちらの車が無事なようでよかった」

「いや、そういうわけでは――」大佐の言葉は、そこでさえぎられた。

サタースウェイトが興奮した様子で鳥のようにぴょんと車から飛び出すなり、相手の手を温かくつかんだのだ。

「やっぱりそうか！　声でわかったんだよ」サタースウェイトは声をうわずらせた。

「こいつはおどろいた。まったくびっくりした」

「え？」メルローズ大佐がいった。

「この人がミスター・ハーリ・クィンだよ、メルローズ。ぼくが何度も話をしただろう？」

　メルローズ大佐はおぼえていないようだったが、礼儀正しく調子をあわせた。サタースウェイトはそのあいだも陽気にしゃべりつづけていた。「ひさしぶりだな——最後に会ったのは、ええと——」

「〈鐘と道化師〉での夜以来だ」ハーリ・クィンは静かにいった。

「〈鐘と道化師〉だって？」大佐が聞きかえした。

「宿屋だよ」ミスター・サタースウェイトは説明した。

「宿屋にしてはおかしな名前だな」

「古い宿屋なんですよ」ミスター・クィンはいった。「イギリスにも鐘や道化師がいまよりありふれていた時代がありましたからね」

「そうなんでしょうな。なるほど、おっしゃるとおりだ」メルローズはあいまいにいって、目をぱちくりさせた。光——一台のヘッドライトと、もう一台のテイルライト——

の奇妙な効果のせいで、一瞬クィン自身が道化師の服を着ているように見えたのだ。しかしただの光のいたずらだった。

「こんなところできみを立ち往生させておくわけにはいかないよ」サタースウェイトはつづけた。「ぜひわれわれと一緒にきたまえ。三人分のスペースならたっぷりある、そうだろう、メルローズ？」

「ああ、そうだな」だが大佐の声は少々迷惑げだった。「ただ、われわれは仕事中なんだよ、サタースウェイト」

サタースウェイトは一瞬だまりこんだが、すぐに名案がひらめき、うれしくなって身体をふるわせた。

「いいことがある。そうだよ、うっかりしていたぞ！　心配にはおよばないよ、ミスター・クィン。今夜この十字路でわれわれがでくわしたのは、神のおぼしめしだ」

メルローズ大佐はあっけにとられて友人を見つめた。サタースウェイトは大佐の腕をつかんだ。

「ぼくの話をおぼえているだろう？　共通の友人デレク・キャペルの話だよ。デレクの自殺の動機がさっぱりわからなかったって話さ。あの問題を解決したのがミスター・クィンだったんだ――あれ以来、ミスター・クィンはほかにもいろいろ難問を解決しているんだ。答えがはじめからそこにあったってことを気づかせてくれるのさ。すばらしいんだよ」

「サタースウェイト、ほめすぎだよ」クィンは苦笑した。「ぼくのおぼえているかぎりでは、発見をしたのはぼくじゃなくて、きみだった」

「きみがいたからこそできたことさ」サタースウェイトはきっぱりといった。

メルローズ大佐が居心地悪そうに咳払いした。「これ以上ぐずぐずしているわけにもいかん。行こう」

大佐は運転席に乗りこんだ。サタースウェイトの熱意に負けて、見知らぬ男を同行するはめになったのはありがたくなかったが、露骨な反対はしなかった。なるべく早くオールダーウェイに着きたかったのだ。

サタースウェイトはクィンをうながして先に乗せ、自分はそのとなりの窓際に乗った。車内は広かったから、窮屈な思いはせずにすんだ。

「すると犯罪に興味がおありなんですな、ミスター・クィン？」大佐は愛想のよい態度をとるべく最善をつくしながらいった。

「いや、犯罪に興味があるわけじゃありません」

「というと？」

クィンは微笑した。「ミスター・サタースウェイトに聞いてみましょう。非常に目端のきく観察者ですからね」

サタースウェイトはゆっくりといった。「うーん、まちがっているかもしれないが、きみの興味の対象は――恋人たちなんじゃないかな」

そういったそばからサタースウェイトは顔を赤らめた。恋人という言葉は、意識せずにイギリス人が口にできるものではない。サタースウェイトはいわばカッコ付きの謝罪口調で、恋人という言葉を口にしたのだ。

「いやはや！」大佐はあきれたようにそういって、だまりこんだ。

メルローズ大佐は心の中で、サタースウェイトの友人とやらは一風変わった男のようだと考えた。横目でちらりと見たかぎりでは、どこといって問題はなさそうだ――いたって平凡な若者だ。肌の色はやや浅黒いが、外国人ふうのところはまったくない。

「それじゃ事件について洗いざらい話しておいたほうがいいな」サタースウェイトがもったいぶっていった。

サタースウェイトは十分ばかり話をした。闇の中にすわって夜を疾走するうちに、気分が高揚してきた。人生のただの傍観者でしかなくても、それがなんだというのだ？　自分には思いのままにあやつれる言葉がある。話の名人なのだ。自由自在に話をつむいでいけば、ひとつの物語を編みあげることができるだろう――白い腕と赤い髪をもつ美貌のローラ・ドワイトンという不思議なルネッサンス風美人と、女たちのあこがれの的、ポール・デラングアのうす暗い影を編みこんだ物語だ。

そうやってできた物語を、オールダーウェイ――ヘンリー七世の時代、いや、もっと古い時代の町ともいわれる――の前に配する。骨の髄まで英国的で、いじけたイチイの木や崩れた納屋や、修道僧たちが金曜日のために鯉を飼っていた池（中世には肉を食べられない断食日のために、修道僧が池に鯉を飼って食べる習慣があった）のあるオールダーウェイの町。

サタースウェイトはてぎわよくサー・ジェイムズについても説明した。ド・ウィットン一族の直系の子孫であること、そのド・ウィットン一族がその昔、土地から金をしぼりとって厳重に金庫に保管したおかげで、他の貴族が没落しても、オールダーウェイの領主だけはけっして貧乏にならなかったといわれていること。

ようやく話を終えたとき、サタースウェイトはクィンが共感してくれたことを確信した。しゃべっているときからずっと確信していたのだ。サタースウェイトは当然あってしかるべき賛美の言葉を待ちうけた。期待はうらぎられなかった。

「きみは芸術家だよ、ミスター・サタースウェイト」

「いや――精一杯やったまでさ」小柄な男は急にひかえめになった。

車は数分前に邸宅の番小屋の門をくぐっていた。玄関の正面に車をつけると、巡査がひとり、いそいで階段をおりてきた。

「ご苦労さまです、本部長。カーティス警部は図書室にいます」

「そうか」

メルローズはあとのふたりをしたがえて階段をかけあがった。広々としたホールをよこぎったとき、年配の執事が不安そうに戸口から顔をのぞかせているのが見えた。メルローズは会釈した。

「やあ、マイルズ。たいへんなことになったな」

「まったくでございます」執事は身をふるわせた。「ほとんど信じられませんのです。現実のこととは思えません。ご主人さまが何者かに殺されたなど、考えられないことでございます」

「まったくだな」メルローズはさえぎった。「あとで話を聞くよ」

メルローズはそのまま大股に図書室へむかった。身体の大きい兵士のような容貌の警部がうやうやしく挨拶した。

「ひどいざまです、本部長。どこにも手はふれていません。凶器に指紋はついていませんでした。犯人はやるべきことを心得ているようです」

サタースウェイトはライティングデスクにつっぷしている姿を見て、あわてて目をそらした。背後からおそわれたらしく、すさまじい一撃で頭蓋骨がくだけていた。見て楽しい光景ではなかった。

床に凶器がころがっていた――高さ二フィートほどのブロンズ像で、基部が血でぬれていた。サタースウェイトは興味をそそられてかがみこんだ。

「ヴィーナス像だ」そっとつぶやいた。「つまりヴィーナスによって殺されたわけか」

彼はその考えに詩的瞑想の材料を見つけた。

「窓はすべてしまっており、内側から鍵がかかっていました」警部がいった。

警部はそこで意味ありげに口をつぐんだ。

「内部の犯行か」メルローズはしぶしぶいった。「ふうむ、いずれはっきりするだろう」

殺された男はゴルフウェアを着ており、ゴルフクラブのはいったバッグが大きな革張りのソファの上にだらしなく投げだされていた。

「ゴルフ場から帰ってきたばかりだったんです」メルローズの視線をたどって、警部が説明した。「帰宅は五時十五分でした。執事に紅茶をここへ運ばせています。そのあと従僕を呼びつけて室内履きをもってこさせました。現在判明しているところでは、生きているサー・ジェイムズを最後に見たのは従僕です」

メルローズはうなずいて、あらためてライティングデスクに注意をむけた。おびただしい装飾品がひっくりかえったり、壊れたりしていた。その中でひときわ目をひいたのは、デスクの中央に横倒しになった大きな黒っぽい琺瑯《ほうろう》の置き時計だった。

警部が咳払いした。

「それですが、幸運といってもいいかと思います」警部はいった。「ごらんのとおり、針がとまっています。六時半のところで。犯行時間はあきらかですよ。じつに好都合です」

メルローズは時計を見つめていた。

「たしかに、好都合だな」メルローズはそういったあと、しばらくだまっていたがやがてつけくわえた。「好都合すぎる！　気に入らんね、警部」

メルローズはあとのふたりの顔を見た。その目は訴えるようにクィンにそそがれた。

「いまいましいかぎりですよ。できすぎだ。わたしのいう意味はおわかりでしょう。物事はこういうふうには起きないものです」

「つまり」クィンはつぶやいた。「置き時計はそういうふうには倒れないというわけですね？」

メルローズは一瞬クィンを凝視したあと、置き時計に視線をもどした。置き時計は突然威厳をうばわれた物体にありがちな、もの悲しい無邪気な雰囲気をただよわせていた。メルローズ大佐は細心の注意をはらって、置き時計をもとどおりに起こしたあと、激しくデスクをたたいた。置き時計はゆれたが倒れなかった。メルローズが動作をくりかえすと、しぶしぶといった様子でゆっくりとあおむけにころがった。

「犯罪が発見されたのは何時だ？」メルローズは鋭く問いつめた。

「七時頃です」

「発見者は？」

「執事です」

「連れてきてくれ。今から会おう。ところで、レディ・ドワイトンはどこにいる？」

「休んでいます。メイドの話では、ひどいショックをうけていて誰にも会えないそうです」

メルローズがうなずくと、カーティス警部は執事をさがしに行った。クィンは思案顔で暖炉を見ていた。サタースウェイトもつられて暖炉を見た。目をしばたたかせながら、くすぶる薪をしばらく見ていたサタースウェイトは、火格子の内側になにかあかるいものが落ちているのに気づき、かがみこんで、湾曲したガラスの小さな破片をひろいあげた。

「ご用でしょうか？」

執事の声はまだ不安げにふるえていた。サタースウェイトはガラスの破片をひとまずチョッキのポケットにすべりこませて、ふりかえった。

老人が戸口に立っていた。

「すわりなさい」メルローズはおだやかにいった。「がたがたふるえているじゃないか。さぞかしおどろいただろう」

「まったくでございます」

「長くはひきとめないよ。ご主人が帰宅したのは五時をすこしすぎたときだったそうだね？」

「さようでございます。ここへ紅茶を運ぶようおっしゃいました。その後、わたくしが茶器をさげにあがりますと、ジェニングスをよこすようにとのおおせでした――従僕でございます」

「それは何時のことだった？」

「六時十分すぎ頃でございました」

「なるほど――それで？」

「わたくしはジェニングスにその旨をつたえました。その後、窓をしめてカーテンをひこうと、七時にこの部屋にはいったときにはじめて――」

メルローズはさえぎった。「ああ、わかった、全部いうにはおよばないよ。死体にさわったり、ものを動かしたりはしなかっただろうね？」

「ああ！　めっそうもございません！　おおいそぎで電話にかけより、警察に電話いたしました」

「それから？」

「ジャネットに――奥様のメイドでございます――このことを奥様にお知らせするよう命じました」

「今夜は奥様の姿は見なかったんだな？」

いかにもさりげない問いかけだったが、サタースウェイトの鋭い耳は、その陰に懸念がひそんでいるのを拾いあげた。

「お話はしておりません。奥様は悲劇のあとずっとお部屋にこもっておられます」

「事件の前には見かけたのか？」

鋭い質問がとんだ。部屋にいた全員が、それに答える前に執事がためらうのを見逃さなかった。

「お、奥様が階段をおりてこられるのをちらりと拝見しました」

「奥様はここへはいったのかね？」

サタースウェイトは息をつめた。

「さ、さようにぞんじます」

「それは何時だった？」

針の落ちる音さえ聞こえただろう。この老人は自分の返事が人の運命を左右しかねないのを知っているのだろうか、とサタースウェイトは思った。

「六時半ちょうどでございました」

メルローズは大きく息をすった。「質問はこれで終わりだ、ご苦労だった。従僕のジェニングスをよこしてくれないか？」

ジェニングスはただちにやってきた。猫のような足取りの、細い顔の男だった。どことなくずるがしこく、秘密めかした雰囲気があった。

見つからないと確信できれば、主人を平気で殺しそうな男だ、とサタースウェイトは思った。

サタースウェイトはメルローズ大佐の質問にたいする男の返事に熱心に耳をかたむけたが、男の話はいたって正直に思われた。従僕は主人のもとへ室内履きをもっていき、ブローグ（穴飾りのついた靴）をかたづけていた。

「そのあとはどうしたんだね、ジェニングス？」

「給仕室にもどりました」

「ご主人の部屋を出たのは何時だった？」

「六時を十五分はすぎていたにちがいありません」

「六時半にはどこにいた、ジェニングス？」

「給仕室です」

メルローズ大佐はうなずいて男をさがらせたあと、物問いたげにカーティスを見た。

「まちがいありません、本部長、その点は調べました。ジェニングスは六時二十分頃から七時まで給仕室にいました」

「では従僕は除外されるな」メルローズはすこしばかり残念そうにいった。「おまけに動機がない」

彼らは顔を見あわせた。

ドアがノックされた。

「おはいり」メルローズ大佐がいった。

おびえた顔のメイドがあらわれた。

「失礼します、あの、メルローズ大佐がお見えだと聞いて、奥様がお目にかかりたがっていらっしゃいます」

「もちろん、すぐうかがいましょう」メルローズはいった。「案内してくれるかね？」

そのとき片手がメイドをおしやった。夢のような姿が戸口に立った。ローラ・ドワイトンは別世界からの訪問者のように見えた。

身につけているのは、肌にすいつくような鈍いブルーの中世風の茶会服だった。茜色の髪は真ん中からわけて、耳をおおっている。独自のスタイルを意識して、レディ・ドワイトンは髪を切ったことがなかった。うしろへとかしつけられた髪はうなじであっさりとまとめてあった。腕はむきだしだった。

片腕がつとのびて、身体をささえるように戸口の枠におしあてられた。もう片方の腕は本をつかんだままわきにたれている。中世初期のイタリア絵画のキャンバスからぬけでた聖母のようだ、とサタースウェイトは思った。

ローラ・ドワイトンはそこに立ったまま、左右にかすかにゆれていた。メルローズ大佐がいそいで近づいた。

「申しあげたいことがあって、まいりました――それは――」

その声は低いながらも、豊かなひびきをもっていた。その光景のドラマチックな印象に心をうばわれて、サタースウェイトはそれが現実であることを忘れそうになった。

「どうか、レディ・ドワイトン——」メルローズは片腕をまわして夫人をささえ、そのままホールをよこぎって、四方の壁が色あせたシルクにおおわれたこぢんまりした控え室にはいった。クィンとサタースウェイトもついていった。ローラ・ドワイトンは低いソファにくずれるようにすわりこむと、錆色のクッションに頭をもたせかけ、まぶたをとじた。三人の男は彼女を見守った。ふいにレディ・ドワイトンは目をひらき、身体を起こした。そしてつぶやくようにいった。

「わたくしが主人を殺しましたの。それを申しあげるためにきたのです。わたくしが主人を殺しました！」

苦悩に満ちた沈黙が一瞬生じた。サタースウェイトの心臓が大きくはねた。

「レディ・ドワイトン」メルローズが口をひらいた。「あなたは大変なショックをうけていらっしゃる——混乱しておいでだ。ご自分がなにをいっているのかわかっておいでとは思えませんな」

ローラ・ドワイトンは話を撤回するだろうか——手おくれにならないうちに？

「自分がなにをいっているのかはよくぞんじてますわ。主人を撃ったのはわたくしなんです」

室内にいた男のうちふたりははっと息をのんだが、あとのひとりは無言だった。ローラ・ドワイトンは深く頭をたれた。

「おわかりになりませんの？　わたくしがおりてきて、主人を撃ったのです。認めますわ」

片手につかんでいた本が音をたてて床に落ちた。ペーパーナイフがページのあいだにはさまっていた。柄に宝石をあしらった短剣のような形のナイフだ。サタースウェイトは機械的にそれを拾いあげて、テーブルにおいた。そうしながら考えた。物騒なおもちゃだ。これなら人を殺せる。

「さあ——」ローラ・ドワイトンの声はいらだっていた——「どうなさるおつもりですの？　わたくしを逮捕なさる？　わたくしは連行されますの？」

メルローズ大佐はすぐには答えなかった。

「あなたがおっしゃったことはきわめて深刻な内容です、レディ・ドワイトン。手はずがととのうまで、ご自分の部屋におひきとりください」

彼女はうなずいて立ち上がった。すっかり落ち着きをとりもどしたレディ・ドワイトンは威厳にみちていた。

彼女がドアのほうへむいたとき、クィンが口をひらいた。「リボルバーはどうしたんです、レディ・ドワイトン？」

かすかなためらいが彼女の顔をよぎった。「わたくし――床に落としましたわ。いえ、窓から投げすてたのだと思います――ああ！　いまは思い出せません。どうでもいいことではありませんの？　自分がなにをしていたかろくにわからなかったのです。そんなこと、問題ではありませんでしょう？」

「まあ、ほとんどどうでもいいことですがね」クィンはいった。

ローラ・ドワイトンは警戒するような困惑の表情でクィンを見たかと思うと、さっと前へむきなおって堂々と部屋から出て行った。サタースウェイトはあわててあとを追った。いまにもくずおれそうな気がしたからである。ところが追いついてみると、さっきの弱々しさはどこへやら、彼女はすでに階段を半分まであがっていた。階段の下におびえた顔のメイドが立っていたので、サタースウェイトは威厳たっぷりに話しかけた。

「奥様の面倒をみてさしあげるように」

「かしこまりました」娘はブルーの服のあとを追って階段をのぼろうとして、いった。「あの、お願いです、まさか警察があの人をうたがっているなどということはないでしょうか？」

「だれのことだね？」

「ジェニングスです。ほんとにハエ一匹殺せない人なんです」

「ジェニングス？　ああ、もちろんうたがってなどいないよ。さあ、奥様の面倒をみてさしあげてくれ」

「はい」

娘はいそいで階段をかけあがっていった。サタースウェイトは部屋にひきかえした。

メルローズ大佐が重々しくしゃべっていた。「どうも解《げ》せない。目には見えないなにかがあるようだ。これではまるで——小説に出てくる愚かしいヒロインの行動そのものだ」

「たしかに、現実ばなれしているね」サタースウェイトも賛同した。「舞台の上の出来事のようだな」

クィンがうなずいた。「うん、きみは芝居に目がない、そうだったね？　きみはうまい芝居なら、見ればわかる人だ」

サタースウェイトは穴のあくほどクィンを見た。

その後の沈黙の中、遠くのほうで物音がした。

「銃声だな」メルローズ大佐がいった。「猟場番人が獲物を撃った音だろう。レディ・ドワイトンはおそらく銃声を聞きつけて、様子を見ようと、一階におりてきたのだ。死体に近づこうとも、調べようともせずに、すぐさま結論にとびついて――」

「ミスター・デラングアが」老執事がもうしわけなさそうに戸口に姿をあらわした。

「え、なんだって?」

「ミスター・デラングアがおいでになっています。できれば、お話がしたいとのことでございますが」

メルローズ大佐は椅子に背中をもたせ、むっつりといった。「通してくれないか」

すぐにポール・デラングアがやってきた。メルローズ大佐がほのめかしていたように、どことなく英国人らしくない雰囲気の持ち主だった――気楽そうで優雅な動作、浅黒いハンサムな顔、少々くっつきすぎている目。デラングアにはルネッサンスのムードがただよっていた。ローラ・ドワイトンと同じムードだ。

「こんばんは、みなさん」デラングアはそういって、わずかに芝居がかったお辞儀をした。

「どういうご用件だか知らないが、ミスター・デラングア」メルローズ大佐が鋭くいった。「しかし本件に関係がないのであれば――」

デラングアは笑い声をあげてそれをさえぎった。「それどころか、おおいに関係があるんですよ」

「どういう意味です？」

「つまり」デラングアは静かにいった。「サー・ジェイムズ・ドワイトンの殺害を告白するためにきたんです」

「自分がなにをいっているのかわかっているんですか？」メルローズはいかめしくいった。

「完全に」

若者の目がテーブルに釘づけになった。

「どうもよく――」

「なぜ自白するか、ですか？　自責の念にかられて、とでもいっておきましょう――なんとでもお好きなように。ぼくが彼を刺したんです、ぶっすりと――おわかりかもしれませんがね」と、テーブルのほうへ顎をしゃくった。「そこに凶器があるじゃありませんか。非常にあつかいやすい道具ですよ。不幸にもレディ・ドワイトンが本にはさんだままにしておいたのを、ぼくがたまたま拝借したんです」

「ちょっと待ってください。これでサー・ジェイムズを刺したというんですか？」メルローズ大佐は短剣をもちあげた。

「そのとおり。窓からこっそりしのびこんだんです。彼はぼくに背中をむけていました。

簡単なものでしたよ。同じようにして部屋を出ました」

「窓から？」

「そうですよ、もちろん」

「それは何時のことでしたか？」

デラングアはためらった。「ええと——猟場番人としゃべっていたのが六時十五分でした。そのあと教会の鐘が鳴るのを聞きましたからね。きっと——そうだな、六時半頃だったはずです」

大佐の口元に陰気な笑みが浮かんだ。

「たしかに犯行時刻は六時半でした。時間についてはもうお聞きになっていたのかもしれませんな？　それにしてもじつに奇妙な殺人ですよ！」

「どうしてです？」

「自白する人間が多すぎる」メルローズ大佐はいった。

部屋にいた面々は、デラングアが鋭く息を吸う音を聞いた。

「ほかにだれが自白したんです？」必死に平静をたもとうとしながらも、デラングアの声はふるえていた。

「レディ・ドワイトンですよ」

デラングアは頭をのけぞらせて不自然な笑い声をあげた。「レディ・ドワイトンはヒステリーを起こしやすいんですよ」と、軽い口調でいった。「ぼくがあなたなら、無視しますね」

「そのつもりです」メルローズはいった。「しかし、この殺人にはもうひとつ奇妙なことがありましてね」

「なんです？」

「レディ・ドワイトンはサー・ジェイムズを撃ったと告白し、あなたは刺したと告白した。しかし、あなたがたふたりにとっては幸運なことに、サー・ジェイムズは撃たれたのでも刺されたのでもない。頭蓋骨を砕かれたのです」

「なんだって！」デラングアはさけんだ。「しかし女にそんな力があるはずは――」

デラングアはふいに口をつぐんでくちびるを噛んだ。メルローズはかすかな微笑を浮かべてうなずいた。

「そういう話はよく読みますがね、実際にお目にかかったのははじめてですよ」

「なんのことです？」

「ばかな若い男女が相手のしわざだと思いこんで、自分がやったと名のりでることですよ」メルローズはいった。「これで捜査はふりだしにぎゃくもどりだ」

「従僕だ」サタースウェイトはさけんだ。「たったいまあのメイドが——いや、そのときは気にもとめなかったんだが」筋の通った説明をしようと、いったん言葉をきって、つづけた。「われわれが従僕を疑っているんじゃないかと、メイドは心配していたんだよ。あの従僕にはメイドだけが知っている動機があるにちがいない」

メルローズ大佐は眉をひそめて呼び鈴を鳴らし、いった。「レディ・ドワイトンにもう一度ご足労願えないかと聞いてもらえないかね」

一同は沈黙のうちに待ち受けた。あらわれたレディ・ドワイトンはデラングアの姿を認めるなり、腕をさしのべてよろけそうになる身体をささえようとした。メルローズ大佐がすばやく手をかした。

「だいじょうぶですよ、レディ・ドワイトン。ご心配にはおよびません」

「どういうことですの？　ミスター・デラングアはここでなにをなさっているんです？」

デラングアが近づいた。「ローラ——ローラ——なぜあんなことをしたんだ？」

「あんなこと？」

「知っているんだよ。ぼくのためなんだね——きみはぼくがやったと——いや、むりもないと思うよ。だが、ああ！　愛しい人！」

　メルローズ大佐は咳払いした。感情的なことが嫌いで、なんであれ〝愁嘆場〟めいたものは大の苦手だったからだ。

「失礼を承知でいわせていただきますが、レディ・ドワイトン、あなたもミスター・デラングアも運がよかった。ミスター・デラングアはたったいま殺人の〝告白〟をしにきたところだったのです――いやいや、ご心配なく、彼がやったのではありませんよ！　しかしわれわれが知りたいのは真実なのです。それも早急に。執事の話では、六時半に図書室へ行かれたそうですが――たしかですか？」

　ローラはデラングアを見た。デラングアは勇気づけるようにうなずいた。

「本当のことをいうんだ、ローラ。いまのぼくたちに必要なのは真実だよ」

　レディ・ドワイトンは大きく息を吸った。「申しあげますわ」

　レディ・ドワイトンは、サタースウェイトがあわてて前におしだした椅子にすわりこんだ。

「たしかにわたくしは上からおりてまいりました。図書室のドアをあけると、目の前に――」

　言葉をきり、唾をのみこむ。サタースウェイトは身をのりだして、はげますようにレディ・ドワイトンの手をそっとたたいた。

「なるほど。そうでしたか。目の前に？」

「主人がライティングテーブルにつっぷしているのが見えたのです。頭に――血が――ああ！」

レディ・ドワイトンは両手で顔をおおった。大佐はのぞきこむようにしていった。

「それでミスター・デラングアがご主人を撃ったのだ、と思われたわけですな？」

レディ・ドワイトンはうなずいた。「ゆるしてちょうだい、ポール。でもあなたは――あなたはいっていたわ――」

「犬畜生のように撃ち殺してやりたいとね」デラングアが陰気にあとをひきとった。「おぼえているよ。彼がきみをひどい目にあわせていたと知った日のことだ」

メルローズ大佐は肝心な点だけを追いつづけた。

「するとレディ・ドワイトン、あなたはふたたび二階にもどり、そして――口をつぐんでいたということですね。そのわけを詮索するつもりはありませんよ。死体には手をふれなかったし、ライティングテーブルにも近寄らなかったのですね？」

レディ・ドワイトンはみぶるいした。

「もちろんです。わたくし、部屋から走り出ました」

「なるほど。正確にそれは何時のことでしたか？　おわかりになりますか？」

「寝室にもどったのは、六時半ちょうどでしたわ」

「ということは――六時五分から二十分までのあいだに、サー・ジェイムズはすでに死亡していたわけだ」大佐はあとのふたりを見た。「あの置き時計だが――にせの手がかりだよ。もっとも、われわれははじめから感づいていたがね。時計の針を好きな時間に動かすのはわけないことだが、犯人は時計を横向きに倒すというミスを犯した。これで犯人は執事か従僕にしぼられそうだが、執事がやったとは思えない。ひとつ教えていただけませんか、レディ・ドワイトン、ジェニングスという男ですが、ご主人にうらみでもありませんでしたか？」

ローラ・ドワイトンは両手にうめていた顔をあげた。「うらみというわけではございませんけれど、でも――ほんの今朝がた、ジェイムズからジェニングスをクビにしたと聞かされたばかりでした。なにかをくすねているところを見つけたとかで」

「ほほう！　わかってきましたよ。そのままでは解雇されても推薦状ひとつ書いてもらえなかったわけだ。ジェニングスにとっては重大問題です」

「時計がどうとかおっしゃいましたけれど」ローラ・ドワイトンはいった。「もしかすると――あの、正確な時間をお知りになりたいなら――ジェイムズは小さなゴルフ用の時計を身につけていたはずです。倒れたときに、それも壊れたのではないでしょうか？」

「なるほど」大佐はゆっくりといった。「しかしどうですかな——カーティス！」

警部はすぐにうなずいて出て行き、ほどなくもどってきた。手のひらに、ゴルフボールそっくりの銀の懐中時計がのっていた。ボールと一緒にポケットにいれてもちはこびできるような、ゴルファーむけに売られている時計だ。

「これですが、しかし役にたつでしょうか。こういう時計は頑丈に作られていますから」

大佐は懐中時計をうけとって、耳にあてた。

「とまっているようだ」

親指でおすと、蓋が開いた。ガラスの内側にひびがはいっていた。

「これは！」大佐はうれしそうにいった。

針はぴったり六時十五分をさしていた。

「じつにうまいポートワインですね、メルローズ大佐」クィンがいった。

時刻は九時半、三人の男はメルローズ大佐の家でおくればせの夕食をすませたところだった。ミスター・サタースウェイトは上機嫌だった。

「グッドタイミングだったよ」サタースウェイトはくすくす笑った。「きみだって否定はできないぞ、ミスター・クィン。絞首刑のロープに首をつっこむ決意をしたふたりのおろかな恋人同士を救うべく、きみは今夜あらわれたんだからな」

「ぼくが？」クィンはいった。「そんなことはないさ。ぼくはなにもしなかった」

「まあ結局のところ、その必要はなかったけれどね」サタースウェイトはうなずいた。

「しかし、どうなったかわからないよ。きわどいところだったからね。レディ・ドワイトンが〝わたくしが主人を殺しましたの〟といった瞬間のことは、けっして忘れないだろうな。あれほど劇的なシーンは芝居でも見たためしがない」

「まあたしかにね」クィンはいった。

「小説以外であのようなことが起きるとは、だれも信じられなかっただろう」大佐がそう断言したのは、今夜でもう二十回めにはなっていた。

「そうでしょうか？」クィンがたずねた。

大佐はクィンを見つめた。「そんなこともないか、今夜実際に起きたわけだからな」

「それにしても」サタースウェイトは椅子にもたれて、ポートワインをすすりながらいった。「レディ・ドワイトンはみごとだったよ、じつにみごとだった。もっとも、ひとつだけミスをした。夫が撃たれたと早とちりしちゃならなかったんだ。同様に、われわれの目の前のテーブルにたまたま短剣があったというだけで、サー・ジェイムズは刺されたのだと短絡して考えたデラングアもばかだった。レディ・ドワイトンがあの短剣をもっていたのは、まったくの偶然だったんだからね」

「そうかな?」クィンがいった。

「あのふたりが方法を特定せずに、自分がサー・ジェイムズを殺したのだといいはっただけだったら――」サタースウェイトはつづけた――「結果はどうなっていただろう?」

「そのまま鵜呑みにされていたかもしれないよ」クィンが妙な笑みをうかべていった。

「なにからなにまで小説もどきだった」大佐がいった。

「たぶん、あのふたりも小説をヒントにしたんでしょう」とクィン。

サタースウェイトはうなずいた。「小説で読んだことというのは、じつに奇妙な方法で記憶によみがえるものだからな」彼は正面にすわっているクィンを見た。「もちろん、置き時計ははじめからあやしかった。時計の針をすすめたりおくらせたりするのがどれだけ簡単なことか、忘れちゃならない」

クィンはうなずいて、おうむがえしにいった。「すすめたり」と、間をおいて、「おくらせたり、ね」

その声にははげますようなひびきがこめられていた。クィンの輝く黒い目は、サタースウェイトにぴたりと向けられていた。

「時計の針がすすめられたことはわかっている」

「そうかな？」クィンが聞き返した。

サタースウェイトはクィンをじっと見たあと、ゆっくりといった。「きみは、おくらせられたというのかい？　しかしそれじゃ筋が通らないよ。ありえない」

「ありえないわけじゃない」クィンはつぶやいた。

「まさか、ばかげているよ。そんなことをして、だれが得するんだ？」

「その時間のアリバイがあった者がさ」

「冗談じゃない！」大佐がさけんだ。「六時十五分といえば、デラングアが猟場番人としゃべっていたといった時間じゃないかね」

「そういえばデラングアは妙にはっきり六時十五分と、いったな」サタースウェイトがいった。

大佐とサタースウェイトは顔を見あわせた。足元の固い地面がゆらぎだしたような不安をおぼえた。いくつもの事実がぐるぐるまわりだし、新たな思いがけない一面を見せはじめていた。その万華鏡の中心にあるのは、クィンの浅黒い笑顔だった。

「しかしそうだとすると——」メルローズが口をひらいた——「そうだとすると——」頭の回転のはやいサタースウェイトがあとをひきとった。「まったく話が逆じゃないか。計略は計略でも——従僕をおとしいれるための計略だ。しかし、そんなはずはない！　ありえないことだよ。それじゃなぜあのふたりは、自分がやったと認めたんだ」

「そうなんだ」クィンはいった。「ついさっきまで、きみたちはふたりを疑っていたよね」穏やかな声が夢想でもしているようにつづいた。「あなたは本の中の出来事のようだとおっしゃいましたよね、大佐。ふたりは本にヒントを得たんです。あれは無実のヒーローとヒロインの行動なんです。もちろん、あなたがたはふたりを無実だと思いこんだ——ふたりの背後には悲劇の力があったからです。ミスター・サタースウェイトは、まるで芝居のようだといいつづけていた。あなたがたふたりの印象は正しかったんです。あれは芝居だったんですよ。おふたりとも、自分のいっていることに気づかずにずっと真実をいっていたんです。信じてもらうためなら、いくらでも彼らはうまい話をしていたでしょう」

ふたりの男はわけがわからずクィンを見た。

「ころりとだまされたというわけか」サタースウェイトがのろのろといった。「悪魔的に巧妙だな。ぼくも、ひとつ思いついたよ。執事は窓をしめようと、七時に図書室にはいったといった――だから、窓はあいていたはずなんだ」

「デラングアはそこからはいってきたんですよ」クィンはいった。「一撃でサー・ジェイムズを殺したあと、ローラ・ドワイトンとふたりでやらねばならないことをした――」

クィンはサタースウェイトを見て、そのシーンを再現するよううながした。サタースウェイトはためらいがちに口をひらいた。

「ふたりは置き時計をたたきわって横むきに倒した。うん、そうなんだ。次に懐中時計に細工して、壊した。それからデラングアは窓から逃げ、ローラは窓の鍵をかけた。しかし、ひとつわからないことがある。どうして懐中時計をわざわざいじったりしたんだろう？　置き時計の針をおくらせればすむことじゃないか」

「置き時計というのはごくありふれたものだからね。ああいう見えすいた手口だとだれが見破ってもおかしくない」

「しかし懐中時計まではなかなか気がまわらないよ。げんにわれわれが思いついたのだってまったくの偶然だったんだ」

「それはちがう。懐中時計のことを口にしたのは夫人だったじゃないか」

サタースウェイトはそのことを思い出して、感心したようにクィンを見つめた。

「それにだね」クィンは夢見るようにいった。「懐中時計の存在を見逃しそうもない人間といったら、従僕だろう。従僕というのは主人がポケットになにをいれているか、だれよりもよく知っている。置き時計に細工したのが従僕なら、懐中時計にも細工したはずだ。結局あのふたりは人間の性《さが》というものがわかっていないんだ。ミスター・サタースウェイトとは、そこがちがうのさ」

サタースウェイトは首をふった。

「なにからなにまでかんちがいしていたよ」と、控えめにいった。「ぼくはきみがあのふたりを救うためにきたと思ったんだ」

「そうだとも」クィンはいった。「いやいや！　あのふたりじゃない──ぼくがいうのは、ほかのふたりのことだ。きみはメイドに気づかなかったらしいね。ブルーの茶会服を着ていたわけじゃないし、ドラマティックな役割を演じたわけでもないが、とてもきれいな娘だ。あのジェニングスって男を心から愛しているらしい。あなたがたふたりなら、メイドの恋人を絞首刑から救えると思いますよ」

「しかし証拠がない」メルローズ大佐は重苦しい口調でいった。

クィンは微笑した。「ミスター・サタースウェイトがもっていますよ」

「ぼくが？」サタースウェイトは仰天した。

クィンはつづけた。「あの懐中時計がサー・ジェイムズのポケットの中でたたきわられたのではない、という証拠をね。蓋をあけなければ、あんなふうに時計を壊すことはできない。だれかが懐中時計をポケットから出して蓋をあけ、針をおくらせてからガラスをわって蓋をしめ、ポケットにもどしたんだ。ガラスのかけらがなくなっていることなど、気づかなかったんだろう」

「そうか！」サタースウェイトはあわててチョッキのポケットに手をいれた。つまみだしたのは、湾曲したガラスの破片だった。

あとはサタースウェイトの独壇場だった。

「これで、ひとりの男を絞首台の恐怖から救ってやることができるな」サタースウェイトはもったいぶっていった。

美味しいショートケーキの詰め合わせは如何?

作家
西澤保彦

〈女王〉の異名は伊達ではない。ミステリ作家としてのアガサ・クリスティーは、ほんとうにすごい。偉大だ。一愚民たる当方は心底そう感嘆し、ただ御前にひれ伏すのみ。慌ててお断りしておくが、それは何も彼女が『アクロイド殺し』や『そして誰もいなくなった』『ABC殺人事件』などの本格ミステリ史上に燦然と輝く傑作、問題作をものしているから、ではない。もちろんそれらアバンギャルドな本格長篇が後世のミステリシーンに及ぼした影響も筆舌に尽くし難いほどすごいんだけれど、〈ミステリの女王〉クリスティーの真の偉大さが発揮されるのは、むしろ本書のような、佳編の詰まった短篇集においてではないか、と思うのだ。

再び慌ててお断りするが、こう言ったからといってですね、あーなるほどなるほど、なにしろこの本にはあの演劇史上最大のロングランを記録した「ねずみとり」の原作である「三匹の盲目のネズミ」が収録されてるからね——とか、そういう方向から納得されても、ちと困るんでありますす。もちろん「三匹〜」は至るところにクリスティーらしいクレバーさが凝縮された名作ではあるけれど、わたしがここで言う「偉大さ」とは、それとは微妙に別次元のものなのでして。

思い切り誤解されるかもしれないのを覚悟で言いますと、〈女王〉の〈女王〉たる所以は、庶民なら臆して（というより、常識が邪魔して）とてもできないような「しょーもない」趣向を堂々とやってのけ、なおかつそれが美しく、さまになってしまう風格を具えている点にある。少し具体的に説明すると、本短篇集の表題作「愛の探偵たち」に、ある登場人物が作中発生した事件を指して「なにからなにまで小説もどきだった」と評するシーンがありますが、実はクリスティーの作品には長篇短篇を問わず他にも、これに類した発言をする連中がわりと頻繁に登場することにお気づきでしょうか。自分たちが遭遇した事件を「小説もどき」だの「まるで探偵小説みたいだ」だのと言っては、けっこうはしゃいじゃったりもする。この言い種、〈女王〉の作品世界においては単なる修辞法を超越している。もっとはっきり言うと「変」である。だって考えてもみて欲しい。クリスティーの作品世界って、ひと里離れた別荘や田園、海浜、観光地や孤島、あるいは列車や旅客機などの乗物の内部といった、現実から隔絶された閉鎖空間を舞台とすることが多い。本格の定石といってしまえばそれまでだが、そんな人工性の極致の世界に生きる者たちが、自分の置かれた状況を指して「これってまるで小説みたいだなあ」なんて口にしたりするのってどうよ、みたいな。これが例えば、ミステリによくあるメタフィクショナルな自己言及なのであれば話は至って単純なのだが、そんなある意味、卑俗な批評性なんて〈女王〉は端っから頭になさそうなんである。

そもそもですね、クリスティーの創造した主人公たちって、よく読んでみると「さしたる根拠も無く全能感に溢れている」という点で共通していると思いませんか。戯画的なまでに自信過剰なエルキュール・ポアロは言うに及ばず、自分もいっぺん探偵をやってみたかったんだなどとお気楽にトラブルに鼻面を突っ込みたがるキャラクターは枚挙にいとまがない。無防備なばかりに能天気なのは男どもばかりではない。ヒロインたちがまた揃いもそろって「夢のような冒険やロマンスが、このわたしを放っておくはずがあって？　いいえ、ないわ」という世界観の持ち主ばっかり。これが他の普通の小説なら単なる誇大妄想にかぶれた変人たちなんですが、〈女王〉の掌の上ではそんな連中のもとへ、ほんとうに殺人事件や国際謀略が向こうからやってきてくれるんだから、たまりません。

思わず「しょ……しょーもなっ」と突っ込みたくなるような臆面の無さ。徹底した通俗性。クリスティーの作品はあらゆる意味で現実離れした、おとなのお伽噺なのです。もちろんそれは、ちっとも悪いことではない。ないんだけれど、ちょっと待って欲しい。さながら心置きなく謎解きゲームに興じんがためだけに隔絶されたかのような舞台設定といい、自ら事件に巻き込まれたがるようなご都合主義的な人物造形といい、これはミステリとしてもそして小説としても、厳しい批判の対象となって然るべき弱点なのではありませんか？　そう。そうなのです。特に本格ミステリ作品を評するにあたって巷間よく耳にする「人間が描けていない」とか「物語に厚みがない」といった、紋切り型とはいえ的を射ていなくもない突っ込みどころが、実は〈女王〉の作品世界には満載なのであります。

しかしクリスティーの小説をそういう文脈で語る、ある意味野暮な向きに、少なくともわたしはあまりお目にかかったことがない。基本的にはロマンティックでハートウォーミングな作風にもかかわらず、プロットの都合によっては時に非情なまでにキャラクターを切り捨てる。あの名探偵エルキュール・ポアロでさえ「読者を欺くという至上の目的のために利用し尽くされる」（千街晶之著・光文社刊『水面の星座　水底の宝石』より）クリスティーの世界に、それこそ「キャラクターがゲームの駒扱いされている」

といった常套的な批判が為されることは、あまりないような気がするんですね。なぜなんでしょう。既にクリスティーは古典なんだから、現代本格の視点であれこれ論じてみても始まらない、という側面もたしかにあるのかもしれないけれど、決してそれだけではない。

思い当たってみれば、不思議でもなんでもありません。だって彼女は〈女王〉なのだから。改めて指摘する向きがなかなかいないようなのでこの機会に声を大にして強調しておきますが、クリスティーってめちゃくちゃ小説がうまい。たとえ舞台設定が浮世離れていようとも、どれだけステレオタイプな人物たちが登場しようとも、彼女の筆致にかかるや物語は活きいきとした輝きを放ちます。他のひとが書いたら「けっ」と鼻で嗤われそうな願望充足的な結末でさえ、素直な読後感にひたれる。平凡な庶民は臆してとても手を出せないほどあっけらかんとしたお伽噺を、いちばん美しいかたちで提供してくれる。これぞ〈女王〉の風格なのであります。

技術的な面ばかりでなく、八十五歳で世を去るまで、世間の趨勢に惑わされることなく己れの作風を守り、生涯現役だった点や、毎年クリスマスに新作を読者へのプレゼントとして上梓していた悠揚迫らざる姿などもすべて含めて、彼女は真の〈女王〉だったと言えましょう。彼女の真骨頂とは、ヴァラエティ豊かな「あっけらかんと俗世を超越した臆面の無さ」なのでありまして、それを一見派手な長篇作品でよりもむしろ、こういう綺麗で美味しいショートケーキのような佳編をたくさん詰め合わせてくれた短篇集でこそ、我々は味わうべきなのであります。

名探偵の宝庫
〈短篇集〉

クリスティーは、処女短篇集『ポアロ登場』(一九二三)を発表以来、長篇だけでなく数々の名短篇も発表し、二十冊もの短篇集を発表した。ここでもエルキュール・ポアロとミス・マープルは名探偵ぶりを発揮する。ギリシャ神話を題材にとり、英雄ヘラクレスのごとく難事件に挑むポアロを描いた『ヘラクレスの冒険』(一九四七)や、毎週火曜日に様々な人が例会に集まり各人が体験した奇怪な事件を語り推理しあうという趣向のマープルものの『火曜クラブ』(一九三二)は有名。トミー&タペンスの『おしどり探偵』(一九二九)も多くのファンから愛されている作品。

また、クリスティー作品には、短篇にしか登場しない名探偵がいる。心の専門医の異名を持ち、大きな体、禿頭、度の強い眼鏡が特徴の身上相談探偵パーカー・パイン(『パーカー・パイン登場』一九三四、など)は、官庁で統計収集の事務を行なっていたため、その優れた分類能力で事件を追う。また同じく、ハーリ・クィンも短篇だけに登場する。心理的・幻想的な探偵譚を収めた『謎のクィン氏』（一九三〇）などで活躍する。その名は「道化役者」の意味で、まさに変幻自在、現われてはいつのまにか消え去る神秘的不可思議的な存在として描かれている。恋愛問題が絡んだ事件を得意とするというユニークな特徴をもっている。

ポアロものとミス・マープルものの両方が収められた『クリスマス・プディングの冒険』（一九六〇）や、いわゆる名探偵が登場しない『リスタデール卿の謎』（一九三四）や『死の猟犬』（一九三三）も高い評価を得ている。

訳者略歴　1974年立教大学英米文学科卒，英米文学翻訳家　訳書『夢からさめても』ピカード，『困りものの魔法の楽器』フォスター，『天と地の戦い』エディングス（以上早川書房刊）他多数

愛《あい》の探偵《たんてい》たち

〈クリスティー文庫 61〉

二〇〇四年七月十五日　発行
二〇二二年八月二十五日　六刷
（定価はカバーに表示してあります）

著者　アガサ・クリスティー
訳者　宇《う》佐《さ》川《がわ》晶《あき》子《こ》
発行者　早川　浩
発行所　株式会社早川書房

東京都千代田区神田多町二ノ二
郵便番号一〇一‐〇〇四六
電話　〇三‐三二五二‐三一一一
振替　〇〇一六〇‐三‐四七七九九
https://www.hayakawa-online.co.jp

乱丁・落丁本は小社制作部宛お送り下さい。
送料小社負担にてお取りかえいたします。

印刷・株式会社精興社　製本・株式会社フォーネット社
Printed and bound in Japan
ISBN978-4-15-130061-5 C0197

本書は活字が大きく読みやすい〈トールサイズ〉です。